UNBERECHENBAR

WOLF RANCH

BUCH 10

RENEE ROSE

VANESSA VALE

**Rudel-Regel Nr. 10 – Behalte die Kontrolle über deinen
inneren Wolf.**

Ich lebe aus gutem Grund allein auf dem Berg.
Ich bin gefährlich – zu stark, zu aggressiv, zu kurz davor,
wild zu werden.
Doch dann taucht *sie* auf – mit süßen Kurven, einer
sinnlichen Stimme und einem Duft, der meinen Wolf in
den Wahnsinn treibt.
Ein umwerfender Mensch, der Getränke in Cody's
Saloon serviert und eine schwierige Vergangenheit hinter
seinem Lächeln verbirgt.
Sowie ich sie rieche, weiß ich es – sie ist die Meine.
Meine Gefährtin. Diejenige, für die ich gemacht wurde.
Mein Wolf schießt an die Oberfläche, um sie zu
beanspruchen. Doch sie ist gerade einem
kontrollierenden Ex entkommen, der versuchte, ihre
Musik, Stimme und Seele zum Verstummen zu bringen.
Meine Alphainstinkte sind alles, wovor sie sich fürchtet –
ich bin besitzergreifend. Dominant. Überwältigend. Und
sie hat schreckliche Angst davor, wieder ihre Freiheit zu
verlieren.
Ich habe mich mein ganzes Leben zurückgehalten. Vom
Rudel. Von meiner Kraft. Von dem Wahnsinn in meinem
Blut.
Doch ich werde mich nicht von ihr zurückhalten. Nicht,
wenn sie das ist, was mich erdet.
Ich werde sie beschützen. Sie befriedigen. Ihre Musik
wieder in die Welt hinaussenden.

Und wenn sie es mir erlaubt, werde ich sie zur Meinen
machen – vollständig.
Selbst wenn ich dazu jeden dunklen, gefährlichen Teil
von mir entfesseln muss.

1

BOONE

Ein Geruch in der Menge weckte meinen Wolf. Der köstliche weibliche Duft hatte Noten von Honig und Pfirsich. Bis jetzt hatte ich nicht gewusst, dass ich diese Gerüche mochte.

Gefährtin.

Ich hatte gehört, dass ich es wissen würde, sobald ich meine Gefährtin roch. Es war jedoch schwer, zu begreifen, wie sich das anfühlen würde. Wie erstaunlich es war. Und wie frustrierend. Ich hatte es nie selbst gespürt. Nie für möglich gehalten, da ich so viele Jahre in einer Großstadt gelebt hatte. Es war ironisch, da es dort im Vergleich zu Cooper Valley viel mehr Leute gab.

Jetzt wusste ich es. Es fühlte sich an, als wäre ein Schalter umgelegt worden und es gäbe keine

Möglichkeit, ihn wieder in die ursprüngliche Position zu bringen.

Mein Gehirn sagte mir, dass es keinen Sinn ergab. Nichts kam zwischen einen Gestaltwandler und seine Gefährtin, nicht einmal Logik und Vernunft. Sie war die Meine, wer immer sie war.

Luft rauschte in einem gewaltigen Zug in meine Lunge und mein Blut reiste gen Süden zu meinem Schwanz.

Fick mich. Ich war wegen eines Geruchs sofort hart.

Wegen einer Gefährtin, die ich noch nie gesehen hatte. Fuck sei Dank, dass ich den Berg runtergekommen war, um die Ladung Feuerholz für Cody bei seiner Hütte abzuliefern, was mich Idioten zwang, zur Kneipe zu gehen, um meine Bezahlung persönlich abzuholen.

Wo war sie?

Wer war sie?

Ich ließ den Blick über die Menge schweifen wie ein Jäger, der nach seiner Beute Ausschau hielt. Ich war mir sicher, dass meine Augen die Farbe wechselten und schärfer wurden, so wie sie es normalerweise taten, wenn mein Wolf um die Vorherrschaft rang. Meine Nase konzentrierte sich auf diesen Honiggeruch, doch die Menge an Leuten, die an einem Samstag in Cody's Saloon versammelt war, machte es wirklich schwer, herauszufinden, woher der Geruch kam.

Wo war sie?

Weibchen wiegten sich im Rhythmus der Country-Musik. Sie waren alle herausgeputzt in ihren knappen Schaut-mich-an-Outfits trotz des kalten Wetters und der

Schneehaufen draußen. Noch mehr Männchen drängten sich ringsum sie und tanzten näher an sie heran in der Hoffnung, bis zum Ende der Nacht ein Weibchen zu ergattern. Viele von ihnen würden das tun. Hoffentlich würde ich zu ihnen gehören.

Allerdings bedeutete ihr Ziel, flachgelegt zu werden, meinem Wolf und mir nichts. Sie sollten mir besser aus dem Weg gehen, denn eines dieser Weibchen hier drin gehörte zu mir.

Ich schlängelte mich durch die Menschentraube in dem Versuch, den Geruch aufzuspüren. Der Ruck, der mich durchfuhr, als ich ihn das erste Mal wahrnahm, brachte mich beinahe dazu, mich hier im Cody's zu verwandeln, umgeben von einem Haufen Menschen, die komplett durchdrehen würden.

Ich war achtunddreißig Jahre alt. Fuck – ich hatte es aufgegeben, meine Gefährtin zu finden, als ich die Stadt verlassen hatte, um aufs College zu gehen. Ja, ich war auf die Columbia University gegangen. Mit sechzehn Jahren. In dem Alter war ich ausgewachsen gewesen und hatte mich geweigert, einen Kampf mit Rob Wolf um die Position des Alphas auch nur in Erwägung zu ziehen, nachdem sein Vater gestorben war. Ich hatte meinen Vater bei dem daraus resultierenden Streit beinahe getötet und war – mit eingeklemmtem Schwanz – so weit wie möglich vom Rudelrevier zum Big Apple und aufs College geflohen.

Es war für alle, Gestaltwandler und Menschen, sicherer gewesen, wenn ich weg war, denn ich war ein miesepetriger Mistkerl, selbst wenn ich in freundlicher

Stimmung war. Doch Jahre später hatte ich New York City genauso schnell verlassen, wie ich Cooper Valley verlassen hatte. Ich hatte meinen Job als Hedgefonds-Manager an den Nagel gehängt und war ein zurückgezogener Holzfäller geworden, denn ich war schlecht für andere, ganz gleich, wo ich lebte oder was ich tat. Ich verbrachte meine Tage oben im Wald. Ich verdiente mir meinen Lebensunterhalt, indem ich Bäume fällte. Ich hatte aus gutem Grund keine Mitarbeiter. Kein Small Talk. Zur Hölle, ich war eingerostet, wenn es darum ging mit anderen Leuten zu verkehren, und dieser Besuch in die Stadt machte das offensichtlich. Allerdings war ich jetzt besessen davon, die eine Person zu finden, mit der ich den Rest meines Lebens verbringen würde.

Sie.

Da die Erinnerung an ihren Geruch nun dauerhaft in meinen Frontallappen eingebettet war, wurde ich quasi wild. Ich spürte, dass meine Fangzähne auszufahren begannen, bereit, zu finden, beißen und ficken.

Wenn ich sie nicht bald fand und markierte, könnte ich die Kontrolle verlieren und das wäre schlecht. Oben in meiner Hütte zu bleiben, würde mich oder andere nicht mehr schützen. Ich würde langsam wahnsinnig und irgendwann mondverrückt werden.

Ich musste sie finden. Ich musste sie haben. Ich musste sie zur Meinen machen. Andernfalls müsste ich getötet werden.

Ich ging am Rand der Tanzfläche entlang, konnte den Geruch allerdings nicht mehr finden.

Ich war kein Tänzer. Zur Hölle, ich mochte nicht einmal Leute, vor allem keine Massen von ihnen. Zum

Teufel. Ich durchpflügte die Menge wie ein wütender Bulle. Ich war einen ganzen Kopf größer als die meisten hier, sogar größer als die Männer mit den Stetsons, und mein intensives Bedürfnis, mein Weibchen zu finden, machte mich aggressiv. Als würde sie die Gefahr spüren, in der sie schwebte, teilte sich die Menge und machte mir Platz.

Doch ich fand meine Gefährtin immer noch nicht.

Wo zum TEUFEL war sie?

Ich sandte einen panischen Blick zur Tür. Was, wenn sie auf dem Weg aus der Kneipe gewesen war und ihr Geruch noch in der Luft gehangen hatte, während sie längst fort war? Was, wenn ich meine Gefährtin *verpasst* hatte? Was, wenn sie jetzt dort draußen war und ich sie nie finden würde?

Ich knurrte. Das tiefe Grollen in meiner Brust wurde von denen in der Nähe trotz der Musik gehört.

Ich schob mich in die andere Richtung über die Tanzfläche, wobei mir egal war, ob ich Leute aus meinem Weg stieß. Ich stapfte durch den Hauptraum der Kneipe zur Eingangstür.

Cody, der hinter der Bar stand, entdeckte meine finstere Miene, als ich an ihm vorbeiging, und hob fragend eine Braue, aber ich ignorierte ihn. Ich würde ihm oder seinen Gästen keine Probleme machen, falls er das dachte – zumindest nicht, solange sie mir aus dem Weg gingen.

Ich brauchte nur meine Gefährtin. Jetzt.

Ich riss die Tür auf und marschierte auf den Gehweg. Ich würde sie hier draußen besser riechen können, da es weniger Gerüche gab, die alles überlagerten.

Ich hob die Nase in die kalte Luft. Es war dunkel, die Straßenlaternen tauchten alles in ein weißes Licht und machten die Schneehaufen am Straßenrand noch heller.

Nein. Sie war hier nicht gewesen.

In der letzten Nacht waren dreißig Zentimeter Schnee gefallen, aber der Gehweg war trocken und frei. Mir hätte kalt sein sollen, doch ... nein. Ich war heißblütig. Zu heiß. Vor allem jetzt.

Ich ging wieder in die Kneipe, wo sich der Raum plötzlich besonders voll und stickig anfühlte. Ich ließ den Blick erneut durch den großen Raum schweifen. Sie war nicht auf der Tanzfläche. Oder bei dem mechanischen Bullen. Oder an der Bar.

Wenn sie nicht in diesem Bereich war, dann ... auf der Toilette?

Ich stapfte erneut um die Bartische herum und stieß mit Rand zusammen, einem Wolffreund von mir.

„Hey, Boone. Wirklich schön, dich zu sehen. Du bist den Berg runtergekommen!" Er schlug mir auf die Schulter und sah gleichermaßen erfreut und verblüfft aus. Ich ließ mein Gesicht nur beim Einkaufen oder anderen notwendigen Terminen in der Stadt blicken und das passierte nur selten. „Natalie und ich mögen das neue Bett sehr."

„Ja", brummte ich, ging einfach an ihm vorbei und zu den Toiletten und dem Lagerraum.

Er und seine neue Frau Natalie, ein Mensch, hatten etwas Besonderes gewollt, weshalb ich den perfekten Baum gefunden, gefällt und meinem Bruder Roy gegeben hatte, der seine Schreinermagie gewirkt und das

Holz zu ihrem Bett verarbeitet hatte. Ich hackte Holz. Er baute. Alle kauften.

„Okay, war nett, mit dir zu plaudern", rief er mir lachend hinterher. Wir kannten einander seit Jahren und er nahm zum Glück keinen Anstoß an meiner Unhöflichkeit. Ich wusste, dass ich unhöflich war. Doch es war mir egal.

Wenn ich ihm erklären würde, warum ich mich noch mehr wie ein Arschloch als üblich benahm, würde er es verstehen.

Im hinteren Bereich des Gebäudes wurde ihr Geruch stärker. Ja!

Etwas in mir entspannte sich und wurde zugleich aufgewühlter. Mein Schwanz regte sich, mein Wolf tigerte eifrig hin und her.

Gefährtin.

Mein.

Beanspruchen.

Ich atmete scharf durch die Nase ein, um mich zu beruhigen, doch das ging nach hinten los, denn ich sog mehr von ihrem Honigduft ein. Fuck, der roch so verdammt gut.

Ich komme, Gefährtin.

Fast hätte ich mich wieder verwandelt. Ein Hunde-ähnliches Zittern bebte durch meinen Körper, als ich versuchte, mich zu beherrschen. Jeder Mensch, der mich sah, würde denken, mir wäre kalt. Meine Fangzähne wurden bereits länger, als wollte mein Wolf sie markieren, sowie sie aus der Damentoilette kam.

Das wäre vermutlich nicht die beste Vorgehensweise. Es wurde gemacht – ich hatte von Weibchen gehört, die während der Paarungsspiele markiert wurden, in dem Moment, in dem ihr Gefährte sie fand – aber ich sollte versuchen, etwas mehr Finesse zu zeigen.

Zuerst sollte ich ihr einen Drink kaufen.

Ein wenig mit ihr flirten.

Ha! Ich. Finesse und Flirten gehörten nicht zu meinem Repertoire. Zur Hölle, ich war in beidem beschissen.

Ich zählte eher zu der Sorte Gestaltwandler ‚bring sie nach Hause, fick sie gründlich und versenke deine Zähne in ihrem süßen, honigduftenden Fleisch'. Oder zu der Sorte ‚verprügle deinen eigenen Vater und lass ihn halbtot liegen'. Wie auch immer, ich hatte keine Ahnung, was ich tun würde, vor allem bei einem Weibchen, zu dem mich mein Wolf trieb.

Ich versuchte, mich lässig zu geben, lehnte mich mit dem Rücken an die weiße Wand neben der Damentoilette und starrte ein gerahmtes historisches Foto an. Ich hatte Cody geholfen, die Holzvertäfelung hier anzubringen, als er den Saloon vor einigen Jahren renoviert hatte. Ich hatte die Kiefern in den umliegenden Wäldern der Wolf Ranch gefällt und zugeschnitten, um die Fußleisten und die Bodenbretter herzustellen. Ich hatte sogar recycelte Holzplanken gefunden, um dekorative Akzente zu setzen.

Es erschien mir passend, dass ich meine Gefährtin hier finden würde, in der Kneipe eines Rudelkollegen, nachdem ich in New York gelebt hatte. Dass mein Zuhause auch ihres war.

Ich klopfte vor Ungeduld mit meinem Lederstiefel auf den Boden. Sie kam nicht raus. Wie lange brauchten

Frauen auf der Toilette? Was gab es da zu tun, außer zu pinkeln und sich die Hände zu waschen?

Einige Frauen waren reingegangen und wieder rausgekommen, während ich wartete, doch meine Gefährtin war nicht erschienen.

Ein Anflug von Aggression fegte durch mich hindurch, als die Vorstellung zurückkehrte, dass ich sie verpassen würde. Bevor ich nachdenken oder mich zurückhalten konnte, hob ich meinen fleischigen Arm und hämmerte an die Tür, ehe ich sie weit aufstieß und hindurchstapfte.

„Was zum Kuckuck? Geh raus!" Eine Frau, die gerade vor dem Spiegel Lippenstift auftrug, schaute mich finster an, dann riss sie die Augen auf, als sie sich eine zusätzliche Sekunde nahm, um mich wirklich zu mustern. Ich war groß, wirklich groß, und deswegen überlegte sie es sich anders, mich erneut anzufahren. Ich hasste es, wie ich angeschaut wurde. Als wäre ich wahrhaftig wild. Als hätte sie Angst, dass ich ihr wehtun würde.

Ich würde ihr oder irgendeiner Frau niemals schaden, aber das wusste sie nicht. Vor allem nicht, da ich auf der Jagd nach meiner Gefährtin war.

Ich ignorierte sie, weil sie ganz sicher nicht meine Gefährtin war, hob die Nase und schnupperte.

Fuck! Sie war nicht hier drin!

Ich machte auf dem Absatz kehrt und marschierte wieder in den Gang, gerade als eine kleine, blonde Kellnerin mit einem Tablett voller Bud Lite und Mountain Man Scotch Ale Flaschen hinter der Bar hervorkam. Der Geruch von Bier schlug mir als erstes entgegen, dann fing ich den Duft ihrer Süße auf.

Sie war es! Heilige Scheiße, sie war so verdammt perfekt. Winzig. Jeder war winzig im Vergleich zu mir. Sie reichte vermutlich bis zu meiner Schulter und ihre Taille war so dick wie mein Schenkel. Scheiße, sie war zierlich. Zerbrechlich. Ihr Pony hing in ihre Stirn und ihre Haare folgten ihrer Kieferlinie. Sie hatten die schönste honigblonde Farbe, die zu ihrem Geruch passte. Außerdem hatte die Frau blaue Augen, die einen hübschen Kontrast zu ihren Haaren bildeten. Ihr Mund war schmal, jedoch voll und als sie einen Kunden anlächelte ... ich wollte, dass sie mich so anlächelte und keinen anderen.

Tatsächlich wollte ich dort rübergehen und dem Kerl den Kopf abreißen, mit dem sie sich unterhielt. Ich bezweifelte, dass er sie um ihre Nummer bat, während er die Kreditkarte an das Kartenlesegerät hielt, um zu bezahlen.

Zur Hölle, wehe er tat es. Allerdings spielte es keine Rolle. Dieses Lächeln würde bald nur mir gelten.

Ich leckte mir über die Lippen, denn in ihrem Kneipen-T-Shirt und ihrer Jeans konnte ich ihre Kurven nicht übersehen. Sie war wohlproportioniert, doch ich könnte zweifellos einen Busen in meiner Hand wiegen. Ich könnte ihre Taille mühelos mit meinen zwei riesigen Händen umfassen, welche die Größe von Esstellern hatten. Ich würde ...

„Hey, warte mal", sagte ich, als sie sich an mir vorbeischieben wollte.

Ich schnellte vor und nahm ihr das Tablett mit einer

Hand ab, während ich meinen freien Arm um ihre Taille legte und ihren Körper an meinen zog. Jepp, verdammt winzig. Aber weich. Warm. Wohlriechend.

Sie keuchte, als ihr weicher Po gegen meine harten Schenkel knallte. Meine Fangzähne fuhren aus und jeder Muskel in meinem Körper zitterte, als stünde er unter Strom, bereit, sich zu entladen. Ich senkte meine Nase in ihre seidigen Haare und atmete tief ein.

Verdammt himmlisch.

Es bestand kein Zweifel. Das hier war meine Gefährtin. Ich hatte sie in meinen Armen. Ich konnte sie mir über die Schulter werfen. Aus der Kneipe tragen. Sie zu meiner Hütte bringen, markieren und für immer behalten.

Mein. *Mein*. MEIN.

„Hey! Lass *los*!", kreischte sie.

Ich brauchte eine Sekunde, bis ich realisierte, dass sie zappelte und sich zu befreien versuchte und dass ihre lauter werdende Stimme nicht daher rührte, dass sie wegen eines Orgasmus schrie, sondern aus Panik. Natürlich geriet sie in Panik, da sie einfach von einem raubeinigen Kerl wie mir gepackt worden war. Zur Hölle, ich würde jedem Arschloch in diesem Laden eins in die Fresse hauen, der so mit ihr umging.

Fuck. Ich ließ sie sofort los. Als sie zu mir herumwirbelte, nahm ich den Geruch von Wut und Furcht an ihr wahr.

Das war der Moment, in dem ich noch etwas an ihrem Geruch entdeckte. Etwas, was ich zuerst hätte bemerken sollen – sie war ein Mensch.

Meine Gefährtin war ein Mensch.

Heilige Scheiße.

Das machte sie noch zerbrechlicher. Ich war riesig. Ich könnte ihr wehtun. Ihre Perfektion beschädigen. Ich würde vorsichtig sein müssen. Mich zurückhalten. Sie beschützen.

Scheiße. Ich hatte im Grunde genommen gerade ein Menschenweibchen angegriffen, das nicht wusste, was mit mir nicht stimmte. Sie konnte mich nicht am Geruch erkennen, wie es eine Wölfin getan hätte.

Sie verstand meinen Anspruch nicht oder warum ich sie gepackt hatte.

Sie dachte wahrscheinlich, ich wäre irgendein Arschloch, für das es selbstverständlich war, Kellnerinnen zu begrapschen.

Ich blinzelte und realisierte, dass meine Augen vermutlich die Farbe geändert hatten und meinen Wolf zeigten.

„Sorry." Ich hielt meine freie Hand vor mir hoch.

Ihr Gesicht, das erbleicht war, errötete jetzt, als ihr Blick die lange Reise meinen riesigen Körper hinauf und hinab machte. Sie überraschte mich wahnsinnig, als sie nicht in Panik geriet. Oder schreiend wegrannte.

Fuck sei Dank.

Sie stand da und sah sich an mir satt und ... gefiel ihr, was sie sah? Fuck, ich hoffte es. Ich hatte nie in meinem Leben so viele Selbstzweifel verspürt wie in diesem Moment.

Sie schob eine Hüfte raus und tat so, als wäre sie knallhart. Ihr Finger zitterte jedoch, als sie damit auf das Tablett mit Bier in meiner Hand deutete.

Temperamentvoll. Ich liebte es. Sie mochte winzig sein, aber sie war nicht schwach. „Gib es zurück."

Mein Verstand raste und versuchte, sich eine Ausrede zu überlegen. Etwas, um zu erklären, warum ich sie gerade gepackt und ihr das Tablett weggenommen hatte. Es war so verdammt offensichtlich. Ich besaß null Finesse. Ich hatte es von der ersten Sekunde an vermasselt, in der ich sie gefunden hatte.

„Es tut mir leid, ich äh, dachte, du wärst jemand anderes." Ich versuchte, das Knurren aus meiner Stimme zu halten, denn das war die größte Lüge aller Zeiten. Ich wusste, zum ersten Mal und mit absoluter Gewissheit, dass sie genau die Person war, nach der ich mein ganzes Leben lang gesucht hatte.

Nein – verdammt! Das war eine vollkommen idiotische Ausrede. Jetzt würde sie denken, dass ich ein Player war. Oder eine Freundin hatte. Oder nur spezielle Frauen so grob an mich riss.

Ich schüttelte den Kopf und erinnerte mich an *Flirten und Finesse*. Ich seufzte. „Das habe ich nicht gemeint. Ich meine nur, äh ... darf ich ehrlich sein?", ich fuhr mit den Fingern durch meine Haare, was meine Nervosität verriet, „Ich habe einen Blick auf dich geworfen und musste dich haben."

Da. Das war besser. Sogar romantisch. Menschenweibchen wollten Romantik.

Ihr Kopf neigte sich nach hinten, um meinem Blick zu begegnen – ich war so viel größer als sie. Es war nicht so, dass sie klein war, ich war einfach verdammt riesig. Ihre Brauen zogen sich zusammen und ihre umwerfenden blauen Augen wurden schmal, während sie mich ansah.

Okay, flirten schien nicht zu funktionieren.

Beim Schicksal, ich wollte sie wieder anfassen. Ich musste sie aus dieser überfüllten Kneipe schaffen und allein mit ihr sein.

Ihre Lippen mit dem hübschen Amorbogen pressten sich zu einem schmalen Strich zusammen. „Gewöhn dich an Enttäuschung", blaffte sie und stemmte die Hände in die Hüften. Sie konnte auch frech sein. Fuck, ja. „Das Tablett?"

Das Tablett. Welches Tablett? Ich folgte ihrem Blick zu meiner Hand, in der ich noch immer ihr Getränketablett balancierte. Oh – fuck! Nun, wenigstens hatte ich die Getränke in meinem Rausch, ihren Geruch aufzusaugen, nicht fallen lassen.

„Ich werde es für dich tragen", verkündete ich über das Jubeln der Menge, als ein beliebter Song begann. Ich beugte mich nach unten, damit sie mich hören konnte, da sie keine Gestaltwandlerin mit Wolfohren und genialem Gehör war. „Wohin warst du unterwegs?"

Als sie realisierte, dass ich das ernst meinte, schaute sie über ihre Schulter zu Cody hinter der Bar.

Fuck. Sie dachte, sie bräuchte Hilfe. Um von *mir* wegzukommen.

Ihrem Gefährten.

Wie viel schlimmer konnte ich das hier vermasseln?

Ich zerbrach mir das Gehirn nach etwas, was ich sagen konnte, um es wieder in Ordnung zu bringen. Mit Leuten – Gestaltwandlern oder Menschen – zu interagieren, war nicht meine Spezialität. Ich war keine gesellige Person. Ich war eine Baumperson. Eine Naturperson. Eine Bergperson.

Ich hätte niemals ein Alpha des Wolfsrudels sein können wie mein Cousin Rob, ganz gleich, was mein Vater gewollt hatte. Ich lebte aus gutem Grund oben auf dem Berg hoch über Cooper Valley und dem restlichen Rudel. Weit weg von Leuten und peinlichen Situationen wie dieser. Es sorgte auch dafür, dass die Leute vor meiner Unberechenbarkeit sicher waren. Ich konnte gefährlich sein.

Ich gab mein Bestes, um charmant zu sein, und versuchte sogar, zu lächeln. „Ich werde das Tablett gegen deinen Namen eintauschen."

Sie verdrehte die Augen, als wäre dies das dritte Mal heute Abend, dass sie etwas Ähnliches gehört hatte. Ich wollte mich ihr zwar nicht beweisen müssen, weil sie die Meine war, doch es gefiel mir, zu wissen, dass sie keinem Kerl erlaubte, ihr blöd zu kommen.

Cody kam die Länge der Bar entlang zu uns. Er legte seine Hände auf die harte, glänzende Oberfläche und sagte: „Danke, dass du das gehackte Holz runtergebracht hast. Mein Vorrat für den Ofen ist fast aufgebraucht. Ich ... was ist los, Boone?"

Fuck sei Dank, dass ich meine Gefährtin hier in einer Kneipe voller anderer Gestaltwandler und Rudelmitglieder gefunden hatte und nicht im Lebensmittelladen, wo sie mich möglicherweise mit Dosen beworfen hätte.

„Ich ..." Ich musste zugeben, dass ich Hilfe brauchte. Vielleicht konnte Cody mir aus dieser misslichen Lage helfen.

„Arbeitest du jetzt hier?", fragte er, als ich über meine Worte stolperte. „Falls nicht, gib das Tablett weiter. Ich habe durstige Kunden", wies er mich mit einem Grinsen an. Ich war froh darüber, denn man musste mir momentan sagen, was ich zu tun hatte. Ich bot meiner Gefährtin das Tablett an und genoss es, dass sich unsere Finger streiften, als sie es zurücknahm.

Als sie sich umdrehte und ohne einen Blick zurück in die Menge davoneilte – was verdammt beschissen war, denn sie hatte keinerlei Probleme damit, ihren Gefährten stehen zu lassen – machte ich mir Sorgen um sie. Ich konnte sie nicht beschützen, wenn ich sie in diesem Chaos nicht sehen konnte. Doch Cody würde sie – oder irgendeine Frau – nicht hier arbeiten lassen, wenn er der Meinung wäre, sie wäre hier in Gefahr.

Also konzentrierte ich mich auf Cody, anstatt ihr nachzugehen. Es kostete mich einige Anstrengung, meinen Mund zum Arbeiten zu bewegen, während ich meine Unterarme auf die Bar stützte und zugab: „Sie ist ... meine ..."

„Gefährtin", beendete Cody den Satz für mich unverblümt. Er deutete auf eines seiner Augen, dann auf meine. „Heilige Scheiße, ja, dein Wolf zeigt sich."

Er grinste und ich ließ den Kopf zwischen meine Schultern fallen, blinzelte einige Male und versuchte erfolglos, meinen Wolf an die Leine zu legen. Das würde in der nahen Zukunft eine unmögliche Aufgabe sein. „Ich brauche sie", krächzte ich, als ich wieder aufsah.

Ich fühlte mich verdammt verzweifelt, seit sie gegangen war. Als würde ich mich verwandeln und diesen Laden auseinandernehmen, wenn ich sie in den nächsten zehn Sekunden nicht wieder in den Armen halten konnte. Mein Herzschlag war beschleunigt, mein Blutdruck ging wahrscheinlich durch die Decke. Meine Fäuste waren geballt. Mein Schwanz pochte. Mein Wolf tigerte hin und her und heulte vor Frust.

Ich war am Durchdrehen.

Cody schüttelte den Kopf. Er griff über die Bar und legte seine Hand fest auf meine Schulter. Drückte sie. Er sah mir ernst in die Augen. „Das ist ein Jammer, Boone. Du kannst sie nicht haben.“

2

———

SUMMER

MEINE KNIE ZITTERTEN, als ich die Menge durchquerte, um die Biere zu servieren. Meine Hände zitterten ebenfalls und ich musste mich anstrengen, nichts zu verschütten und eine Sauerei zu machen, als wäre diese mein erster Arbeitstag.

Meine Güte, der Kerl war riesig. Seine Hände hatten die Größe von Baseballhandschuhen und sein muskulöser Arm hatte sich wie ein Drahtseil angefühlt, als er um mich geschlungen gewesen war. Er roch nach Kiefern und Bergluft und knurrte wie ein Bär. Er war jedenfalls so groß wie einer.

Ich würde mich selbst nicht als umwerfenden beschreiben, doch Männer baggerten mich ständig an, vor allem da ich hier im Cody's arbeitete. Vielleicht hofften sie, jemanden zu landen, den sie für leichte Beute hielten ... eine Kellnerin. Dieser Kerl war anders. Mehr.

Nicht nur in Bezug auf seine Größe, sondern auch seine Präsenz und Energie waren größer. Deshalb fragte ich mich sofort, ob er *überall* größer war.

Ich verspürte eine Mischung aus Erregung und Furcht, denn warum in aller Welt wandten sich meine Gedanken in *diese Richtung*?

Guter Gott, meine Brustwarzen waren hart und rieben gegen meinen BH, was überhaupt keinen Sinn ergab.

Ich konnte nicht fassen, dass er mich vorbeilaufen sah und einfach packte, als würde ich ihm gehören! Diese *Unverfrorenheit*! Die Arroganz dieser Alphamänner.

Er war genau wie Marty – tat so, als wären Frauen ein Besitz, den er einfach erwerben konnte. Ein Sammlerstück, das er mit niemandem teilen würde. Wie er es mit mir getan hatte. Er hatte mich gepackt und behalten. Ich war für ihn etwas, was er hoch in ein Regal stellte, damit andere nicht drankamen.

Ich habe einen Blick auf dich geworfen und musste dich haben.

Kein toller Anmachspruch, Kumpel. Er erinnerte mich sofort an Marty, denn er hatte etwas Ähnliches zu mir gesagt, als wir uns vor all den Jahren kennengelernt hatten. Damals war ich dumm gewesen und darauf reingefallen. Jetzt war ich klüger.

Allerdings musste man zur Verteidigung des großen Kerls sagen, dass er wahrscheinlich keine Anmachsprüche brauchte. Ich würde wetten, dass die meisten Frauen einen Blick auf den heißen, bärtigen Holzfäller warfen und ergeben ihr Höschen schwenkten. Vor Marty wäre ich vielleicht in Versuchung geraten, denn jede Frau bei Verstand würde ihn attraktiv finden.

Doch jetzt wusste ich, wie eifersüchtig und besitzergreifend derartige Kerle sein konnten. Sie dachten, man gehöre ihnen. Man wäre ein Besitz. Sie mussten dich kontrollieren. Dich *besitzen*. Sie waren gerissen und lockten dich in ihre Falle und wenn sie dich gefangen hatten, stellten sie sicher, dass du alle Freunde und Ressourcen verlorst, um dich zu wehren, wenn sie irgendwann gewalttätig wurden.

Gaslighting war ihre Spezialität. Hinzu kam, dass sie dich von deiner Familie und deinen Freunden isolierten und trennten. Marty hatte mich dazu gebracht, bei allem, was ich sagte, tat, und Gott, wie jetzt, an allem, was ich dachte, zu zweifeln.

Hatte ich etwas Spezielles getan, um die Aufmerksamkeit des riesigen Kerls zu erregen? War es meine Schuld, weil ich ...

NEIN! Ich musste aufhören, so zu denken. Ich hatte nichts falsch gemacht und er hatte einfach einen Arm um mich gelegt.

Ein Schauder lief mir über den Rücken, als ich mir vorstellte, wie es wäre, wenn ein Kerl *seiner* Größe gewalttätig wurde. Dem könnte man nicht entkommen. Ich wäre tot, genauso wie ich es gewesen wäre, wenn ich Marty nicht rechtzeitig entkommen wäre.

Ich servierte die Getränke auf meinem Tablett und nahm neue Bestellungen auf. Dabei trug ich ein zittriges, aufgesetztes Lächeln und mein Herz hämmerte noch immer wie ein Presslufthammer in meiner Brust.

Ich war hier sicher. Cody, der Eigentümer, kannte ihn. Nannte ihn Boone.

Außerdem waren Natalie und Rand heute Abend hier. Ich hatte sie in der Menge entdeckt und ihnen gewinkt, auch wenn sie im Bereich einer anderen Kellnerin saßen. Sie würden auch nicht zulassen, dass mir etwas geschah. Ich wusste, dass *Rand* es nicht erlauben würde.

Ich holte tief Luft. Stieß sie aus. Dann atmete ich erneut durch.

Ich war sicher. Vollkommen sicher. *Sicher.*

Marty war nicht hier. Dieser Typ? Er war zwar nicht Marty, aber ich kannte ihn nicht.

Als ich zur Bar zurückging, mein Tablett mit einigen leeren Gläsern beladen, die ich auf dem Weg gefunden hatte, konnte ich nicht anders, als nach dem großen Mann zu suchen – Boone. Nicht, weil ich an ihm interessiert war. Nicht, weil ich Angst hatte.

Nur, weil ich nicht aufhören konnte, an ihn zu denken. Daran, wie warm und kräftig sein großer Arm um mich gelegen hatte. Wie seine knurrige Stimme mein Höschen feucht gemacht hatte – ja, es war schwer, mir einzugestehen, dass ich mich zu ihm hingezogen fühlte, und dass mein Körper so schnell reagiert hatte. Das an sich war eine Überraschung, denn ich hatte gedacht, meine Libido wäre von Marty zerstört worden. Ich hatte seit langer Zeit nicht die geringste Erregung verspürt und jetzt ... aus heiterem Himmel bei Mr. Holzfäller?

Ich hatte ihm gesagt, dass er mich loslassen solle, und er hatte es getan. Sofort. Er hatte sich sogar entschuldigt.

Er war anders als Marty, denn er hatte seine Taten

nicht damit entschuldigt, dass ich nuttig angezogen war und er einfach nicht anders konnte. Dass mein Lippenstift zu hell war oder dass es ausgesehen hatte, als hätte ich mit einem Kunden geflirtet.

Jetzt, da ich mich beruhigt und festgestellt hatte, dass dieser Kerl nicht Marty war – es war allein körperlich ziemlich offensichtlich, da Marty einen halben Kopf kleiner und vermutlich fünfzig Kilo leichter war – und mir ins Gedächtnis gerufen hatte, dass mein Ex sich in einer anderen Zeitzone befand, wollte ich einen besseren Blick auf sein Gesicht erhaschen. Denn das, woran ich mich erinnerte, war einen zweiten Blick wert. Er sah so gut aus.

Da. Mein Herz begann, zu hämmern, als ich den Blick durch den Raum schweifen ließ und ihn entdeckte. Er stand beim Cocktailbereich, wo ich hinging, um mein Tablett zu entleeren und Cody die neuen Bestellungen durchzugeben. Als ich dorthin ging, wappnete ich mich für seinen neuen Versuch, mich zu ‚verführen‘, oder was immer er dachte, dass er tat, doch er sagte nichts.

Er blieb still – wie eine Statue – und beobachtete mich. Ich spürte seinen Blick auf mir, aber sonst nichts.

Während ich mein Ding tat, Cocktailservietten und Strohhalme holte und so tat, als würde ich den gut aussehenden, bärtigen Koloss neben mir nicht bemerken, kam mir der Gedanke, dass seine Reglosigkeit mich möglicherweise beruhigen sollte. So wie man sich langsam bewegte, wenn man es mit einem schreckhaften Pferd zu tun hatte. Vielleicht wollte er mir stillschweigend mitteilen, dass ich in seiner Gegenwart keinen Grund zum Durchdrehen hatten und bei ihm in Sicherheit war.

Oder versuchte er, mich in falscher Sicherheit zu wiegen?

Ich wusste auch, wie das war. Wenn man in seiner Wachsamkeit nachließ, dann …

„Summer!" Mein Chef winkte mich zu sich, während seine Hände sich schnell bewegten und Drinks für die drei Kunden einschenkten, die an der Bar standen. Seine junge Frau Riley saß mit Freunden in ihrem Alter vor ihm und sah aus, als hätte sie viel Spaß. Sie war einige Jahre jünger als ich und es stand außer Frage, dass Cody verzaubert war. Ich sah, dass er häufig zu ihr schaute, während er sich um die Kunden kümmerte.

Ich lächelte sie an, als ich mich näherte und den Zettel mit meiner neuen Getränkebestellung vor Cody auf die Bar legte, damit er sich als Nächstes darum kümmern konnte.

„Es tut mir leid, dass Boone dir Angst gemacht hat", sagte er, während er den Cocktail-Shaker schüttelte, anschließend einen gekühlten Martini in ein Glas goss und ihn mit einem Zahnstocher mit Olive garnierte. Die meisten Leute hier bestellten ein Bier oder Shots, doch gelegentlich wurde ein ausgefallenerer Drink bestellt. Ich wusste, dass Cody nichts mit kleinen Cocktail-Schirmchen machte. Kneipenregel.

„Er lebt oben am Berg und seine Manieren sind ein wenig eingerostet."

Ich blickte zu Boone. In dem Meer aus Leuten, die sich um ihn herum bewegten, redeten oder lachten, wirkte er in der Zeit erstarrt. Als hätte man ihn im

Winterwetter vergessen und er wäre zu Eis geworden. Wohingegen er gefroren war, wurde mir ganz heiß, als ich ihn musterte. Er war so attraktiv. Mit einem Wort? Wild.

Seine Haare waren an den Seiten kurz und oben länger. Sein Bart war zwar voll, jedoch ebenfalls gepflegt. Seine Schultern konnten vermutlich einen ganzen Türrahmen füllen und sein Flanellhemd spannte sich straff über seiner breiten Brust. Ich wusste das, weil ich bis zu seiner Brust reichte und einen der Knöpfe gemustert hatte. Er trug eine Jeans, die abgetragen war und sich so perfekt an ihn schmiegte, wie es bei Marty nie möglich gewesen wäre.

„Ich möchte, dass du weißt ... Boone ist vollkommen sicher", fügte Cody hinzu und neigte sich zu mir, als er vier Shots Tequila auf mein Tablett stellte. „Ich verbürge mich zu einhundert Prozent für ihn." Obwohl er wahnsinnig viel zu tun hatte, hielt er inne, senkte das Kinn und sah mir in die Augen. Hielt den Blick. Ich entdeckte keine Lüge darin. Er hatte mich nie schlecht behandelt, nie belogen. Mich nie mit Kosenamen wie *Schätzchen* oder *Süße* angesprochen. Er hatte mir nie einen Grund gegeben, ihm nicht zu vertrauen.

„Okay."

Wenn er sagte, dass Boone sicher war, dann bedeutete das, dass *Boone*, der gewaltige Riese, sicher war. Etwas in mir krachte, als wäre der stabile Betondamm gebrochen, den ich zwischen dem Teil von mir, der sich sofort zu Boone hingezogen gefühlt hatte, und dem Teil errichtet hatte, der einen weiteren übergriffigen Mann abblitzen lassen wollte. Hitze sammelte sich zwischen meinen Beinen, weil ich mich zu ihm hingezogen fühlte. Weil ich von Cody grünes Licht erhalten hatte.

Ich hatte keine Ahnung, warum ich mich zu einem Kerl hingezogen fühlte, der so groß und knurrig war, dass er mich wie einen Zweig zerbrechen könnte. Marty war nicht so groß gewesen, ganz im Gegenteil, und das bedeutete, dass meine Instinkte schrecklich waren.

Aber ... Cody war ein Kneipenbesitzer. Er sah eine Menge Männer, die alles Mögliche ausprobierten, um einer Frau an die Wäsche zu gehen. Er war keine betrunkene Frau, die sich Männer schön trank und dachte, Boone wäre heiß. Sein Urteil wurde nicht von Verlangen getrübt. Das einzige Interesse, das ich jemals in seinen Augen sah, galt Riley.

Ich wagte noch einen Blick zu dem riesigen Mann. Wie wäre es wohl, mit so einem starken Exemplar von Männlichkeit zusammen zu sein? Er war so groß wie ein Berg. Ich könnte ihn wie einen Berg *besteigen*.

Bei diesem Gedanken wurden meine Brustwarzen noch härter.

Es war Jahre her, seit mich etwas angetörnt hatte – ich hatte den sexuellen Teil von mir abgeschaltet wegen all des Mists, den Marty mir angetan hatte. Etwas an Boone sorgte dafür, dass ich wieder zum Leben erwachte. Es war, als wäre ein Wasserhahn aufgedreht oder ein Schalter umgelegt worden. Ich *fühlte* wieder.

Mein Verlangen ging von aus auf AN. Mein Höschen war ruiniert.

Das fühlte sich allerdings auch gefährlich an. Derart sofortiges Begehren war furchterregend. So hatte es mit Marty angefangen. Er hatte charmant gewirkt.

Selbstbewusst. Fähig. Attraktiv auf eine klar umrissene, ich-bin-kein-bisschen-gefährlich Art und Weise. Er war ein Polizist! Ich hätte mich bei ihm am sichersten fühlen sollen. Er hatte mich angelockt und mir einen Ring angesteckt und ehe ich mich versah, war der echte Marty zum Vorschein gekommen. Ich war gefangen gewesen, während eine ganze Polizeitruppe hinter ihm gestanden hatte.

Cody klopfte mit den Fingerknöcheln auf die Theke. „Falls du etwas von ihm willst …"

Mein Blick schnellte bei diesen Worten zu seinen Augen.

„… aber nervös bist nach dem, was du durchgemacht hast, versichere ich dir, dass er jede Regel befolgen wird, die du für ihn aufstellst."

Jede Regel, die ich für ihn aufstelle?

Warte – *falls ich etwas von ihm wollte?*

Ich leckte mir über die Lippen. Schlug Cody tatsächlich vor, dass ich einen One-Night-Stand oder eine Affäre mit Boone hatte? Dass es okay wäre, dass ich sicher wäre und dass ich … was? Die Regeln bestimmen konnte, was und wie wir es taten?

Wollte ich etwas? Konnte ich wieder so fühlen? Konnte ich Sex auf so eine lässige, spaßige Art erleben, wie ich es heute Abend schon mehrere Frauen hatte tun sehen? Wollte ich einen Mann? Die anderen Frauen schnappten sich einfach den Mann, den sie wollten.

Gott, Cody meinte genau das. Er schlug offen vor, dass ich diesen Kerl *benutzte*. Für *Sex*, nahm ich an. Oder ich vermutete, dass ich ihn auch benutzen könnte, um eine Ladung Holz aufzuladen. Ein Klavier abzuholen. Ein Auto hochzuheben.

Er machte den Eindruck, als könnte er jede körperliche Aufgabe erledigen, die ich ihm gab.

Wollte ich Sex mit diesem großen, muskulösen Mann?

Sein Arm um meine Taille war das erste Mal gewesen, dass mich ein Mann abgesehen von Marty berührt hatte. Mein Vater hatte nichts von Umarmungen gehalten. Marty genauso wenig, aber er hatte mich angefasst. Oh, das hatte er getan.

Boones Berührung war besitzergreifend gewesen und das hatte mir Angst gemacht, aber sie hatte sich auch ... beschützend angefühlt. Anders. Als würden diese großen Muskeln nicht gegen mich verwendet werden, sondern mich beschützen und für mich sorgen.

Für meine Sicherheit sorgen.

Ich leckte mir über die Lippen und dachte nach. Könnte ich einem Kerl wie Boone erlauben, mich zu berühren? Wollte ich das? Seine schwieligen Hände auf meiner Haut spüren? Seine weichen Bartstoppeln auf meinen Innenschenkeln fühlen? Seinen Schwanz an mich gepresst spüren?

Bei dieser Vorstellung trat ich von einem Fuß auf den anderen. Plötzlich war es erstickend heiß in der Kneipe. Ich wollte rausgehen, mich in den Schnee fallen lassen und Schneeengel machen, um mich abzukühlen.

Wollte ich Boone? Ich schaute zu dem fraglichen Mann. Ja. Ja, das tat ich.

Codys Vorschlag, dass ich für den eindeutig dominanten Mann Regeln aufstellen konnte, bedeutete, dass ich das Sagen hätte, obwohl er definitiv der Größere von uns beiden war.

Ich schnappte mir die Bierflaschen, die ich brauchte, entfernte die Deckel und lud sie auf mein Tablett, bevor ich den Shot Whisky, den Wodka Tonic und Whisky Sour hinzufügte, die Cody für mich zubereitet hatte.

Ich wollte den Shot nehmen und ihn selbst exen. Ich brauchte flüssigen Mut. Ich konnte das tun. Ich konnte eine normale Frau mit Bedürfnissen sein. Bedürfnissen, die Boone zweifellos befriedigen konnte.

Als ich hinter der Bar hervortrat, blieb ich vor meinem neuen Bewunderer stehen, der mein Herannahen mit seinen sehr intensiven dunklen Augen beobachtet hatte. Dunkle Augen, die auf mir gelegen hatten, seit ich bei der Bar angekommen war.

„Ich heiße Summer." Ich deutete mit dem Finger auf sein Gesicht. Ich würde es tun. „Erste Regel – kein Anfassen, ohne vorher um Erlaubnis zu fragen."

3

BOONE

Zur Hölle, ja.

Sie gab mir ihren Namen. Gab mir eine Regel.

Wie alle Gestaltwandler besaß ich ein bemerkenswert gutes Gehör, die Kneipe war jedoch proppenvoll. Und laut. Cody musste etwas zu ihr gesagt und sich für mich verbürgt haben. Ich stand wirklich tief in seiner Schuld. Aber fuck, mein Wolf hatte sich mir beinahe entrissen und gejault, als Cody mir erzählt hatte, dass sie verheiratet war.

Verheiratet! Beansprucht von einem anderen Menschen durch deren Gesetze, die für Gestaltwandler keine Bedeutung hatten.

Er hatte gesagt, dass sie verheiratet war, die Scheidung jedoch eingereicht worden war. Dass keine Chance bestand, dass sie zu dem Mann zurückgehen würde. Cody hatte gesagt, dass sie in Rands und Natalies

Haus neben der Wolf Ranch wohnte. Ich musste zugeben, dass es mich beruhigte, dass sie unter einem Dach lebte, wo sie von einem Rudelmitglied beschützt wurde.

„Summer." Es kam als Grunzen heraus, doch ich liebte es, ihren Namen in meinem Mund zu haben. Fuck, ich klang wie ein gewaltiger Schwachkopf und nicht wie ein Kerl mit einem MBA und einer großen Wall-Street-Karriere in der Tasche.

Meine Gefährtin hieß Summer wie die schönste Jahreszeit in Montana. Der Name war so schön wie sie.

Ich streckte meine Hand aus, legte sie jedoch geöffnet auf die Theke, anstatt sie ihr zu einem Handschlag zu reichen, da ich immer noch versuchte, ihr zu zeigen, dass ich harmlos war – eine ziemliche Herausforderung für einen Kerl, der zwei Meter groß und hundertfünfzehn Kilo schwer war.

Ich wartete. Solange sie vor mir stand, konnte ich die ganze Nacht lang warten.

Sie musterte meine Hand einen Augenblick, bevor sie ihr Tablett auf die Theke stellte. Mir entging nicht, dass ihre Hand zitterte, als sie sie in meine legte. Ihre Augen waren grau-blau wie der Himmel vor einem Gewitter und etwas an ihrer schlanken Figur und ihrem straffen Busen brachte mich auf den Gedanken, dass sie eine Menge durchgemacht hatte.

Vielleicht war die Scheidung schwer für sie.

Fuck, ich hoffte, dass sie keinen Liebeskummer hatte. Hatte sie den Mann geliebt? Trottel, sie hatte ihn geheiratet – natürlich waren sie verliebt gewesen. Dennoch musterte sie mich definitiv zaghaft, aber auch interessiert. Ich wusste es. Mein Wolf wusste es. Ich konnte es *riechen*. Dieser süße Honigduft wurde jetzt kräftiger.

Was immer ihr Problem war, ich konnte damit arbeiten.

Ich *musste* es tun.

Sie war die Meine. Ich brauchte sie zum Überleben.

Scheiße. Ich war klug. Wirklich verdammt klug. Doch wenn ich keinen Weg fand, sie für mich zu gewinnen, damit ich sie beanspruchen konnte, würde ich die Kontrolle über meinen Wolf verlieren. Ich konnte meinen Wolf bereits kaum noch kontrollieren und es waren erst wenige Minuten vergangen.

Das hier war jedoch mehr als nur Überleben. Dass sie meine Gefährtin war, war nicht nur eine Methode, mich vor dem Mondwahnsinn zu bewahren. Ich wollte sie. Mein Herz *und* mein Schwanz wollten sie. Ich musste ihr Lächeln sehen. Ich musste sie auf meinem Schwanz kommen sehen. Ich musste an ihrer Seite sein und vernichten, was immer sie heimsuchte. Falls sie litt, so würde das nicht noch einmal passieren.

Ihre sanfte Berührung, Handfläche an Handfläche, sorgte dafür, dass sich die Luft auflud wie in einer heißen Nacht vor einem Gewitter. Ich schloss sachte meine Finger um ihre. Ihre Hand sah klein und zart in meiner großen, schwieligen aus. Weich, warm. Ihre Nägel waren nicht lackiert oder lang, aber ordentlich gefeilt und sauber.

Mir wurde erneut klar, dass sie ein Mensch war. Ein verdammter Mensch! Das bedeutete, dass sie empfindlich wie Glas war. Zerbrechlich. Wenn sie verletzt wurde, heilte sie nicht sofort.

Das weckte den Wunsch in meinem Wolf, seine Zähne vor jeder Gefahr zu blecken, die ihr drohte. Ich verspürte das Verlangen, sie zu beschützen, stärker denn je.

Ich räusperte mich, als wäre meine Stimme eingerostet. „Ich werde dich nicht mehr ohne Erlaubnis anfassen", versprach ich und hielt ihren Blick. Ich stellte sicher, dass sie wusste, dass ich ihre Regel gehört hatte und befolgen würde.

Sie suchte mein Gesicht ab, als würde sie zu entscheiden versuchen, ob ich es ernst meinte, dennoch hatte sie ihre Hand in meine gelegt.

Ein kleiner Schritt, aber es war ein verdammter Schritt.

Ich hielt vollkommen still, während sie mich musterte, und ließ zu, dass die überfüllte Kneipe in den Hintergrund rückte. Ich hörte weder die Country-Musik noch die Gespräche ringsum. „Erzähl mir all deine Regeln."

Fuck. Klang das zu barsch? Zu herrisch? Alles, was aus meinem Mund kam, klang knurrig, als würde mein Wolf sprechen. Ich wusste wirklich nicht, wie man flirtete und Finesse zeigte. Das hatte ich nicht wissen müssen, um Deals mit Kunden abzuschließen, den Aktienmarkt zu beobachten und Trends und ökonomische Muster zu lernen, um die Millionen meiner Kunden zu noch mehr Millionen zu machen.

Doch ich sollte es besser schnell lernen.

Sie blinzelte. Starrte mich an. Ich glaubte nicht, dass

sie sich schon andere Regeln überlegt hatte. Zur Hölle, wir hatten uns gerade erst kennengelernt. Vielleicht musste ich die Regeln erst brechen, damit sie herausfinden konnte, wie sie lauteten.

Damit könnte ich arbeiten.

Sie blickte zu der Menge, hob ihre Hand und nahm ihr Tablett. Sie war bereits in Bewegung, als sie die Worte über ihre Schulter sprach: „Warte hier."

„Ich gehe nirgendwohin", schwor ich. Nicht ohne meine Gefährtin. Ich würde diesen Laden auf keinen Fall ohne meine Gefährtin verlassen.

Ich setzte mich auf einen freien Barhocker, wo ich war und verfolgte ihre Bewegungen im Spiegel über der Bar. An irgendeinem Punkt stellte Cody ein Glas Eiswasser vor mich. Zwanzig Minuten später kehrte Summer zurück, wobei sie schnell arbeitete, um die benutzten Gläser und Flaschen von ihrem Tablett zu räumen.

Ich ließ sie arbeiten. Mein Wolf war ungeduldig, doch ich hielt ihn im Nacken fest. Ich konnte sie mir nicht einfach mitten in ihrer Schicht über die Schulter werfen und raustragen. Ich konnte sie nicht raustragen, fertig, denn ich war mir sicher, dass das eine ihrer Regeln war. Sie musste die Kneipe freiwillig mit mir verlassen. Ich rief mir in Erinnerung, dass dazu Flirten und Finesse nötig sein würden. Oder zumindest ein Lächeln oder etwas, was ihr keine Angst machte.

Außerdem würde Cody durchdrehen, wenn ich sie einfach davontragen würde.

Sie füllte ihr Tablett mit frischen Drinks, die Cody gemacht hatte, dann blieb sie wieder vor mir stehen. Da ich saß, befanden wir uns beinahe auf Augenhöhe. „Regel Nummer Zwei: Du musst ein Nein akzeptieren."

Meine Augen weiteten sich und ich zögerte. Mein Wolf sagte auf keinen Fall. Er würde niemals aufhören, ihr nachzustellen.

Doch ich konnte sehen, dass ihr das wichtig war. Sie hatte Angst, dass ich sie nicht respektieren oder ihre Wünsche nicht ehren würde. Ich fragte mich, wer in der Vergangenheit nicht auf sie gehört hatte.

Wer nicht aufgehört hatte, als sie Nein gesagt hatte.

Ich beugte den Kopf und neigte mich leicht vor, damit sie mich hören konnte. „Ich verspreche, dass ich ein Nein akzeptieren werde."

Selbst wenn es mich umbrachte.

Und es *könnte* mich umbringen, wenn sie es rigoros ablehnte, mit mir zusammen zu sein.

Cody ließ das Licht aufflackern, um anzuzeigen, dass jetzt die letzten Bestellungen aufgegeben werden mussten. Daraufhin wurde die Energie im Saloon noch hektischer, als sich alle beeilten, einen letzten Drink zu bestellen und ihren Partner oder Partnerin für die Nacht zu finden. Ich blieb auf meinem Platz und beobachtete meine Gefährtin im Spiegel während dieses Chaos, um mir die Zeit zu vertreiben.

Dreißig Minuten später schaltete Cody die Musik aus und die Neonröhren an der Decke an, um zu signalisieren, dass die Bar geschlossen und es Zeit war, dass alle gingen. Die Kunden kniffen die Augen wegen des hellen Lichts zusammen und beeilten sich, aus dem harschen Licht rauszukommen.

Ich hielt meine Position am Ende der Bar, bis der Laden leer war. Meine Ohren klingelten von der plötzlichen Stille. Cody würde mich nicht rauswerfen und ich würde nicht ohne meine Gefährtin gehen. Seine eigene Gefährtin war kurz vor dem letzten Aufruf gegangen – ich hatte gesehen, wie Cody sie zu ihrem Wagen getragen hatte, bevor er zurückgekehrt war, um seine Arbeit für die Nacht zu beenden. Er war mit einem Lächeln im Gesicht zurückgekommen und ich wusste, dass heute Nacht nicht nur einige seiner Kunden Sex haben würden.

Ich hoffte nur, dass ich herausfinden würde, wie ich Summer davon überzeugen konnte, dass ich sie zur glücklichsten Frau auf der ganzen Welt machen würde, wenn sie mit mir ginge.

Nachdem alle bis auf die Angestellten gegangen waren, stand ich auf und half beim Aufräumen. Ich half Summer, die schmutzigen Gläser von den Tischen einzusammeln und die leeren Flaschen in den Recyclingbehälter zu werfen. Ich nahm den vollen Recyclingbehälter und schleppte ihn nach draußen, wobei ich vergaß, so zu tun, als wäre er schwer. Wegen meiner Größe kam ich besser als die meisten anderen Wölfe damit durch, übermenschliche Kraft zu zeigen. Als ich die Kneipe wieder betrat, hatte Summer einen großen Besen in der Hand und fegte den Boden.

Ich nahm ihn ihr sachte aus den Händen und wartete, bis sie mir in die Augen sah. „Ich kümmere mich darum, Summer."

Ich wollte sie berühren. *Unbedingt.* Dennoch wartete ich. Sie war noch im Dienst. Je eher ich ihr half, ihre

Arbeit hier zu beenden, desto schneller konnte ich sie fragen, ob ich sie nach Hause bringen durfte.

Ich fegte rasch den Müll auf – und verdammt, da war eine Menge Müll! Ich schätzte, wenn das Licht gedimmt war, dachten die Leute nicht groß darüber nach, ihren Mist auf den Boden zu werfen. Als ich fertig war, schleppte ich zwei volle Mülleimer zum Container auf dem hinteren Teil des Parkplatzes, wobei ich einen in jeder Hand trug. Daraufhin kehrte ich zurück, um mir in der Toilette die Hände zu waschen.

Als ich mit feuchten Händen den Hauptbereich der Kneipe wieder betrat, war sie da.

Ich blieb einen halben Meter entfernt von ihr stehen. Blickte auf sie hinab. Wartete. Wartete. Atmete ihren süßen Geruch ein. *Wartete.*

„Okay", sagte sie.

Ich runzelte die Stirn. „Okay?"

„Okay, ich gebe dir die Erlaubnis, mich zu berühren."

Mit einer sanften Berührung hob ich sie auf die Theke – fuck, war sie leicht – sodass wir auf Augenhöhe waren. Ich legte meine Hände auf ihre Knie, spreizte sie und trat zwischen sie.

Ihre Augen weiteten sich vor Überraschung, nicht vor Furcht.

Ich umfing ihr Gesicht und ließ meine schwieligen Daumen über ihre seidenweichen Wangen gleiten. Dann beugte ich mich vor und küsste sie.

4

Wow. WOW.

Ich war noch nie so geküsst worden. Zu gleichen Teilen ehrfürchtig und leidenschaftlich. Boones Mund war weich und sein Kuss berauschend. Ich keuchte und seine Zunge fand meine. Tanzte mit ihr.

Sinnliches Lecken, sanftes Neigen meines Kopfes dorthin, wo er ihn wollte, unsere Münder aufeinandergepresst. Gott, seine Zunge stieß in meinen Mund, wie es sein Schwanz vermutlich in meiner Pussy tun würde.

Da er meine Lippen so gekonnt küsste, fragte ich mich, was er weiter unten mit seinem Kopf zwischen meinen Schenkeln tun konnte. Ich hatte gehört, dass man von einem Bart wundgerieben werden konnte, aber das war mir egal. Meine Pussy verkrampfte sich voller Vorfreude.

Ich grub meine Fersen in seinen Po und zog ihn näher. Spürte die Hitze, die er ausstrahlte. Atmete seinen Geruch ein. Nach Wald und Kiefern und sauberer Seife.

Seine Hände glitten zu meinem Hals und umfassten mich dort, bevor sie tiefer zu meinen Schultern wanderten und schließlich zu meinen Armen, als würde er meinen Körper erkunden, während sein Mund auf meinem lag.

Die anfängliche Überraschung war fort und das Begehren übernahm. Meine Finger vergruben sich in seinem weichen Flanellhemd und packten es, als hätte ich Angst, dass ich davonschweben würde, wenn ich mich nicht an ihn klammerte. Als hätte ich Angst, er würde aufhören. Sein Körper war hart. Muskulös. Robust.

„Boone", flüsterte ich, als er meinen Kiefer entlang küsste, bis er bei meinem Ohr ankam. Sein Bart fühlte sich weich an meiner Haut an.

Oh. Bei dieser Stelle erschauderte ich.

Ich neigte den Kopf und hob die Hüften von der Bar, um mich an ihm zu reiben. Ich war noch nie in meinem Leben so erregt gewesen. Nicht in all den Jahren meiner Ehe. Niemals. Und Boone und ich hatten noch all unsere Kleider an und ...

Jemand räusperte sich. Dann noch einmal.

Ich war es nicht. Boone war es nicht.

Wir waren nicht allein. Oh mein Gott! So peinlich!

Ich keuchte und Boone wich zurück. Einen Zentimeter.

„Werdet ihr auf meiner Bar Sex haben?"

Cody.

Heilige Scheiße. Ich machte auf der Bar meines Chefs herum. *Auf der Bar.*

Ich spürte Boones Brust unter meinen Fingerknöcheln rumpeln, wo ich mich *noch immer* an ihn klammerte. Dann wich er zurück, ignorierte Cody allerdings. Seine Augen begegneten meinen. Sie waren heller als in meiner Erinnerung, aber nicht weniger eindringlich. Seine Wangen waren unter seinem Bart gerötet, seine Lippen rot und feucht.

„Möchtest du, dass ich dich hier oder bei dir zu Hause zum Kommen bringe?", fragte er.

Oh meine Güte. Es war zwar eine Frage, der Orgasmus wurde jedoch vorausgesetzt. Ich musste bloß entscheiden, wo ich ihn erhalten würde. Es bedeutete auch, dass ihm die Hygienevorschriften der Kneipe egal waren oder ob Cody zuschaute. Er wollte mich so dringend.

Ich biss mir auf die Lippe und versuchte, nicht zu lachen und zugleich vor Scham zu sterben. „Bei mir zu Hause."

Cody, der irgendwie mein Flüstern gehört zu haben schien, rief: „Viel Spaß, ihr beiden."

Viel Spaß. *Viel Spaß.*

Das war das Einzige, woran ich denken konnte, als ich zu meinem kleinen Apartment über der Garage meiner Freundin Natalie fuhr. Boone folgte mir in seinem Wagen. Seine Scheinwerfer waren auf dem gesamten Weg hinter mir, eine ständige Erinnerung an ihn, genauso wie mein pochender Kitzler und meine harten Brustwarzen.

Natalies Ehemann Rand besaß ein

Bauunternehmen und hatte das Nebengebäude so designt und gebaut, dass es zum Stil des renovierten Farmhauses passte. Natalies Erzählungen zufolge war das ursprüngliche Haus nach ihrem Einzug bei einem Feuer abgebrannt. Ein Kerl hatte es gelegt, weil ihm die Vorstellung nicht gefallen hatte, dass sie ein Bed & Breakfast führen wollte. Das war ihr ursprünglicher Plan gewesen, als sie das Haus geerbt hatte. Die zwei Gebäude waren durch ein gläsernes Verbindungsstück miteinander verbunden und weit genug auseinander, dass ich nicht das Gefühl hatte, dass ich den Frischvermählten mit meinem Einzug auf die Nerven gehen würde.

Unter meinem Apartment befand sich die Garage. Diese verfügte über vier Bereiche, die groß genug für ihre privaten Fahrzeuge und einen alten Truck mit einem Pflug waren, der ihre lange Zufahrt von dem ständigen Montana-Schnee befreite. Sie verstauten dort auch Quads und Rands Werkzeuganhänger.

Meine Wohnung war ein großer Raum mit einem Badezimmer, einer Kitchenette, einem Sofa und einem Bett. Die Fenster zeigten den hinteren Teil der schneebedeckten Ranch und ich fragte mich, ob der Winter jemals enden würde.

Als ich aus meiner Ehe geflohen war, war ich hierhergekommen, um bei meiner Freundin weit weg von Los Angeles zu wohnen und einen Neubeginn zu wagen. Um herauszufinden, wer ich war und was ich wollte.

Heute Nacht wollte ich Boone.

Er stand im Eingang meines Apartments und hielt

seine Wintermütze in der Hand. Er beobachtete mich. Wartete.

Ich öffnete den Reißverschluss meiner dicken Winterjacke, seine Stimme – und die Worte – ließen meine Hände jedoch innehalten.

„Lass mich das tun", bat er. Seine Stimme war tief und polternd wie eine Steinlawine.

Ich ließ meine Hände an meine Seiten fallen, als er sich nach unten beugte, meine Jacke öffnete und sie mir von den Schultern schob. Er hängte sie an den Haken neben der Tür.

Ich schluckte und fragte mich, ob ich die Heizung zu stark aufgedreht hatte. Ich fragte mich, ob er mein Herz hämmern hören konnte.

Er sank mit einem dumpfen Knall auf ein Knie und jetzt waren wir auf Augenhöhe. Dann klopfte er sich auf den Schenkel.

„Stell deinen Fuß hierhin", wies er mich an.

Ich legte meine Hände auf seine Schultern, um das Gleichgewicht zu halten, und tat wie geheißen. Ohne den Blickkontakt zu unterbrechen, zog er meinen Schuh aus, woraufhin ich meinen Fuß senkte und den anderen hob.

Er klopfte erneut auf seinen dicken Schenkel und ich legte den Kopf schief.

„Setz dich."

Mein Mund zuckte und ich setzte mich, wobei ich das Spiel der harten Muskeln unter meinen Schenkeln spürte. So warm. So groß. So …

Oh meine Güte.

Er küsste mich erneut. Doch anders als der Kuss in der Kneipe, der langsam begonnen hatte, war dieser von

Anfang an heiß. Mit offenem Mund und tanzenden Zungen. Als hätte er auf der Fahrt hierher über nichts anderes nachgedacht.

Dann stand er auf, nahm mich mit sich und trug mich durch den Raum zu meinem Bett.

Er hätte mich werfen können, tat es allerdings nicht. Er legte mich sachte auf das gemachte Bett, als wäre ich zerbrechlich. Anschließend richtete er sich zu seiner vollen Größe auf.

„Erlaubnis, dich zu entkleiden und zu ficken, wie du es brauchst."

5

BOONE

SUMMERS MUND ÖFFNETE und schloss sich bei meinen Worten. Ihre Wangen liefen wunderschön rosa an. Es war ein Rosa, das bestimmt zu ihren Nippeln und ihrer Pussy passte.

Ich würde unendlich fürsorglich sein, war jedoch kein Romantiker. Mir lief das Wasser im Mund zusammen wegen des Aromas ihrer Erregung, das ich nun in der Luft riechen konnte. Süßer Honig. Sobald ich sagte *dich ficken, wie du es brauchst,* lief sie aus, und ihr Höschen war zweifellos ruiniert.

Sie stemmte sich auf die Ellenbogen. Ihr Kneipen-T-Shirt, ihre Jeans und Socken waren alles andere als sexy Dessous. Fuck, sie würde in Spitze oder Seide zweifellos umwerfenden aussehen, aber ich wollte sie einfach nur nackt haben. Genauso wie mein Wolf. Meine Gefährtin brauchte nichts, um verführerischer zu sein.

Aus meinem Schwanz quollen bereits Lusttropfen und meine Eier schmerzten vor Verlangen, in Summer zu sinken. Sie würde eng sein. Ich wusste es.

„Ja. Du hast die Erlaubnis, beides zu tun."

Ich packte einen Knöchel und begann mit ihren Socken.

„Boone", sagte sie. Ich hob den Blick von meiner Aufgabe und begegnete ihrem. „Ich habe, ähm ... es ist eine Weile her."

Sie hielt das für ein Problem?

Ich zog die Socke aus und ließ sie auf den Boden fallen. „Kein Problem, Schönheit."

„Ich nehme die Pille."

Meine Hände erstarrten, als ich meinen Gürtel öffnete, und ich sah sie an.

„Bedeutet das, dass ich dich ungeschützt nehmen kann? Habe ich die Erlaubnis, tief in deiner Pussy zu kommen?"

Ich wusste nicht, dass ihre Wangen einen noch hübscheren Rosaton annehmen konnten, doch das taten sie.

„Ja."

Fuck, ja. Mit zunehmender Dringlichkeit öffnete ich meine Jeans, griff hinein und holte meinen Schwanz heraus. Ich packte den Ansatz und streichelte ihn von der Wurzel zur Spitze, während sie mit großen Augen zusah.

„Ich muss dafür sorgen, dass du wirklich bereit bist für den hier."

6

———

SUMMER

OH MEIN GOTT. *Oh mein Gott.*

Boone war definitiv wohlproportioniert. Sein Schwanz war beeindruckend. Meine Pussy verkrampfte sich und lief vor Verlangen aus, obwohl ich wahrscheinlich Angst davor haben sollte, ob dieses Ding in mich passen oder mich in zwei Hälften spalten würde.

Ich hatte bisher nur mit Marty Sex gehabt. Er war knapp einen Meter achtzig groß und schlank. Sein Schwanz war – das wusste ich jetzt – klein gewesen. Im Vergleich zu Boones war es, als wäre ich mit einem kleinen Finger gefickt worden.

Boone würde mich *damit* so ficken, wie ich es brauchte? Er war wie ein Baseballschläger. Eine Getränkedose. Alles Große, was man sich vorstellen konnte, um ihn zu beschreiben.

Zum Glück war ich sehr, sehr feucht und sehr, sehr

begierig. Ich war auch neugierig, was mir entgangen war. Und ich wollte es.

Er streichelte sich noch einmal, bevor er meine andere Socke entfernte und ebenfalls beiseite warf.

Meine Jeans und Höschen waren fort, bevor ich auch nur blinzeln konnte und ...

„Oh!", schrie ich, als er erneut auf die Knie sank, dieses Mal auf den weichen Teppich an der Seite meines Betts. Er verlor keine Zeit, sondern warf sich meine Beine über die Schultern und drückte seinen Mund auf mich.

Dort.

„Boone!", kreischte ich und bog den Rücken durch. Ich versuchte, ihn mit den Fersen wegzustoßen, und er hob sofort den Kopf.

Ich konnte nicht fassen, dass ich ein Gespräch mit einem Mann führen würde, der seinen Kopf *zwischen meinen Schenkeln* hatte. Die dunklen Haare, der Bart, der glänzende Mund, das *Begehren*, das ich in seinem Blick sah.

„Erlaubnis, dich zu lecken", knurrte er.

Diese Worte machten mich feuchter und er holte mit geblähten Nasenflügeln tief Luft. Er war geduldig und wartete auf meine Antwort.

„Ja, aber ich habe nie ..." Ich biss mir auf die Lippe, da ich nicht zugeben wollte, dass Marty mich kein einziges Mal geleckt hatte. Er hatte behauptet, dass er es nicht mochte, dass er den Geschmack einer Pussy nicht mochte. Ich wollte auch nicht zugeben, dass er mir kein einziges Mal einen Orgasmus geschenkt hatte. Die hatte ich mir immer selbst in der Dusche verschafft, wenn ich allein gewesen war.

Boones Augen wurden schmal. „Du hast es jetzt."

Weil ich Ja gesagt hatte, machte er sich mit einer neuen Zielstrebigkeit an die Arbeit, als würde er das hier zur ersten – und besten – Erfahrung aller Zeiten machen wollen. Er leckte mich von – *heilige Scheiße* – meinem Poloch bis zu meinem Kitzler.

Ich bäumte mich vom Bett auf wegen der Empfindungen, die seine Zunge auslöste. Eine riesige Hand legte sich auf meinen Bauch und fixierte mich.

Dann machte er sich wieder an die Arbeit. Mit Arbeit meinte ich, dass er meinen Kitzler leckte und einen dicken Finger in mich schob. Dann rauszog. Dann reinschob. Dann ...

Ich hatte keine Ahnung, was er dort unten tat, doch er brachte mich mit einer Geschwindigkeit zum Kommen, auf die er stolz sein sollte. In der einen Sekunden zerrte ich an seinen Haaren und bog den Rücken durch, in der nächsten schrie ich seinen Namen und verkrampfte mich um seinen Finger herum, als der gewaltigste und intensivste Orgasmus meines Lebens durch mich fegte.

Ich keuchte und schnappte nach Luft, doch wow. Ich war noch nie zuvor so heftig oder mit etwas in mir gekommen.

Ich würde nicht darüber nachdenken, wie beschissen es mit Marty gewesen sein musste, wenn es in Wirklichkeit wie *das hier* sein sollte. Und Boone war noch nicht einmal in mir! Er war noch angezogen!

Ich war befriedigt und entspannt und fühlte mich so fantastisch, dass ich süchtig nach mehr war.

„Noch einer", verkündete er.

Ich hob den Kopf. „Noch einer?"

Sein Bart war mit meiner Erregung überzogen. Seine Wangen waren gerötet, sein Kiefer fest zusammengepresst. Er stand darauf.

„Noch ein Finger", stellte er klar. „Noch ein Orgasmus."

Als er seinen Finger rauszog, anschließend zwei in mich schob und sie krümmte, um über eine Stelle in mir zu reiben, die magisch und lebensverändernd war, kippte mein Kopf nach hinten und ich ließ los.

7

BOONE

HONIG. Fick mich. Sie schmeckte wie klebriger, süßer Honig. Und sie lief für mich aus. Er war in meinem Bart, auf meiner Hand. Auf meiner Zunge.

Bald würde er auch meinen Schwanz überziehen. Aber meine Lust war zweitrangig. Es war viel wichtiger, meiner Gefährtin Lust zu bereiten und zu lernen, was sie befriedigte.

Hatte sie vorhin angefangen, zu sagen, dass noch nie ein Mann ihre Pussy geleckt hatte? Das weckte den Wunsch in mir, ihren zukünftigen Ex aufzuspüren und ihm ein oder zwei Lektionen darüber zu erteilen, wie man Frauen behandelte.

Man begann auf den Knien. Indem man ihren Körper verehrte. Wusste, dass sie erregt und bedürftig, befriedigt und bereit für deinen Schwanz war. Erst dann, und nur dann, sollte ein Kerl an sich denken.

Erst, nachdem sie erneut gekommen war, stemmte ich mich nach oben, um sie von ihrem T-Shirt und BH zu befreien. Sie war verschwitzt, befriedigt, entblößt und perfekt, als ich sie auszog.

Ich zog sie auf dem Bett nach oben, sodass ihr Kopf auf dem Kissen ruhte, bevor ich über ihr aufragte, ihre Knie auseinanderschob und mich zwischen ihren gespreizten Schenkeln niederließ.

Obwohl sie zwei Orgasmen gehabt hatte und von meinen Fingern gedehnt worden war, würde ihre Pussy verdammt eng sein. Ich brachte mich an ihrem glitschigen Eingang in Position und blickte ihr in die Augen. Dann sank ich langsam in sie.

„Fuck, Summer. Du bist so perfekt.“

Fuck. *Fuck.* Sie fühlte sich so gut an. Heiß, feucht. Ihre Wände zuckten um meine Schwanzspitze herum. Tiefer war ich nicht vorgedrungen.

„Braves Mädchen. Nimm mich auf und ich werde dir geben, was du willst.“

Sie winkelte ihr Knie an und hob ihr Bein, sodass es an meiner Seite ruhte und ich tiefer sank.

Oh Scheiße, ich würde nicht durchhalten. Ich würde kommen, obwohl ich nur mit der Eichel in ihr war.

„Boone“, hauchte sie und ihre Hände hoben sich zu meinen Armen, glitten meine Seiten hoch und runter und ertasteten mich.

Sie war so klein unter mir, dass ich sie in dieser Position nicht küssen und ficken konnte, ohne mir den Rücken zu verrenken.

Ich rollte uns herum, sodass sie oben war. Durch diese Bewegung sank sie vollständig auf mich.

„BOONE!", schrie sie erneut. Ihre inneren Wände zuckten und verkrampften sich um mich herum in dem Versuch, sich an meinen Schwanz anzupassen.

Ich legte meine Hand auf ihren Bauch und spürte meine Schwanzspitze in ihr. Indem ich einen Sit-up vollführte und den Oberkörper hob, küsste ich sie. Dann winkelte ich meine Knie an, sodass sie in der Beuge meines Körpers saß. Beschützt und aufgespießt.

Mit den Händen auf ihren Hüften hob und senkte ich sie und half ihr, sich auf mir zu ficken, während wir uns küssten. Ihre Knie berührten an meinen Seiten kaum das Bett.

Sie gab sich rasch der Wonne hin, ihre Augen schlossen sich und ihr Kopf neigte sich nach hinten. Ihre Haare waren nicht lang, kitzelten jedoch meine nackten Schenkel.

Das hier war gut. Perfekt. Ich hatte noch nie etwas wie die enge, feuchte Faust ihrer Pussy gespürt. Mein Wolf war begeistert, dass wir unsere Gefährtin genau dort hatten, wo wir sie wollten. Bereits befriedigt und begierig nach mehr. Nackt und bereit für meine Markierung.

Doch das reichte nicht, weshalb ich uns wieder herumrollte, zwischen uns griff, ihren Kitzler massierte und sie erneut zum Kommen brachte.

Als sie meinen Namen schrie, fickte ich sie wie ein Wahnsinniger, sodass das Kopfbrett gegen die Wand knallte.

„Mein. Mein. Fuck, Schönheit", knurrte ich. Schweiß tropfte von meiner Stirn. Meine Hand ballte sich in den Laken zur Faust und zerriss die Baumwolle.

Noch ein tiefer Stoß und es knackte. Das Bett brach

und neigte sich auf eine Seite. Ich hörte nicht auf – ich konnte nicht – mein Wolf war direkt an der Oberfläche und brannte darauf, sie zu beanspruchen.

Sie hatte mir die Erlaubnis gegeben, sie ungeschützt zu ficken und mit meinem Sperma zu füllen.

Es kostete mich sämtliche Selbstbeherrschung, sie nicht zu markieren, als ich mich so verdammt tief in ihre Pussy rammte, kam, sie immer wieder füllte und meinen Mund zusammenpresste, um meine ausgefahrenen Fangzähne zu verbergen.

Summer keuchte, stöhnte vor Wonne und bog den Rücken durch, um mich aufzunehmen. Ihr enger Kanal pulsierte und zog sich um mich herum zusammen. Ihre Augen waren geschlossen, ihre blonden Haare wie ein Heiligenschein um sie herum ausgebreitet.

Mein Wolf war sauer, dass ich sie nicht markiert hatte, doch der Rest von mir genoss es, in ihr zu kommen. Meine Gefährtin zu befriedigen. Sie unter mir zu haben. Ihren Geruch einzuatmen, der mit dem Geruch ihrer Erregung und meines Spermas vermischt war.

Ich stieß ein leises Grollen der Zustimmung aus. Mein Schwanz war noch hart. Er würde sich nicht so schnell beruhigen.

Ihre Augen öffneten sich und wurden groß, bevor sie lächelte.

Ich blinzelte hektisch, da mir bewusst wurde, dass die Augen meines Wolfs wahrscheinlich zu sehen waren.

Sie sog scharf die Luft ein. „Du bist einer von ihnen, oder?"

8

———

SUMMER

Schock breitete sich auf Boones Gesicht aus und er wurde vollkommen reglos.

Seine Augen *hatten* ihre Farbe geändert, wie ich es mir gedacht hatte. Ich hätte schwören können, dass sie vor einem Augenblick noch braun gewesen waren und die gleiche Farbe wie sein Bart gehabt hatten. Doch jetzt, während er befriedigt und groß über mir aufragte, leuchteten sie in einem hellen Grün. So grün wie Dollarnoten. Und wenn ich sagte, dass sie leuchteten, meinte ich damit, dass sie genauso funkelten, wie es die Augen einer Katze oder eines Hundes im Dunkeln taten. Als könnten sie in der Dunkelheit sehen, wenn ich es nicht konnte.

Langsam zog sich Boone aus mir zurück und setzte sich auf seinen Po. Wow, er war noch immer riesig und hart, nun jedoch mit meiner Erregung überzogen. Ein

Lusttropfen sickerte aus dem kleinen Schlitz an der Spitze.

Er tat das, was er am Ende der Bar getan hatte, wo er stillgehalten hatte, als wolle er mir keine Angst machen. Seine Augen hielten meinen Blick.

„Was meinst du, Baby?", fragte er mit leiser Stimme.

Ich wünschte mir plötzlich, ich hätte nichts gesagt. Ich wollte nicht, dass er mich darüber belog, was er war, wie es Natalie getan hatte. Es hatte meine Gefühle verletzt, als sie es getan hatte. Rand war ein Werwolf. Ich wusste das, weil ich ihn während des Vollmonds gesehen hatte. Ich hatte aus dem Fenster meines Apartments über der Garage geschaut und einen riesigen Wolf zu ihrer Hintertür rennen sehen. Dort hatte er sich in einen splitterfasernackten Mann verwandelt und war in ihr Haus marschiert. Nicht in irgendeinen splitterfasernackten Mann, sondern in Rand. Ich hatte ihn nie zuvor oder seitdem nackt gesehen, hatte ihn allerdings erkannt.

Das war eine gewaltige Überraschung gewesen.

Ich sollte offensichtlich nicht wissen, was er war. Tatsächlich hatte Natalie mir ins Gesicht gelogen, als ich sie am nächsten Morgen danach gefragt hatte, weshalb ich auf dem Thema nicht weiter herumgehackt hatte. Das Geheimnis war meiner guten Freundin so wichtig gewesen, die so großzügig war, mich in ihrer Zweitwohnung unterzubringen, dass sie das Gefühl hatte, sie könnte mir die Wahrheit nicht erzählen. Nach diesem Nacktheitsvorfall hatte ich nach Hinweisen Ausschau gehalten, dass Rand ein Werwolf war.

Es gab eine Menge, wenn man von dem Geheimnis wusste.

Zum einen hieß die Ranch, die an diese grenzte, Wolf Ranch. Die Brüder, denen sie gehörte – Rob, Colton und Boyd – hatten den Nachnamen Wolf. Jeden Vollmond, zumindest während der wenigen, seit ich hier war, ging Natalie zur Wolf Ranch, um sich mit den Frauen im Haupthaus zu treffen. Ich hatte auch das Heulen von Wölfen oben auf dem Berg gehört. Rand ging anscheinend nicht nur allein laufen, wenn Vollmond war, sondern er ging mit *anderen* laufen. Es gab hier eine Menge Gestaltwandler.

Dann gab es noch das Augenfarben-Ding. Ich hatte gesehen, dass Rands Augen die Farbe wechselten, wenn er scharf auf Natalie war, besonders, wenn der Vollmond bevorstand. Es war eine Sache, sie beim Flirten oder einige extrem offensichtliche, zärtliche Gesten zwischen ihnen in der Küche zu beobachten, wo er ihren Po packte oder ihr etwas ins Ohr flüsterte, was ihr die Röte in die Wangen trieb, aber die Augen ... kein Mensch konnte tun, was Rands Augen taten. Dann realisierte ich, dass Codys Augen das Gleiche taten, wenn seine Frau in die Kneipe kam. Es war, als könnten sie sich nicht beherrschen, als wäre ihr Verlangen nach ihren Frauen so mächtig, dass sie sich *änderten*.

Jetzt taten Boones Augen das Gleiche. Bei mir.

Mir war auch nicht entgangen, dass Cody und Rand wahnsinnig stark waren. Genauso wie Boone – ich hatte in der Kneipe beobachtet, wie er diese riesige Mülltonne voller Glasflaschen hochgehoben hatte, als enthielte sie nur Federn – und er war sogar noch größer als seine Freunde.

Soweit ich das erkennen konnte, waren diese Gestaltwandler nicht gefährlich. Rand und Cody waren beide unfassbar nett. Ich hatte von keinen Leichen gehört, die zur Zeit des Vollmonds oder generell in Cooper Valley gefunden worden waren, allerdings ging da meine Vorstellungskraft gewaltig mit mir durch. Sie waren keine Vampire oder Serienmörder. Sie waren Gestaltwandler.

Natalie schien keine Angst um mich zu haben und sie schien keine Angst vor ihrem Ehemann zu haben oder vor einem der anderen Männer von der Wolf Ranch, die ich kennengelernt hatte. Ich wusste, dass sie mich nicht eingeladen hätte, hierherzuziehen und bei ihr zu wohnen, bis ich wieder auf die Beine kam, wenn es hier nicht sicher wäre. Tatsächlich hatte sie versprochen, dass Rand mich beschützen würde, sollte Marty auftauchen und versuchen, mich nach LA zurückzuschleifen.

Ich streckte die Hand aus und streichelte Boones dichten Bart. Er war so weich ... und zwischen meinen Schenkeln gewesen, wie ich es mir vorgestellt hatte.

„Bist du ein Werwolf?“ Meine Stimme klang heiser.

Er rieb seine Nase an der Vertiefung an der Vorderseite meiner Schulter und platzierte dort einen Kuss. „Was weißt du über Werwölfe?“ Seine Stimme war tief und heiser.

Argh. Er beantwortete meine Frage nicht. Ich wollte nicht, dass er mich bei diesem Thema gaslightete.

Marty hatte mich jeden Tag unserer Ehe gegaslightet und mir Dinge gesagt, wie dass mein Outfit zu nuttig war.

Wenn ich dann deswegen aufgebracht war, stürzte er sich darauf. Als wäre es meine Schuld, dass er wütend wurde, weil ich etwas trug, was nicht angemessen war.

Ich konnte derartige Psychospielchen nicht mehr von einem Mann ertragen. Ich würde lieber nie wieder eine Beziehung führen, als einen Mann haben, der mich auf diese Weise heruntermachte. Es hatte Jahre gedauert, bis ich erkannt hatte, was er getan hatte und wie leicht ich darauf hereingefallen war. Ich hatte meine Familie verloren, meine Freunde. Mein Selbstvertrauen.

Das war jetzt zurück und ich würde es nicht mehr hergeben. Nie wieder.

Ich begegnete seinem Blick mit einem Hauch von Trotz. „Ich weiß, dass Natalie mich anlog, als ich sie fragte, ob Rand einer ist."

Anstatt sich zu verschließen, wurde sein Gesichtsausdruck weicher und offener. Seine Mundwinkel bogen sich leicht nach oben. Er senkte den Kopf und ... oh meine Güte, leckte über meine harte Brustwarze. „Das liegt daran, dass du es nicht wissen solltest, Baby. Es ist ein Geheimnis. Aber es ist jetzt okay. Du bist die Meine."

Seine?

Bei diesen Worten versteifte ich mich, obwohl meinem Körper seine Behauptung zu gefallen schien und sich meine Pussy wegen der Nachbeben verkrampfte. Das war zu besitzergreifend. Zu ... alles verzehrend.

„Ich bin nicht die Deine", widersprach ich sofort bestimmt.

Sein Gesicht verdüsterte sich und er ließ sich an

meiner Seite nieder, stützte sich auf den Ellenbogen, legte den Kopf in die Hand und fuhr meine Brustwarze mit dem Zeigefinger seiner anderen Hand nach. Träge. Langsam. Als hätte er keinerlei Sorgen. Als hätte ich ihn nicht gerade gefragt, ob er ein Werwolf war. Als hätte *er* nicht gerade eine gewaltige Alarmglocke geläutet, als er das eine Wort benutzt hatte: Meine.

Ich betrachtete seinen dicken Finger voller Faszination, während dieser über meine Haut wanderte. Er war so groß. So groß wie der Schwanz eines gewöhnlichen Mannes. Ich wusste, wie es sich anfühlte, diesen Finger in mir zu haben. Tatsächlich wusste ich, wie es sich anfühlte, zwei davon in mir zu haben.

„Ich weiß, dass deine Scheidung noch nicht finalisiert wurde", sagte er mit einem leichten Zucken seiner breiten Schultern. „Cody hat es mir erzählt. Mir sind Menschengesetze egal."

*Menschen*gesetze. Wow.

Ein leichter Schauder der Erregung rieselte durch meinen Körper. Es war bestätigt. Er war kein Mensch. Dieser riesige, muskulöse Mann war etwas Anderes. Etwas Stärkeres. Etwas Tierischeres. Viel gefährlicher als ein normaler Mann. Möglicherweise viel gefährlicher als Marty. Und ich war im Bett mit ihm. Einem Bett, das er kaputt gemacht hatte, weil er so ... kraftvoll gewesen war. Meine Pussy war wund, doch er hatte mir nicht wehgetan.

Dennoch sollte ich Angst haben nach dem, was ich mit meinem baldigen Exmann durchgemacht hatte. Ein Teil von mir war plötzlich ein wenig nervös, aber überraschenderweise war ich größtenteils angetörnt.

Erregt.

Glücklich, dass er mir genug vertraute, um es zuzugeben. Er hatte nicht versteckt, was er war. Er hatte nicht versucht, um den heißen Brei herumzureden oder das Thema zu wechseln. Er hatte nicht versucht, mich mit einem weiteren Orgasmus abzulenken. Dass er mit meiner Brustwarze spielte, törnte mich allerdings wieder an.

„Was soll ich eigentlich nicht wissen?" Erneut legte ich eine kleine Herausforderung in meine Stimme. Ich forderte ihn heraus, es mir zu sagen, denn er hatte die Worte nicht ausgesprochen.

Seine Lippen zuckten und ich erinnerte mich daran, wie sie sich auf meinen angefühlt hatten. Und weiter unten.

„Wir sind keine Werwölfe – zumindest nennen wir uns nicht so", erklärte er. „Werwölfe sind die Monster aus Märchen. Wir sind bloß eine andere Spezies – Wolfsgestaltwandler."

Mein Herz schlug bei seiner Erklärung etwas schneller. *Wir*. Er gab zu, dass es nicht nur ihn gab. Es gab ein ganzes Rudel von ihnen, wie ich vermutet hatte.

„Sei nicht sauer auf Natalie", fügte er hinzu. „Es gibt strenge Rudelregeln, dass man Menschen nicht in unser Geheimnis einweihen darf." Also war Natalie keine Gestaltwandlerin. *Dieses* große Geheimnis hatte sie während unserer gesamten Freundschaft nicht vor mir geheim gehalten. Sie hatte bestimmt davon erfahren, als sie nach Cooper Valley gezogen war.

Boone schmiegte seine große, schwielige Hand an

meinen Busen und drückte zu. „Wie hast du es herausgefunden?"

Ich bog den Rücken durch und presste meine kleine Brust in seine Hand. Okay, ich war ein wenig abgelenkt. „Ich sah Rand beim Vollmond als Wolf und dann verwandelte er sich in einen Mann."

Seine Hand streichelte über meine Seite, glitt über die Kurve meiner Hüfte und schob sich unter meinen Po, um diesen zu drücken. Sein Blick hob sich zu meinem. Fort war der grüne Schimmer. „Hast du keine Angst?"

Ich hielt den Blick seiner nun braunen Augen. „Sollte ich die haben? Vor dir? Vor einem Wolfsgestaltwandler?"

Er schüttelte den Kopf. „Nein, Baby. Kein Wolf wird dir jemals wehtun. Vor allem ich nicht." Er verteilte Küsse entlang meiner Rippen unterhalb meines Busens, bevor er auf der anderen Seite eine Spur nach oben zog. Gott, seine Sanftheit törnte mich ebenfalls an, weil ich sie nicht von ihm erwartet hatte. Jemand, der gerade mein Bett kaputt gemacht hatte, streichelte meine Haut mit federleichten Berührungen.

„Danke, dass du mich nicht angelogen hast", sagte ich leise.

Es fühlte sich wie Erleichterung an. Als wäre ich jetzt in dem inneren Kreis, aus dem ich zuvor ausgeschlossen worden war. Vielleicht waren das auch nur meine Probleme aus der Middleschool, die an die Oberfläche kamen, doch ich hatte es gehasst, ausgeschlossen zu werden. Niemand mochte es, das Gefühl zu haben, alle außer man selbst würden ein Geheimnis kennen.

„Du kannst mich fragen, was du willst, Baby", sagte er. „Ich will dir alles erklären."

Wirklich? „Keine Geheimnisse?"

Er würde mir nicht das Gefühl geben, verrückt zu sein, weil ich die Frage überhaupt gestellt hatte?

Nein. Er *wollte*, dass ich es wusste.

„Keine Geheimnisse", bestätigte er.

„Also verwandelst du dich bei Vollmond? Wirst du … ähm, dazu gezwungen? Bist du gefährlich, wenn du in Wolfsgestalt bist?"

Boones Augen funkelten, als fände er mich niedlich. „Wir können uns jederzeit verwandeln, der Drang ist bei Vollmond jedoch stärker. Es ist kein Zwang, wenn ein Gestaltwandler die Kontrolle über seinen Wolf hat. Es kann ein Problem für Teenager-Wölfe oder einen Gestaltwandler sein, der sich am Rand von Wut oder Lust befindet. Es ist ungefähr so, wie wenn mein Schwanz hart wird. Ich kann hart werden, während ich mir eine Sexszene in einem Film anschaue oder wenn ich am Morgen aufwache. Beides kann ich kontrollieren, aber in deiner Gegenwart? Mein Schwanz wird immer hart sein. *Das* wird schwer, zu kontrollieren sein." Er schaukelte mit den Hüften und ich spürte die große, harte Wahrheit seiner Worte.

Bei dem Wort *Lust* waren seine Augen wieder grün geworden.

War der Mond heute Nacht fast voll?

Ich schaute aus dem Fenster. Nein. Ein Halbmond.

„Hast du mich deswegen heute Nacht gepackt?", fragte ich und meine Unsicherheit machte sich wieder breit, weil ich dachte, dass er mich gewählt hatte, um … einen Drang zu befriedigen, der am oder kurz vor dem

Vollmond unvermeidbar war, so wie wenn man eine Morgenlatte hatte.

Sein Blick liebkoste mein Gesicht, als würde er versuchen, es sich einzuprägen. Jeden Zentimeter von mir. „Ja. Ich habe deinen Geruch in der Menge aufgefangen und wusste sofort, dass du die Meine bist.“

Da war sie wieder – diese Behauptung. *Die Meine.*

Es fing an, mich nervös zu machen. Ich machte mir ein wenig Sorgen, als hätte ich eine dumme Entscheidung getroffen und mich in eine schlimme Lage gebracht.

„Es tut mir leid, falls ich dir Angst gemacht habe“, entschuldigte er sich. „Dass ich dich einfach so gepackt habe. Ich habe kurz die Kontrolle verloren, bis ich realisierte, dass du keine Wölfin bist und keine Ahnung hattest, was ich da tat. Manchmal kenne ich meine eigene Kraft nicht. Manchmal ... egal, vergiss das.“

Logisch betrachtet, wusste ich, dass ich keinen Anstoß an dem nehmen sollte, was er gesagt hatte, doch die Jahre, in denen ich von Marty kleingemacht worden war, sorgten plötzlich dafür, dass ich mich unzulänglich fühlte.

Ich war keine Wölfin. Ich wusste nicht, was los war.

Er wollte vermutlich eine Wölfin. Wollte jemanden, der ihn verstand. Der nichts dagegen hatte, einfach von einem Riesen gepackt und grob angefasst zu werden. Welcher Kerl würde meine Art von Unsicherheiten wollen?

„Unangenehm, oder?“ Ich spielte es herunter und versuchte, wegzurollen und aus dem Bett zu steigen.

„Warte mal.“ Boone schlang seinen Baumstammgroßen Arm um meine Taille und zog mich wieder an sich, genauso wie er es in der Kneipe getan hatte. Jetzt waren wir allerdings nackt. Jetzt waren wir allein.

Ich versteifte mich. Einige Alarmglocken begannen, zu läuten.

Erstens – diese Sache, die er immer wieder darüber sagte, dass ich zu ihm gehörte.

Das war falsch. Absolut falsch.

Marty behandelte mich wie ein Besitz, den er kontrollieren konnte. Wollte Boone das auch?

Mir war egal, wie talentiert sein Schwanz war, das würde ich nie wieder durchmachen, niemals.

Zweitens, ich war verletzt wegen des Wölfinnen-Kommentars, als wäre es unmöglich für mich, jemals dem gerecht zu werden, was er wirklich wollte. Ich könnte mir die Haare färben, sie wachsen lassen oder gefärbte Kontaktlinsen tragen, aber ich konnte nicht zu einer Wölfin werden.

Und drittens, wenn ich jetzt versuchte, Boones Griff zu entkommen, konnte ich das nicht tun. Er war so groß und stark. Es wäre rein physisch unmöglich. Ich war nicht fit genug und wusste, wie stark er war. Es waren nicht nur die Worte, vor denen ich mich schützen musste, sondern jetzt auch etwas Physisches.

Ich war so lange von einem eifersüchtigen, besitzergreifenden Ehemann herumgeschubst worden, dass ich bei allem durchdrehte, was auch nur annähernd wie Besitzgier roch.

„Was ist gerade passiert, Summer?" Boones Stimme war ein tiefes Rumpeln. Er hielt mich gefangen, doch es fühlte sich eher wie eine Umarmung von hinten an.

Ein Teil von mir liebte es, denn eine *normale*, nicht kaputte Frau würde sich danach sehnen, dass ein Mann/Gestaltwandler wie Boone sie so hielt.

Ein anderer Teil drehte durch – der Teil, der mich dieser Tage schützte.

„Habe ich dich beleidigt, Baby?", wollte er wissen. „Was habe ich gesagt? Scheiße, ich bin ein Idiot."

Nein, ich war eine Idiotin. Natürlich hatte er meine Gefühle nicht verletzen wollen.

„Lass mich los", murmelte ich und testete ihn.

Wie lange würde dieser gigantische Kerl meine Regeln befolgen? War das jetzt vorbei, da er flachgelegt worden war?

Die Muskeln in seinem Arm erschlafften, er rutschte allerdings nicht von mir weg. „Das will ich nicht tun." Ich hörte Reue in seiner Stimme. „Niemals."

„Du ... du machst mir Angst", gestand ich.

Er ließ mich sofort los und setzte sich im Bett auf, vermutlich weil er meine Worte und meinen Körper zittern spürte. „Scheiße. Es tut mir leid, Summer."

Ich rollte mich von dem nun schiefen Bett und versuchte, das Thema zu wechseln. Beäugte den Schaden. „Du hast das Bett kaputt gemacht."

„*Wir*. Wir haben das Bett kaputt gemacht." Er grinste. „Ich werde ein neues machen. Ein stabileres."

Er würde ein Bett machen? Im Ernst. „Bist du ein Schreiner?"

Er nickte. „Mein Bruder Roy ist der echte Schreiner. Ich bin hauptsächlich ein Holzfäller. Ich fälle Bäume. Habe mein eigenes Geschäft. Mein anderer Bruder Ace hat eine Weihnachtsbaum-Farm oben auf dem Berg.

Keine Sorge, wir werden etwas Stabiles bauen und das Bett ersetzen."

Holzfäller. Natürlich war er ein Holzfäller. Er sah wie einer aus. Benahm sich auch wie einer, wenn man danach urteilte, dass er beinahe ... wild wirkte und in der Natur glücklicher zu sein schien als in der Gegenwart von Leuten. Doch er hatte auch etwas an sich, ein Bewusstsein, das darauf hinwies, dass er klüger war als ein einfacher Mann aus den Bergen. Er war ruhig. Er beobachtete. Studierte. Sparte sich seine Worte für die Momente auf, in denen es wichtig war, zu sprechen.

Er musterte mich, wie ich von ihm entfernt dastand und die Arme um meine Taille schlang. Sein Sperma begann, meine Schenkel hinabzulaufen. Eine Erinnerung daran, was wir getan hatten. Das könnte in der Dusche weggewaschen werden, doch ich würde ihn tagelang spüren, da meine Pussy wund war.

„Wer hat dir wehgetan, Summer?"

Die Frage raubte mir den Atem. Ich schwankte und mir war schwindlig, weil ich zu schnell aufgestanden war. Oder vielleicht lag es an der unverblümten Frage. Daran, dass er dem Grund so nahe gekommen war, aus dem ich am Durchdrehen war.

Boone stand ebenfalls auf. Langsam. Vorsichtig. Er lief zu mir. „Wer?", wiederholte er.

Ich schluckte schwer und leckte über meine Lippen. „Mein Ehemann. Ich gehe nicht fremd, indem wir zusammen sind. Er tut das. Wir sind ... getrennt und sobald er die Papiere unterzeichnet ... falls er es tut, dann, dann werde ich Single sein." Die Worte kamen in einem Schwall heraus.

Seine Hände ballten sich einmal zu Fäusten, dann öffnete er sie. Entspannte sie. „Ich weiß, Baby. Ich habe nichts Dergleichen über dich gedacht. Kein einziges Mal." Er legte den Kopf schief, streckte den Arm aus und nahm sachte eine meiner Hände.

Seine Augenbraue hob sich. „Ist er derjenige, der dir wehgetan hat?"

Tränen schossen mir in die Augen und er wusste die Antwort, ohne dass ich etwas sagen musste.

Ich vergoss sie nicht wegen dem, was mit Marty passiert war. Das war vorbei. Ich war gegangen und würde nie wieder zurückgehen. Doch ich verbrannte innerlich vor Scham, weil es passiert war. Weil es mich verändert hatte, dass ich so lange mit ihm zusammen gewesen war. Ich wollte nie wieder diese Person sein. Ich wollte nicht, dass Boone mich als diese Person sah. Ich identifizierte mich nicht als eine Frau, die sich in eine Situation häuslicher Gewalt brachte.

Aber ich war eine. Er sah es.

Ich wollte die mutige, junge Country-Sängerin sein, die vor sechs Jahren beim Jahrmarkt in der Kategorie des besten Songs gewonnen hatte. Diejenige, die noch immer ihr ganzes Leben vor sich hatte. Nicht die abgehalfterte, mit einem kontrollsüchtigen Polizisten, der am Ende gewalttätig wurde, verheiratete Version dieser jungen Frau. Nicht die Närrin, die sich von ihrem Ehemann dazu überreden ließ, ihren Job zu kündigen, mit dem sie versuchte, Vollzeitmusikerin zu werden, ohne zu realisieren, dass er ihr nacheinander ihre Ressourcen nahm. Dass er sie von ihren Freunden isolierte. Dass er sie schwach und abhängig machte, sodass es schwieriger war, zu gehen.

Aber ich war eine.

Boone streckte ganz langsam, so wahnsinnig langsam, die Hand aus, als würde er versuchen, ein nervöses Pferd nicht zu verängstigen, und zog mich in seine Arme. „Immer mit der Ruhe", flüsterte er. „Das ist es. Mein braves Mädchen."

Als ich dieses Mal Trost anstelle von Furcht in seinen Armen verspürte, störte es mich nicht. Ich liebte die wilde Umarmung, die mich vom Boden hob.

„Ich werde ihn umbringen", knurrte Boone und wechselte von sanft zu grimmig. Nicht wegen mir, sondern um meinetwilllen. „Gib mir seinen Namen."

9

BOONE

MEIN WOLF KNURRTE und war bereit, ihren Ex zu vernichten. Ich musste ihn umbringen. Summer hatte Angst vor mir. Mir! Nach dem, was wir getan hatten und sie mir ihren Körper so wunderschön anvertraut hatte, zog sie sich nun zurück? Es musste an den tiefsitzenden Ängsten liegen, die ein anderer bei ihr ausgelöst hatte. Es war eindeutig, dass jemand ihr wehgetan hatte.

Klar, ich war wahnsinnig groß, hatte jedoch vor langer Zeit gelernt, dass ich vorsichtig sein musste. Dass meine Größe als Waffe benutzt werden konnte. Mein Vater hatte gewollt, dass ich mit Rob Wolf um die Position des Alphas kämpfe, nachdem seine Eltern bei jenem schrecklichen Autounfall gestorben waren. Mein Vater und ich hatten deswegen über einen Monat lang gestritten. Zunächst mit Worten, dann mit Fäusten und schließlich war es ein ausgewachsener Kampf gewesen.

Ich hatte gewonnen, der Preis war jedoch eine zerrüttete Familie gewesen. Ich hatte meinem Vater nicht gehorcht und ihn dann fast getötet.

Wegen dieser Aggression, wegen dieses Maßes an Zerstörung war ich vom Berg geflohen und aufs College gegangen. Zur damaligen Zeit war es die einzige mir bekannte Option gewesen. Ich war sechzehn Jahre alt gewesen und zu klug, um auf der Highschool zu bleiben. Zu klug, um kein Stipendium zu mehreren Ivy League Colleges zu erhalten.

Ich hatte vorgehabt, allen abzusagen, in Cooper Valley zu bleiben und ein Unternehmen mit meinen Brüdern zu gründen. Stattdessen hatte ich meine Sachen gepackt und war an die Ostküste gegangen. Je weiter ich vom Rudel weg war, desto sicherer wären sie alle vor einem Monster wie mir, das seinen eigenen Vater verprügelte.

Ich kannte meine Kraft und wusste jetzt, wie ich mit ihr umzugehen hatte. Für Summer würde ich sie einsetzen, um ihrem Ex den Garaus zu machen.

Niemand verletzte meine Gefährtin und blieb am Leben. Ich kannte das Ausmaß dessen, was er getan hatte, nicht, doch es reichte, dass sie wegen ihm Angst vor mir hatte. Mein Sperma rann über ihre Schenkel. Ich sah es. Ich roch es. Trotzdem zitterte sie und das nicht wegen des Orgasmus.

„*Nein.*" Summers Stimme klang fest und sie versuchte, sich von mir zu stoßen.

Ich fluchte innerlich. Sie hatte mir das Versprechen abgenommen, ihr *Nein* zu ehren. Eine Regel, die ich nur schwer würde einhalten können, weil ich Blut wollte.

Genauso wie mein Wolf. Es war unsere Aufgabe, sie zu beschützen. Diesen Typen von der Erde zu entfernen, sollte ihr Seelenfrieden schenken, sodass sie in die Zukunft blicken konnte. Es sollte ihr die Gewissheit geben, dass sie keiner mehr berühren oder Mist verzapfen würde, damit sie sich weniger als perfekt fühlte.

Sie kannte keine Gestaltwandler-Gerechtigkeit.

Ich ließ sie widerwillig los, rieb mit einer Hand über meinen Bart, leckte über meine Lippen und schmeckte ihr süßes Aroma. „Nein, du wirst mir nicht seinen Namen verraten, oder nein, ich darf ihn nicht töten?" Ich suchte nach Spielraum bei dieser Regel.

Ihre Brauen zogen sich verwirrt zusammen, vermutlich, weil niemand jemals gesagt hatte, er würde jemanden für sie umbringen. „Nein. Zu beidem."

Fuck. Nun, ich würde definitiv Nachforschungen zu dem Kerl anstellen und mir sein Gesicht einprägen, damit ich ihn erkannte, sollte er sich jemals in Cooper Valley blicken lassen. Sie hatte nur gesagt, dass ich den Mistkerl nicht umbringen durfte. Das bedeutete nicht, dass ich ihn nicht von ihr fernhalten konnte.

Der Sheriff der Stadt, Levi, war auch ein Wolfsgestaltwandler. Sein Job beschäftigte sich mit den menschlichen Gesetzen, doch er hielt sich auch an die Rudel- und Gestaltwandler-Gerechtigkeit. Wenn ich ihren Ex nicht töten konnte, dann würde ich eben Levis Hilfe hinzuziehen.

Allerdings benahm ich mich wie ein Arschloch. Mich jetzt um meine Gefährtin zu kümmern, übertrumpfte jedes Bedürfnis nach Rache. Geradeso. Ich hielt meine

Hände hoch, wartete jedoch, bis ihr zaghafter Blick meinem begegnete. „Okay. Du machst die Regeln, Baby. Ich befolge sie. Du bist bei mir in Sicherheit. Ich werde das so lange sagen, bis du es glaubst."

Um meine angestaute Aggression rauszulassen, hob ich das Bett hoch und riss die übrigen drei Beine ab, damit es heute Nacht eben war. Es ruhte jetzt fünfzehn Zentimeter tiefer, aber wenigstens würden wir nicht auf den Boden rollen.

Summer starrte mich mit großen Augen an. Ich hatte das mit einer Leichtigkeit getan, als würde ich Zweige entfernen.

Nun, fuck. Das half wahrscheinlich nicht dabei, dass sie sich bei mir sicherer fühlte.

Ich schaute von dem Bett zu ihr. „Möchtest du zu meiner Hütte gehen?", bot ich ein wenig verlegen an. „Oben auf dem Berg?"

Sie schüttelt knapp den Kopf.

Ich deutete zum Bett. „Sorry, hat dir das auch Angst gemacht?"

Sie rieb ihre Lippen aufeinander. „Ähm ... ein wenig. Ja. Du bist stark."

„Verdammt." Ich rieb mir über die Stirn. „Ich bin so schlecht in dem hier." Wie zur Hölle konnte ich sie wieder in das Bett kriegen und meine Arme um sie legen? „Erlaubnis, dich hochzuheben und zum Bett zurückzutragen, damit ich noch einmal deine Pussy lecken kann?"

Ein kleines Lächeln zupfte an ihren Mundwinkeln und die Spannung wich aus ihren Schultern. „Du machst das wirklich gern, hm?"

„Fuck, ja, und ich beweise es dir gerne." Ich grinste und sie konnte nicht übersehen, dass mein Schwanz härter wurde.

„Okay." Ihre Stimme war sanft, ihre Wangen waren jedoch gerötet. Ja, ihr hatte gefallen, was wir getan hatten, und sie wollte mehr.

Ich würde den Rest der Nacht mit dem Kopf zwischen ihren Schenkeln verbringen, wenn es sie glücklich machte.

Im Nu war ich bei ihr und hob sie hoch, sodass sie auf meiner Taille saß. Ihr Honigduft stieg mir in die Nase und beruhigte meinen aufgebrachten Wolf. Ich spürte, dass unsere vereinten Flüssigkeiten, die ihre Pussy und Schenkel überzogen, auf meinen Bauchmuskeln verschmiert wurden.

Markiere sie, beharrte mein Wolf.

Nicht heute Nacht. Ich hielt ihn zurück, während ich sie zu dem nun tiefergelegten Bett trug und vorsichtig auf die Mitte legte.

Ich rollte sie auf die Seite und positionierte meinen großen Körper schützend um ihren. „Du bist in Sicherheit, Summer", raunte ich ihr ins Ohr, bevor ich an dessen Muschel knabberte.

Von ihrem Geruch wurde mir schwindlig vor Verlangen, doch ich hielt meinen Wolf an der Leine.

Ich verteilte Küsse auf ihrem Hals und sagte: „Ich werde jeden töten wollen, der dir wehtut, aber du wirst bei mir immer in Sicherheit sein. Und ich werde dein Nein immer respektieren. Okay?"

Ich dachte, ich würde den Geruch ihrer Tränen riechen, was ein Loch mitten in meine Brust bohrte.

„Okay", flüsterte sie.

Ich schloss die Augen und zwang meinen Wolf, sich zu beruhigen. Meine Gefährtin war in meinen Armen. Sie war nicht bereit, dass ich sie markierte, doch sie wollte, dass ich ihre Pussy leckte. Es war so einfach, sie hochzuheben und auf meinen Kopf zu setzen, sodass ihre Knie bei meinen Ohren waren.

„Boone?"

Sie blickte leicht verwirrt auf mich herab.

Ich grinste und atmete ihren Honigduft direkt von der Quelle ein. „Du hast gesagt, dass es okay ist, wenn ich deine Pussy lecke. Du wirst auf meinem Gesicht sitzen und es mich tun lassen."

Ihre Augen weiteten sich, sie wand sich und nickte.

„Das ist mein braves Mädchen."

Ich hakte meine Arme bei ihren Schenkeln unter und zog sie auf meinen Mund. Machte mich an die Arbeit. Das hier war jetzt meine Aufgabe – meine Frau zu befriedigen. Der Klang ihrer lustvollen Schreie hallte in meinen Ohren, während ich sie immer wieder zum Kommen brachte, bis sie keine Angst mehr vor mir hatte. Bis sie wusste, dass ich ihr stets nur Lust bereiten würde.

Morgen würde ich sie dazu bringen, ihren Job bei Cody zu kündigen und bei mir auf dem Berg zu wohnen. Morgen würde ich ihr erklären, was es bedeutete, meine Gefährtin zu sein.

10

SUMMER

AM NÄCHSTEN MORGEN waren wir in Rands und Natalies Küche. Ich hatte zwar meine eigene kleine Kitchenette in meinem Apartment, meine Routine bestand jedoch darin, am Morgen einen Kaffee mit ihnen zu trinken.

Es war zwei Jahre her, seit sie zusammengekommen waren. Sie hatten den Großteil dieser Zeit damit verbracht, das Farmhaus wieder aufzubauen und so herzurichten, wie sie es wollten. Natalies Erzählungen zufolge hatte sie die ganze Ranch von einem Onkel geerbt, der sie seit den 1970ern nicht mehr renoviert hatte. Sie hatte Rand kennengelernt, als sie ihn angestellt hatte, um einige Modernisierungen vorzunehmen. Doch dann war das gesamte Gebäude bei einem Feuer abgebrannt und Rand hatte es von Grund auf neu bauen müssen. Bei dem neuen Haus hatten sie darauf geachtet, dass es den Stil eines alten Farmhauses, jedoch moderne Geräte, glänzende weiße Oberflächen und Holzböden hatte. Die Schränke waren eine Mischung aus weiß und grau, um den Farmhaus-Stil zu betonen.

Sie hatten auch eine sehr moderne, sehr komplizierte Kaffeemaschine. Ich saß auf der Sitzbank, von der man den verschneiten Garten und die Berge dahinter sehen konnte, und nippte an meinem Mocha. Er war sogar mit aufgeschäumter Milch gemacht. Natalie saß ebenfalls am Küchentisch und die Männer – Rand und Boone – lehnten an der Theke.

„Es tut mir leid, dass ich es dir nicht erzählt habe." Natalie griff über den Holztisch und nahm meine Hand. „Es stand mir nicht zu, es dir zu erzählen, und ich beschützte nicht nur Rand, sondern das gesamte Rudel." Sie hatte ihre roten Locken zu einem Pferdeschwanz zusammengefasst und ihre braunen Augen wirkten liebevoll, zeigten jedoch, dass sie Sorge hatte, ich würde sie hassen.

Ich lächelte und legte meine andere Hand um meine Tasse. Ich trug weiche Leggings, dicke Socken und einen Pullover mit einem breiten Rollkragen. Es hatte geschneit, während Boone und ich geschlafen hatten. Es waren einige Zentimeter gefallen, die draußen alles zum Funkeln brachten. „Ich verstehe es. Ich vermute, einige würden dich für verrückt halten und dich einweisen lassen, weil du behauptest, dass Wolfsgestaltwandler existieren, und manche würden es in die Welt hinausposaunen."

„Das wirst du nicht tun." Sie blickte zu Boone und schenkte ihm ein verschlagenes Lächeln. „Nicht jetzt, da du deinen Gefährten gefunden hast. Ich freue mich so sehr für dich."

Ich runzelte die Stirn. „Gefährte?"

Rand stieß sich von der Theke ab und bedachte Boone mit einem stählernen Blick. Seine dunklen Haare waren noch feucht von der Dusche, wodurch seine blauen Augen hervorstachen. „Ähm, sie weiß es nicht?"

Ich begann, mich erneut unsicher zu fühlen. Was wusste ich nicht?

„Sie weiß es", informierte Boone Rand.

Rand legte den Kopf schief. „Bist du dir sicher?"

„Jungs", rief Natalie und deutete auf mich. „*Sie* sitzt hier. Warum fragt ihr sie nicht?"

„Ähm, ja, ich sitze hier", wiederholte ich, womit ich auch Natalie meinte, die ebenfalls über mich zu reden schien, als wäre ich nicht hier.

„Du bist meine Gefährtin", sagte Boone lässig und trank einen Schluck von seinem Kaffee.

Ich schaute die drei an. „Ähm, was?"

„Er ist dein Gefährte, Schätzchen", sagte Natalie mit sanfter Stimme. Ihr Gesicht leuchtete vor Zufriedenheit, was bedeutete, dass es etwas Gutes war?

Natalie schaute mit nichts als Liebe in ihren Augen zu Rand. „Rand ist mein Gefährte."

„Das bedeutet", sagte ich und zog die Worte in die Länge. „Dass er dein Ehemann ist?"

„Das ist er aufgrund unserer Ehe, was ein menschliches Konstrukt ist. Auf dem Papier und vor dem Gesetz sind wir verheiratet. Er ist jedoch ein Gestaltwandler und denen sind derartige Dinge nicht wichtig."

„Mir war wichtig, dass es dir wichtig war, Red", sagte Rand sanft. „Aber Nat hat recht. Gestaltwandler brauchen keine Eheurkunde, um zusammen zu sein."

„Weil ich deinen Geruch roch und mein Wolf sofort wusste, dass du zu mir gehörst", verkündete Boone.

Ich versteifte mich. Eine Tür krachte in meiner Brust zu. Ich stellte meine Tasse mit einem lauten Knall auf den Tisch und schüttelte den Kopf. „Nein. Ich werde nie wieder zu jemandem *gehören*. Das habe ich einmal getan und ... und ich habe mich verloren."

Natalie nahm wieder meine Hand und drückte sie. „Ich weiß, aber das hier ist anders. Boone will dir auf seine knurrige Art erklären, dass ein Gestaltwandler seine Gefährtin riecht, selbst wenn sie ein Mensch ist, und das ist gut genug für sie. Sie wissen, dass du die Eine bist. Es sind weder eine Eheurkunde noch eine Hochzeit nötig."

„Deswegen hast du letzte Nacht ständig ‚die Meine' gesagt?"

Natalies Lippen bogen sich nach oben.

„Dich schien das nicht zu stören, als du auf meinem ..."

Ich hielt eine Hand hoch und spürte, wie meine Wangen rot anliefen. Würde er unseren Freunden tatsächlich beim Kaffee erzählen, dass ich auf seinem Gesicht gesessen und mich an dem kaputten Kopfteil festgehalten hatte, während er mich zum Kommen gebracht hatte?

Ja, anscheinend würde er das tun.

„Du bist die Meine. Wir werden deine Sachen

packen, dieses Haus verlassen und den Berg zu meiner Hütte hochfahren.“

Ich rutschte auf der Bank nach hinten. „Ähm. Was? Meine Sachen packen?“

Boone nickte. Er trug die Kleider der letzten Nacht. Seine Haare waren ein wenig zerzaust von meinen Fingern und vom Schlaf, aber er sah noch gut aus.

Er nickte. „Ja, wir werden deine Sachen im Nu zusammenpacken.“

„Du willst, dass ich *bei dir einziehe*?“, kreischte ich.

Oh nein. Auf gar keinen Fall. Das würde nicht passieren. Ich war noch nicht einmal geschieden. Ich hatte drei Jahre gebraucht, herauszufinden, wie ich von Marty wegkam. Auf keinen Fall würde ich mich jemals wieder in diese Lage bringen.

„Du bist meine Gefährtin. Du gehörst zu mir.“

„Auf einen Berg?“ Ich dachte, Natalies Ranch würde abgeschieden liegen, da sie sich einige Meilen außerhalb einer Kleinstadt befand, doch im Wald zu leben? „Mein Auto kommt nicht einmal dort hoch. Nicht in dem Schnee.“

Er schüttelte den Kopf. „Ich werde dich fahren. Du brauchst dein Auto nicht.“

Das war der Grund, aus dem Leute keine One-Night-Stands mit Fremden hatten. Was in der Nacht heiß und sexy aussah, war im harschen Morgenlicht nicht das Gleiche. Boone war besitzergreifend. Er erwartete, dass ich auf einen verflixten Berg zog, um bei ihm zu wohnen. Dass ich mein gemütliches kleines Apartment für ihn aufgab. Dass ich an einen Ort zog, wo ich mein Auto nicht benutzen konnte und mich von ihm herumfahren lassen musste.

Ich hielt eine Hand hoch. „Nein. Nein. Das kommt nicht infrage."

Rand legte seine Hand auf Boones Arm. „Du musst mal halblang machen, Mann. Du machst ihr Angst."

Boones Augen weiteten sich. Er wusste eindeutig nicht einmal, dass das, was er gesagt hatte, vollkommen verrückt war, und mehr Alarmglocken zum Läuten brachte als ein Waldbrand.

„Wieso ist es furchterregend, meine Gefährtin zu sein?", fragte Boone und sah völlig verwirrt aus. „Baby, ich habe dir gesagt, dass ich dir niemals wehtun würde. Du gehörst zu mir und ich werde mich um dich kümmern. Ich habe mehr Geld, als ich in mehreren Leben brauchen werde. Du musst nicht einmal mehr in Cody's Saloon arbeiten."

Natalie verdrehte die Augen und stöhnte.

Ich rutschte über die Bank und sprang auf. Mein Kaffee war vergessen.

„Nein", sagte ich flach und hielt die Hand hoch. „Ich will das nicht. Ich will meinen Job nicht kündigen und isoliert auf einem Berg wohnen, wo du jede meiner Bewegungen kontrollierst."

„Natürlich meint er es nicht so, wie es klingt", sagte Natalie, die versuchte, neutral zu bleiben. „Er wird seinen Kaffee trinken, dir einen Abschiedskuss geben und ..."

„Was?", unterbrach Boone Natalie.

Doch sie sprach weiter.

„... dich heute Abend in Cody's Saloon beim Karaoke

sehen. Ich will dich wieder singen hören, seit du hierhergezogen bist.“

„Aber ...“

„Komm, wir räumen die Einfahrt.“ Rand packte Boones Bizeps und versuchte, ihn zur Hintertür zu zerren.

Ich schaute auf meine Füße aus Angst, dass ich wegen Boones Gesichtsausdruck dem nachgeben würde, was er als Nächstes sagte.

„Summer, du bist die Meine“, sagte er. „Meine Gefährtin. Hab keine Angst.“

„Komm, Großer“, sagte Rand. Da die Hintertür geöffnet war, fegte kalte Luft durch den Raum.

Boone sagte nichts mehr, sondern ging mit Rand.

Als sich die Tür hinter ihnen schloss, verkündete Natalie: „Männer. Sie sind Idioten. Wenn sie nicht gut im Umgang mit ihren Schwänzen wären, bräuchten wir sie dann überhaupt?“

Ich drehte mich um, schaute sie an und brach in Gelächter aus.

Sie lachte ebenfalls.

11

BOONE

Wir trotteten durch den Neuschnee zu dem Garagenbereich, der am weitesten entfernt war. Rand tippte einen Code auf ein Tastenfeld und das Tor glitt auf.

„Du weißt, dass ihr Ex ein Arschloch ist?", fragte Rand.

Unser Atem entwich uns als frostige Wolken. Ich war so groß, dass ich den scharfen Biss der Kälte nicht spürte, meine Augen mochten allerdings das helle Funkeln der Sonne im Schnee nicht, weshalb ich sie zusammenkniff.

„Ja. Cody hat mir erzählt, dass sie verheiratet ist und sich scheiden lässt. Und ich glaube, er hat ihr wehgetan", antwortete ich, als ich mich daran erinnerte, was sie mir gestern Nacht anvertraut hatte. Außerdem hatte er ihre Pussy nicht geleckt.

„Ja, er war kontrollierend. Und zwar auf gefährliche

Weise. Er schrieb ihr vor, was sie anziehen sollte. Nahm ihr ihren Job. Ihre Freunde. Isolierte sie."

Meine Augen weiteten sich, als ich ihm in die Garage und zu dem Pickup-Truck folgte, an dem vorne ein Pflug befestigt war. Er setzte sich auf den Fahrersitz und ich stieg auf der anderen Seite ein. Er ließ den Motor an, fuhr aus der Garage, senkte den Pflug und begann, den Schnee wegzuräumen.

„Ihr wird erst jetzt bewusst, wie abgefuckt das alles war. Jetzt, da sie in Sicherheit ist."

„Scheiße, ich will so etwas nicht tun", sagte ich.

Er sah mich kurz an. „Ich weiß, aber du hast ihr, einem Menschen, der einen beschissenen kontrollierenden Ex hat, gesagt, dass sie die Deine ist. Dass sie zu dir gehört. Dass sie zu dir in eine abgeschiedene Hütte in den Bergen ziehen soll, wo sie ihr Auto nicht hinfahren kann. Und dass sie ihren Job kündigen soll, weil sie deine Gefährtin ist. Oh, und ihr zwei habt euch vor weniger als zwölf Stunden kennengelernt."

Fuuuuuuuck.

Ich verstand, was er mir sagen wollte. „Dass sie ein Mensch ist, erschwert es ihr, das Ganze zu verstehen."

Er schnaubte, während er um eine Kurve in seiner Zufahrt fuhr, die sich auf halbem Weg zur Straße befand.

„Glaub mir, ich weiß, wie schwer es ist, ein Menschenweibchen dazu zu bringen, zu verstehen, wie wir ticken. Du kannst von Glück sprechen, dass sie weiß, was du bist. Nat sah als Kind, wie ich mich verwandelte, weshalb sie es ebenfalls wusste, aber die anderen ... sie hatten es verdammt schwer, zu erklären, was zur Hölle los war."

Die Luft im Truck wurde allmählich wärmer, doch ich bemerkte es kaum.

„Das klingt schwieriger. Ich wüsste nicht, wie ich Summer dazu bringen sollte, mir zu glauben, was ich bin, wenn sie nicht verstehen kann, dass ‚Mein' nicht bedeutet, dass ich sie besitzen will."

„Aber das tust du", widersprach Rand. „Nat ist die Meine. Mein Besitz. Meine *Obsession*. Das Wichtige ist, dass sie weiß, dass sie dadurch auf ein Podest gehoben wird. Dass es sie zur wichtigsten Sache in deinem Leben macht. Dass du alles für sie tun würdest."

„Das würde ich", bestätigte ich und nickte.

Er schob den Schnee direkt über die unbefestigte Straße und auf die andere Seite. Dann machte er eine Dreipunktwende, um wieder seine Zufahrt entlangzufahren, wobei er dieses Mal die andere Seite räumte.

„Dazu gehört auch, ihr Raum zu geben", fügte Rand hinzu. „Ohne sie von hier fortzugehen und sie heute Nacht in Cody's Saloon zu sehen."

Ich ballte meine Hände auf den Schenkeln zu Fäusten. „Warum zur Hölle muss ich das tun?"

„Sie muss ihr eigenes Leben führen", erklärte er.

Ich machte ein finsteres Gesicht. „Aber ich muss sie beschützen."

Rand seufzte. „Ich passe auf sie auf. Cody tut das auf der Arbeit. Sie ist in Sicherheit. Falls ihr Ex auftaucht ..."

Ich drehte den Kopf und sah meinen Freund und Rudelkollegen an. „Falls ihr Ex auftaucht, ist er ein toter

Mann. Levi mag der Sheriff sein, aber er wird Rudeljustiz verüben."

Rand mahlte mit dem Kiefer. „Ganz deiner Meinung."

„Hör zu, ich weiß, dass du wahnsinnig klug bist. Diese Investition, von der du mir erzählt hast, hat ihren Wert vervierfacht. Aber eine Gefährtin ist etwas völlig anderes. Es gibt kein Sachbuch, das dir erklärt, was du tun sollst. Es gibt keine Logik. Du kannst dein Gehirn in dieser Sache nicht benutzen. Du musst dein Herz nutzen ... und vielleicht deinen Schwanz. Überlasse ausnahmsweise ihr die Führung."

12

SUMMER

„Ich habe Angst vor ihm, Nat", sagte ich. Ich war an den Tisch zurückgekehrt und hatte meinen Kaffee wieder in die Hand genommen. Es wäre eine Schande, derart köstliches Koffein zu verschwenden.

Sie legte den Kopf schief. „Schätzchen, ich kann dir bis zum Gehtnichtmehr sagen, dass Boone dir niemals wehtun würde. Jemals. Wenn er deinen Duft wahrgenommen hat, bist du seine Gefährtin, und es liegt in ihrer Biologie, wirklich alles zu tun, um dich zu beschützen und dich glücklich zu machen."

„So wie es Rand bei dir tut?" Ich hatte gesehen, wie er sie behandelte, und ich war neidisch. Es war das Erste, was mich zu der Erkenntnis gebracht hatte, wie schrecklich Marty wirklich gewesen war. Würde Boone sich bei mir ebenso verhalten?

Sie nickte. „Ja, wie Rand es bei mir tut. Ich werde

zugeben, zuerst war er irgendwie ... erdrückend. Wenn sie für ihre Gefährtin alles geben, dann geben sie *alles*."

Das klang vertraut. „Hattest du Angst?"

Sie schenkte mir ein sanftes Lächeln. „Nein. Ich war vielleicht ein wenig am Durchdrehen, Rand war jedoch stets liebenswürdig zu mir. Knurrig, das schon, aber nett. Ich fühle mich bei ihm und allen Männern im Rudel sicher."

„Er ... Boone, er scheint nicht zu wissen, was er sagen soll. Es ist, als würde mich alles triggern, was aus seinem Mund kommt."

„Boone ist ein interessanter Kerl. Wusstest du, dass er in New York aufs College ging? Er hat einen MBA. Er wohnte und arbeitete jahrelang dort."

Meine Augen wurden groß. Ich hatte ihn nicht für dumm gehalten, aber er wirkte ... hyperfokussiert auf mich.

„Gestaltwandler leben in Großstädten?", fragte ich.

Natalie zuckte mit den Achseln. „Manche vielleicht, allerdings sind sie Rudeltiere und lieben es, bei Vollmond laufen zu gehen. Es ist ziemlich schwer, das in einer riesigen Stadt zu tun."

Ich runzelte die Stirn und studierte die hübsche Glasur meiner Tasse, die von Natalies Freundin Joy gemacht worden war, wie sie mir einmal erzählt hatte. „Warum ist er dann dorthin gegangen?"

Sie trank einen Schluck von ihrem Kaffee. „Das war vor meiner Zeit, doch Rand erzählte mir, dass Boone ein möglicher Kandidat für die Rolle des Alphas war, als der letzte starb. Er war sein – des Alpha's – Neffe. Rob Wolf und Boone sind Cousins. Boones Vater, der Schwager des alten Alphas, wollte, dass Boone Rob die Position streitig machte. Sie stritten. Boone und sein Dad, meine ich. Sie kämpften sogar miteinander. Sein Dad wurde bei der Konfrontation verletzt und Boone ging auf die Columbia University."

Wow, das klang nicht wie der Boone, den ich kannte. „Wie alt war er?"

Sie trank noch einen Schluck Kaffee. „Sechzehn, glaube ich. Boone und Rob sind ungefähr im gleichen Alter."

Meine Augen wurden groß. „Er ist mit sechzehn aufs College gegangen?"

Sie nickte und lächelte. „Ja. Er ist *so* klug. Er hatte einen Wall Street Job, bei dem er sich um das Geld reicher Leute kümmerte. Kannst du ihn dir in einem Anzug vorstellen?"

Ich konnte es nicht. Der hätte bestimmt maßgeschneidert sein müssen. Ganz gleich, wie attraktiv er in einem Anzug ausgesehen haben musste, ich mochte ihn in einem Flanellhemd. Oder nackt. „Warum ist er dann zurückgekommen?"

Natalie zuckte mit den Achseln. „Keine Ahnung. Etwas Schlimmes muss passiert sein, denn er hat sich seitdem praktisch auf dem Berg isoliert. Was, wenn wir wieder auf dich zu sprechen kommen, der Grund dafür ist, dass er sich so seltsam verhält. Er hatte nie eine Gefährtin."

„Im Sinne von, er hat keine Ex-Gefährtinnen?"

Sie schüttelte den Kopf. „Man hat nur eine Gefährtin. Manche geben sich mit einer Beziehung mit einer anderen Gestaltwandlerin zufrieden, wenn sie es aufgeben, ihre Gefährtin zu finden. Aber nein, er war nie mit einer anderen auf diese Art zusammen. Du musst ein wenig nachsichtig mit ihm sein. Er wirkt so groß und stark und mutig, hat jedoch sein eigenes Päckchen zu tragen. Ich glaube, es ist ein ziemlich großes."

Ich runzelte die Stirn und sah in Boone plötzlich mehr als nur einen riesigen Kerl. Er war stark, hatte jedoch Sorgen, Gefühle und Bedenken wie alle anderen.

„Ich mache dir keinen Vorwurf, dass du Angst hast, vor allem nach dem, was Marty tat, aber das war Marty. Du kannst sein Verhalten nicht bei jedem Kerl vermuten, den du kennenlernst. Besonders nicht bei Boone, denn sein knurriges Wesen wird sich nicht ändern. Du musst dir einfach ein wenig Zeit nehmen, damit du anfangen kannst, ihm zu vertrauen."

Ich biss mir auf die Lippe. „Wir, ähm ... hatten Sex."

Sie lächelte. „Das habe ich mir gedacht, da er mit dir auf einen Kaffee hergekommen ist. Und?" Sie wackelte mit den Augenbrauen.

„Und es war genial." Ich grinste und errötete, als ich mich daran erinnerte, wie heiß es gewesen war. Ich hätte nie gedacht, dass es jemals so sein könnte. Was ich mit Marty, meinem eigenen Ehemann, jahrelang gehabt hatte, verblasste im Vergleich zu einer Nacht mit Boone. „Also ja, ich vertraute ihm genug, um ihn mit nach Hause zu nehmen."

„Das ist ein Anfang", erwiderte sie. „Ein guter Anfang. Gib ihm einfach eine Chance. Allerdings mag ich es, wie du für dich eintrittst. Erlaube keinem Kerl, Gestaltwandler oder nicht, dich herumzuschubsen."

Ich schnaubte. „Das weiß ich. Jetzt."

„Gut. Hast du ein Outfit fürs Karaoke heute Abend?", fragte sie und wechselte das Thema.

Im Cody's gab es einmal im Monat einen Karaoke-Abend. Natalie wusste, dass ich es liebte, zu singen, und meinen Namen schon vor Wochen bei Cody auf die Liste hatte setzen lassen, damit ich auftreten durfte. Sie hatte es sogar den anderen Frauen erzählt – Audrey, ihrer Schwester Marina und den anderen, deren Männer Teil der Wolf Ranch waren – damit sie kamen und zuschauten. Und vielleicht ebenfalls mitmachten. Es war das erste Mal, das ich außerhalb meiner Dusche singen würde, seit ich hierhergezogen war.

Nein, seit dem letzten Mal, als ich aufgetreten war und Marty eine Szene gemacht hatte, weil die Männer bewundernd gepfiffen hatten, während ich in einem Minirock auf der Bühne gestanden hatte. Er hatte mich aus dem Laden geschleift und auf dem gesamten Heimweg geschimpft. Er hatte mir mitgeteilt, dass ich nicht mehr in der Öffentlichkeit auftreten konnte, obwohl er derjenige gewesen war, der angeboten hatte, mich bei meiner Musikkarriere zu unterstützen.

„Ähm, ich glaube nicht, dass ich fürs Karaoke etwas Besonderes tragen muss", wandte ich ein. Ich hatte an eine Jeans und einen dicken Rollkragenpullover gedacht.

Ihre Augen wurden groß. „Nicht fürs Karaoke, aber für deinen großen Abend? Definitiv." Sie tippte sich ans Kinn. „Die Männer räumen die Zufahrt. Wenn sie frei ist, gehen wir in der Stadt shoppen und suchen dir etwas aus, bei dem du dich wie der Musikstar fühlst, der du in meinen Augen bist. Außerdem wollen wir auch Boone umhauen, oder?"

Ich konnte mir das Grinsen nicht verkneifen. „Ja. Zu beidem."

Sie klatschte in die Hände.

„Oh, ich kann es nicht erwarten, sein Gesicht zu sehen, wenn er dich singen hört. Du wirst den Mann umhauen wie einen gefällten Baum. Schätzchen, ich hoffe, du hast eine Menge Höschen, denn er wird sie alle zerreißen."

Hitze durchflutete meinen Körper. Oh meine Güte. Und, ja bitte.

13

BOONE

ICH FUHR auf den Parkplatz beim Saloon und parkte meinen Truck nach dem längsten Tag meines Lebens.

Von meiner unmarkierten Gefährtin entfernt zu sein, trieb meinen Wolf in den Wahnsinn. Deswegen hatte ich mich so dringend verwandeln und Laufen gehen müssen, dass ich den Berg hochgefahren war und meinen Wolf rausgelassen hatte.

Selbst das hatte den Druck in mir kaum reduzieren können, weshalb ich meine Axt genommen und die Bäume, die ich gefällt hatte, zu einem Stapel Holzscheite verarbeitet hatte. Anschließend hatte ich das Holz auf meinen Truck geladen und zum Hardware Store in Cooper Valley gefahren.

Jetzt war endlich Abend, das Holz abgeladen und verkauft. Ich konnte Summer wieder sehen gemäß den Regeln, die Rand für mich aufgestellt hatte.

Er hatte mir eingebläut, dass ich ihr heute Freiraum geben musste. Ich musste bis zum Karaoke-Abend im Cody's warten, um sie erneut zu sehen.

Das tat ich. Jetzt durfte ich Summer endlich sehen. Ihren Duft einsaugen.

Sie arbeitete heute Abend nicht, was bedeutete, dass ich sie im Anschluss entführen konnte, falls sie es mir erlaubte.

Allerdings hatte ich keine Ahnung, ob es für sie okay wäre, wenn wir zwei Nächte hintereinander zusammen waren.

Dass Rand es heute Morgen für notwendig hielt, mich von ihr wegzuschleifen, bewies, dass ich nicht wusste, was ich tat.

Sie fühlte sich zu mir hingezogen. Das wusste ich aufgrund dessen, wie sie aussah, wie sich ihr Geruch änderte, wenn ich sie berührte. Ich wusste, dass ich sie sexuell befriedigt hatte. Sie hatte jedoch ein Trauma und Rand sagte, dass ich zu aufdringlich sei. Cody hatte das ebenfalls gesagt. Er hatte mir geraten, ihr die Führung zu überlassen.

Ich konnte in meinem Kopf mathematische Gleichungen lösen. Ich konnte über die Ethik von Gentechnik diskutieren. Ich konnte das BIP mehrerer Länder berechnen und die Auswirkung schlussfolgern, die das auf die Börsenschwankungen hatte.

Doch ich kam nicht dahinter, was ich mit Summer tun sollte. Wie ich mich benehmen und sprechen sollte, damit ich sie nicht verschreckte. Ich fühlte mich ... wie ein Idiot.

„Fuck!", brüllte ich in dem beengten Raum meiner Führerkabine. Ich war ein Gestaltwandler. Ein riesiger. Mein Wolf hatte endlich seine Gefährtin gerochen und nun musste ich entgegen meiner Instinkte handeln, um sie zu behalten. Es kam nicht auf mein Gehirn an, sondern die Biologie.

Ich musste meinen Wolf zügeln. Musste herausfinden, wie ich bei ihr ‚gechillt' sein konnte, wie mein Bruder sagen würde.

Ich stieg aus dem Truck und hielt auf dem Parkplatz nach Summers altem, klapprigen Subaru Ausschau. Es gefiel mir nicht, dass sie mit dieser Schrottkiste fuhr. Sie war über fünfzehn Jahre alt und verfügte nicht über die aktuellste Sicherheitsausstattung, die Menschen bei einem Unfall schützte. Wenigstens war es ein gutes Allwetterauto und vermutlich ziemlich verlässlich, aber ich würde sie in etwas Neueres setzen. Vielleicht in einen SUV, damit sie Platz hatte, um unsere zukünftigen Welpen herumzufahren, und mit Leichtigkeit die Bergstraßen erklimmen konnte.

Wollte sie Welpen? Wollte ich welche? Sie hatte gesagt, dass sie die Pille nahm. Nun, da ich gesehen hatte, wie mein Sperma aus ihrer Pussy getropft war, dachte ich darüber nach, dass es nicht lange dauern würde, sie zu schwängern.

Fuck, mir war zu diesem Zeitpunkt egal, ob sie Welpen wollte oder nicht. Ich wollte einfach nur sie und das Üben machte auf jeden Fall Spaß. Den Rest würden wir gemeinsam klären, wenn ich nur dafür sorgen konnte, dass wir tatsächlich *zusammen* waren.

Ich hatte noch nie in meinem Leben etwas so sehr gewollt.

Bis jetzt war ich nicht der Typ gewesen, der Leute brauchte. Nach einer so langen Zeit in New York zog ich ein einsames Leben im Wald vor. Ich ging selten zu Rudeltreffen. Gelegentlich verbrachte ich Zeit mit meinen Brüdern. Ich hatte mich damit abgefunden, dass ich höchstwahrscheinlich allein in meiner Hütte sterben würde, was bis letzte Nacht nichts Schlechtes gewesen war.

Jetzt hatte Summer alles verändert.

Ich würde mondverrückt werden und müsste getötet werden, wenn ich sie nicht markierte. Außerdem wollte ich plötzlich so viel mehr von meinem Leben.

Ich hatte mich heute in meiner Hütte umgesehen und versucht, sie durch ihre Augen zu sehen. Dabei hatte ich realisiert, dass ich ein viel zu einfacher Mann war. Es gab nur einen Raum mit einem Loft und einem Badezimmer. Ich hatte die Hütte aus Baumstämmen gebaut, die ich gefällt hatte. Die Möbel waren von meinem Bruder hergestellt worden. Diese waren mit Büchern beladen. Es gab keinen Fernseher. Es gab keine Spitze oder Seide oder irgendetwas Weicheres als meine Steppdecke. Ich hatte nichts, was eine junge, lebensfrohe Gefährtin interessieren würde. Summer wäre zweifellos gelangweilt oder würde sich isoliert fühlen. Sie würde denken, dass sie nun primitiv leben musste. Das genügte nicht. Es war an der Zeit, einige Veränderungen vorzunehmen.

Mein Wolf wusste zwar, dass Summer zu uns gehörte, doch es machte keinen Unterschied, wenn ich ihrer nicht würdig war. Vielleicht war es das, was Rand und Natalie mir klarzumachen versucht hatten.

Ich hatte eine Menge Geld. Ich hatte ein Zuhause. Ich konnte mich um Summer kümmern.

Aber konnte ich sie glücklich machen? Es war an der Zeit, das Geld zu nutzen, um Veränderungen vorzunehmen und die Hütte zu mehr als einem Unterschlupf zu machen. Um sie zu einem Zuhause für uns beide zu machen.

Summer kennenzulernen, hatte mir vor Augen geführt, dass ich zu isoliert gelebt hatte. Ich musste definitiv öfter raus. Mich wieder unter mein Rudel mischen, anstatt soziale Veranstaltungen zu meiden. Ich brauchte noch ein anderes Hobby als Holzfällen, das Bauen von Holzhütten und das Lesen von Büchern über militärische Blockaden im Krieg von 1812 und die Entomologie des Eschenprachtkäfers.

Ich steckte mein sauberes Flanellhemd in meine Jeans und erklomm die Holztreppe zu Cody's Saloon. Es war Sonntag, weshalb es viel ruhiger war als gestern Nacht. Als ich die Kneipe betrat, bemerkte ich, dass nur eine Handvoll Stammkunden versammelt waren. Ein Kerl war auf der Bühne und sang schief ‚Friends in Low Places' ins Mikrofon, während der Rest des Publikums leise mitsang.

Als ich meine Gefährtin roch, entdeckte ich Summer in der Nähe der Bühne, wo sie bei Natalie, Rand und Codys Gefährtin saß, deren Namen ich vergessen hatte. Einige der anderen Rudelmitglieder waren ebenfalls mit ihren Gefährtinnen da – Rob und Willow, Johnny und seine neue Gefährtin, deren Namen ich auch vergessen hatte. Fuck, ich musste mich wirklich besser in mein Rudel integrieren. Diese Frauen waren Menschen und wären tolle Freundinnen für Summer.

Summer schaute zu mir, als wüsste sie instinktiv, dass ich gekommen war, und mir stockte der Atem. Auf ihrem Gesicht zeichnete sich eine Leichtigkeit ab, die dort beim letzten Mal nicht gewesen war.

Wegen mir?

Beim Schicksal, ich wagte es kaum, das zu hoffen.

Vielleicht war es nur wegen des guten Sex und falls das so war, würde ich mich damit zufriedengeben. Ich hatte die Absicht, zuzusehen, dass meine Frau im Bett immer befriedigt war.

Ich stapfte geradewegs zu ihr, wozu ich mich um die anderen Tische und Gäste schlängelte. Ich hatte vor, sie um Erlaubnis zu bitten, sie wieder berühren zu dürfen, doch sie war aufgestanden und rannte bereits auf mich zu.

Rannte.

Und verdammt, sie sah gut aus. Sie trug Jeansshorts über einer schwarzen Netzstrumpfhose, schwarze Cowgirlstiefel und einen flauschigen, türkisfarbenen, bauchfreien Pullover.

Heilige Scheiße. Sie sah zum Anbeißen aus.

Und ich hatte *definitiv* vor, sie zu verschlingen.

Ich blieb wie hypnotisiert stehen. Ein Lächeln bog meine Lippen nach oben. Ein Teil von mir wollte hinter mich schauen, um mich zu vergewissern, dass sie nicht zu jemand anderem rannte. Doch nein, sie sah mir direkt in die Augen.

Ich öffnete die Arme weit und wartete.

Sie sprang mit einem Fuß ab, warf sich mir an den Hals und schlang die Beine um meine Taille.

Ich legte meinen Unterarm unter ihren Po, wirbelte sie herum und inhalierte ihren Honigduft. Fuck, ja. Darauf hatte ich den ganzen Tag gewartet. Ich wollte sie nicht absetzen. Tatsächlich wollte ich mich umdrehen und geradewegs aus der Kneipe marschieren.

„Oh, Baby. Das war die beste Begrüßung, die ein Mann jemals kriegen könnte." Ich drehte mich immer weiter im Kreis. „Wie bist du so verdammt süß geworden?"

Sie neigte ihr Kinn nach oben, damit sich unsere Blicke trafen. „Hast du mich vermisst?", zwitscherte sie.

Sie war *definitiv* lockerer und fröhlicher als gestern Nacht. Sogar lockerer und fröhlicher als heute Morgen nach den Orgasmen. Und sie war *wirklich* froh, mich zu sehen.

Vielleicht verstärkte Abwesenheit tatsächlich die Zuneigung, wie man sagte. Wer immer *man* war, er war eindeutig kein Gestaltwandler.

Ein Tag getrennt von ihr hatte mich nur geil und beinahe wahnsinnig gemacht, doch für sie war es anscheinend anders gewesen. Allerdings war sie zu mir *gerannt*. Niemand tat das, wenn er nicht wirklich, wirklich gerne bei der Person sein wollte. Wenn sie mich hassen würde, wie ich befürchtet hatte, wäre sie durch den hinteren Gang gerannt und hätte den Notausgang genommen.

„Ich habe dich so sehr vermisst, dass ich ein wenig verrückt geworden bin, und das ist keine Übertreibung", antwortete ich und rieb meine Nase an ihrem Hals.

Sie lachte und lächelte auf mich hinab. Ich zwang mich, ebenfalls zu grinsen, als ich realisierte, dass sie meine Antwort für einen Witz hielt.

Richtig.

Ich sollte ihr Raum geben.

Sie nicht erdrücken.

Ich sollte definitiv nicht so tun, als könnte ich keinen Nachmittag ohne sie überstehen. Vielleicht war ich wirklich verrückt.

„Nur ein Witz", fügte ich hinzu. „Jepp, eine Übertreibung."

„Oh, Boone", hauchte sie und ich wurde ruhiger, weil sie meinen Namen sagte.

Ich trug sie zur Gruppe zurück und sie trat voller Freude mit den Füßen gegen meinen Rücken. „Erlaubnis, dich die ganze Nacht so zu halten?", fragte ich.

Sie lachte und drückte gegen meine Schultern, woraufhin ich sie widerwillig senkte, sodass ihre Füße den Boden berührten. Eine Hand ließ ich allerdings auf ihrer Hüfte liegen, um sie weiterhin berühren zu können.

„Kennen alle hier Boone?" Sie präsentierte mich der Gruppe, die an den Tischen versammelt war, die vor der Bühne zusammengestellt worden waren. Gestern Nacht war der Raum zum Tanzen genutzt worden. Heute Abend verströmte der Laden eher einen Lounge-Vibe.

„Boone, schön, dich zu sehen." Rob stand auf und klopfte mir auf den Rücken, bevor er sich an die Gruppe wandte. „Das ist mein Cousin. Er und seine Brüder sind wie Bären, weil sie sich mehr als ein halbes Jahr lang oben auf dem Berg verkriechen und Winterschlaf halten."

Verdammt. Ich wurde von meinem Alpha an den Pranger gestellt. Er war ein geradliniger Kerl und daher bloß ehrlich.

Es stimmte und das Rudel ging mir damit immer auf die Nerven, doch vor Summer fühlte es sich plötzlich wie ein Fehler an, den ich mittlerweile hätte beheben sollen. Allerdings hatte ich gedacht, dass alle sicherer wären, wenn ich mich fernhielt. Einschließlich Rob Wolf. Er wusste alles über das große Interesse meines Vaters daran, dass ich an seiner statt Alpha wurde. Dass ich ihn vor Zorn beinahe getötet hatte. Anstatt dass der Gestaltwandlerrat gegen mich ermittelt hatte, war ich aufs College gegangen und hatte mich ferngehalten.

Jetzt, da ich zurück war, schien Rob keinen Groll gegen mich zu hegen. Es klang eher so, als würde er meine Isolation für etwas Schlechtes halten, dabei hatte ich es für ihn getan. Für alle im Rudel. Doch jetzt, da ich Summer hatte ...

Ich rieb mir über den Nacken und hatte das Gefühl, als wäre dieses Verhalten ein Nachteil beim *Umwerben* meiner Gefährtin.

Sie hatte mir meine Bedenken anscheinend vom Gesicht abgelesen, denn sie schlang ihre Arme von der Seite um mich und drückte zu. Fuck, das fühlte sich gut an. „Ich liebe einen großen, kräftigen Mann aus den Bergen", verkündete sie vor der ganzen Gruppe, der vermutlich erzählt worden war, dass sie meine Gefährtin war.

Mein Herz – und Schwanz – schien anzuschwellen und warm zu werden.

Sie liebte einen großen, kräftigen Mann aus den Bergen.

Damit meinte sie mich, MICH.

Sie versuchte wahrscheinlich nur, mich aufzumuntern, doch ich speicherte die Worte sofort ab.

Der Kerl, der auf der Bühne sang, beendete das Lied unter Applaus und der Moderator nahm das Mikrofon wieder an sich. „Als Nächstes haben wir Summer! Summer, was singst du, Süße?"

14

SUMMER

Boone versteifte sich, als der Moderator mich *Süße* nannte. Ich spannte mich aus einem völlig anderen Grund an und mein Magen verkrampfte sich. Anscheinend war ich aufgrund von Martys vielen Tobsuchtsanfällen darauf konditioniert worden, Drama zu erwarten. Denn wenn er an meiner Seite gewesen wäre und der Kerl mich so aufgerufen hätte, wäre er durchgedreht.

Er hätte gedacht, ich hätte mit dem Kerl geflirtet oder vielleicht sogar mit ihm geschlafen, um einen Platz auf der Karaoke-Liste zu erhalten. Er hätte gedacht, mein Outfit würde mich zu einer Nutte machen. Er hatte ... allen möglichen lächerlichen Mist gedacht, der mein Leben zu einem Stillstand gebracht und mein Selbstwertgefühl gesenkt hatte.

Ich schaute zu Boone auf und ertappte ihn dabei, wie

er den Moderator finster ansah. Ich spürte, wie seine Finger meine Taille drückten.

Oh, Gott. Er sah den Moderator genau so an, wie es Marty getan hätte. Mir wurde ein wenig übel. Ich konnte das nicht noch einmal durchmachen. Ich schluckte schwer und mein Mund war plötzlich trocken.

Dann richtete sich Boones dunkler Blick auf mich und seine Brauen senkten sich besorgt. „Bist du okay, Baby?"

„Du ... du bist nicht sauer, dass ich singen werde? Dass ich das hier trage?"

Jetzt runzelte er die Stirn, während er mich von Kopf bis Fuß musterte. „Sauer? Zur Hölle, nein. Ich kann es nicht erwarten, meine Frau singen zu hören. Und dieses Outfit? Zur Hölle, Baby, was du mit mir anstellst."

Er konnte es nicht erwarten ...? Er ... er war nicht sauer auf mich. Ich holte tief Luft und atmete aus. Okay.

Er gehörte allerdings zur eifersüchtigen, besitzergreifenden Sorte. Würde das dazu führen, dass er mir wie Marty die Schuld daran geben würde, dass der Kerl mich *Süße* genannt hatte? Der Moderator nannte jede Frau so, die mutig genug war, die Bühne zu betreten.

Er drehte sich zu mir um und hob mein Kinn an. „Bist du nervös?" Seine Stimme hatte einen aufmunternden Ton. „Das musst du nicht sein. Du wirst deinen Auftritt rocken." Sein Grinsen war berauschend. Meine Brustwarzen zogen sich nur wegen seines Blicks zusammen.

Er dachte, dass ich wegen des Singens nervös war. Das war ich nicht. Ich hatte mein ganzes Leben lang gesungen. Als ich in die Stadt gezogen war, hatte Natalie mich gefragt, ob ich mich den Scheunenstreichern anschließen wollte, der Band, in der sie die Geige spielte. Doch ich hatte abgelehnt und mir nicht einmal die Zeit genommen, darüber nachzudenken.

Marty hatte die Musik für mich ruiniert.

Marty hatte alles für mich ruiniert.

Seitdem hatte Natalie aufgehört, mich sanft zu überreden, mich den Scheunenstreichern anzuschließen, und war dazu übergegangen, mich anzuflehen und darauf zu bestehen, dass ich stattdessen wenigstens zum Karaoke-Abend kam. Ich hatte nur zugestimmt, damit sie mich in Ruhe ließ. Heute Morgen hatte sie das hier meinen großen Abend mit Boone genannt. Sie hatte gesagt, ich würde Boone wie einen Baum umhauen, wenn er mich singen hörte.

Sie hatte viel mehr Vertrauen in mein Talent als ich. Auf keinen Fall konnte ich einem Riesen wie Boone die Füße wegziehen.

Ihre Worte, ob sie nun wahr waren oder nicht, hatten mir jedoch ein wenig meiner Kraft zurückgegeben. Ich konnte mich daran erinnern, wie ich früher die Aufmerksamkeit einer Zuschauermenge halten konnte. Wie ich die Energie aufgesaugt und Kraft daraus gezogen hatte. Ich war nicht bei Großveranstaltungen aufgetreten – nur in Coffee-Shops und Kneipen in der Stadt – doch das hatte mir eine Gelegenheit gegeben, meine Musik mit anderen zu teilen. Die Lieder, die ich schrieb.

Ich hatte davon geträumt, eines Tages einen Plattenvertrag zu erhalten und auf größeren Bühnen aufzutreten.

Doch Marty hatte mir weisgemacht, dass ich eine Närrin war. Untalentiert. Oder dass ich mir bloß einbildete, talentiert zu sein, weil die Leute darauf reagierten, wie nuttig ich war.

Boone brachte mich zur Bühne, während ich die Wolf Ranch Gruppe für mich klatschen und jubeln hörte. „Ich kann es nicht erwarten, dich singen zu hören, Baby", brummte er und seine Hand an meiner Hüfte spannte sich an.

Ein weiteres der Probleme, die nur in meinem Kopf bestanden, war verschwunden. Er wollte mich nicht daran hindern, im Mittelpunkt der Aufmerksamkeit zu stehen. Es störte ihn nicht. Tatsächlich hatte er mich direkt zu meinem Auftritt geführt. Es reduzierte seine Männlichkeit nicht, allerdings war ich mir ohnehin nicht sicher, ob es einen männlicheren Kerl als ihn gab.

Das war auch ein gutes Zeichen.

Ich holte tief Luft und stieß sie aus.

Vielleicht würde das hier nicht das Desaster werden, als das es sich anzufühlen begonnen hatte. Vielleicht konnte ich das hier doch tun.

Ich betrat die Bühne und nahm das Mikrofon von Joe, dem Moderator, entgegen. „Danke, Joe. Und ein kleiner Tipp, ich glaube, mein Date wird dir den Kopf abreißen, wenn du mich noch mal Süße nennst."

Ich machte es zu einem Witz, obwohl einem Teil von mir deswegen noch immer schlecht war.

Es funktionierte. Joe sah verlegen aus und zuckte mit den Schultern. Die Menge lachte und alle drehten sich, um Boone anzuschauen, der an der Seite der Bühne stand.

Er verschränkte die Arme vor seiner gewaltigen Brust. Ob er nur mitspielte oder es todernst meinte, ließ sich nicht sagen.

„Whoa, Boone", sagte Joe und winkte ihm. Er kannte ihn offensichtlich, was Sinn ergab. Es war eine Kleinstadt, in der sich alle zu kennen schienen. „Sorry, Mann. Ich wusste nicht, dass du mit Summer zusammen bist. Ich wollte nicht respektlos sein."

Boone neigte den Kopf.

„Hier ist dein Song. Shania Twain, stimmt's, Summer?" Er wandte sich Boone und dem Publikum zu. „Nicht *Süße*. Sie ist definitiv niemand, den ich jemals wieder *Süße* nennen würde." Joe schien keine Angst zu haben. Er spielte für das Publikum mit. Alle lachten und Boones Lippen zuckten möglicherweise sogar.

Ich nickte und meine Hüften wippten zum Takt der Musik, die er bereits angeschaltet hatte. Es war ‚That Don't Impress Me Much' und ich ließ mich richtig darauf ein, hatte Spaß und sang mir die Seele aus dem Leib.

Boone beobachtete mich, seine Kinnlade klappte herunter und seine Augen leuchteten auf, als ich eine hohe Note traf. Ich stolzierte in meinen knappen Shorts über die Bühne, während das Publikum jubelte und pfiff. Boone pfiff am lautesten. Als ich fertig war, brüllte er und stieß seine fleischigen Fäuste in die Luft, als hätte ich gerade einen Touchdown für seine Lieblingsmannschaft erzielt.

„Danke, alle miteinander", sprach ich ins Mikrofon, bevor ich es atemlos und begeistert zurückgab.

Boone kam an den Bühnenrand, um sich dort mit mir zu treffen.

„Fang mich auf." Ich sprang wieder in seine Arme und er fing mich auf, als wäre ich ein Federkissen. Ich wusste nicht, weshalb ich so fasziniert davon war, mich ihm an den Hals zu werfen, aber verdammt, es fühlte sich gut an. Er war so groß wie ein Baum und genauso robust. Ich schätze, es gab mir einfach ein Gefühl der Sicherheit, von einem Podest zu springen und zu wissen, dass er da sein und mich auffangen würde.

Oder vielleicht war es nur Vorspiel. Denn auf seinen Hüften zu sitzen, törnte mich *definitiv* an.

„Erlaubnis, dich die ganze Nacht lang so zu halten?", versuchte Boone es erneut, nachdem er mein Brustbein und die Seite meines Halses geküsst hatte.

Ich lachte und antwortete ihm nicht. Er trug mich zu der Ansammlung Tische zurück, an denen unsere Freunde saßen.

„Du hast die unglaublichste Stimme. Wo hast du singen gelernt?" Er sank auf einen Stuhl, wobei ich weiterhin rittlings auf seiner Taille sitzen blieb.

Es war eine Menge öffentliche Zurschaustellung von Zärtlichkeiten, schien jedoch niemanden zu stören.

Tatsächlich erhielten wir von allen bloß ein ermutigendes Lächeln.

Niemand schien Boone für gefährlich zu halten. Natalie versuchte nicht, mich von ihm abzubringen. Keine der anderen Frauen tat es. Und auch keiner der Männer. Würde mich der Alpha des Rudels nicht daran hindern, mit einem Rudelmitglied zusammen zu sein, das gefährlich war?

Ich sollte mich entspannen. Aufhören, mögliche

Probleme zu suchen, und einfach nur sehen, was das zwischen uns war. Boone war nicht Marty.

Ich war auch nicht mehr die ahnungslose, zwanzigjährige Frau, die sich in ihn verliebt hatte.

Ich war klüger. Ich kannte meinen Wert. Mein Herz.

Natalie antwortete für mich, da ich irgendwo im La La Land war und Boone musterte. „Summer schreibt ihre eigenen Songs. Sie ist eine professionelle Musikerin."

Ich spürte, wie sich meine Brust schmerzhaft zusammenzog, als sie über meine Musikkarriere sprach. Oder deren Nichtvorhandensein. „Nein, das bin ich nicht", widersprach ich rasch. „Ich meine ... ich habe es versucht. Eindeutig Vergangenheitsform."

„Schwachsinn", protestierte Natalie und nahm ihr Pintglas. „Sie hat ein gewaltiges Talent und es liegt nur wegen deines Ex' in der Vergangenheit. Es wird Zeit, dass du glänzt, Mädel!"

Eine junge Frau und ihre Freundinnen betraten die Bühne und begannen, eine schreckliche Version von ‚Girls Just Wanna Have Fun' zu singen. Es war schwer, nicht das Gesicht zu verziehen, aber sie sahen aus, als hätten sie Spaß und darum ging es bei der Musik.

„Du singst morgen Abend als Vorprogramm für die Scheunenstreicher. Das ist beschlossene Sache." Natalie fixierte mich mit einem strengen Blick.

Ich hatte noch nicht zugestimmt, aber sie drängte mich immer wieder dazu. Jetzt, da Boone mich aufmunternd ansah – und alle anderen am Tisch der Wolf Ranch – gab ich nach. „Okay", stimmte ich zu.

Boone musterte mich. „Ich kann es nicht erwarten,

mehr zu hören. Musik ist dir wichtig." Seine Brauen zogen sich zusammen, nachdem er anscheinend einige Puzzleteile zusammengesetzt hatte. „Du hast sie für ihn aufgegeben?" Er stellte die Frage mit leiser Stimme und unsere Freunde wandten den Blick ab, um uns Privatsphäre zu geben.

Vor Überraschung, dass jemand, den ich erst seit vierundzwanzig Stunden kannte, mein schmerzhaftestes Geheimnis ansprach, schlingerte mein Magen und blieb zwischen meinen Rippen stecken. Ich schaute weg.

Boone hatte die Antwort scheinbar von meinem schockierten Schweigen abgeleitet, denn Wut bebte über sein Gesicht und verzerrte es. Ich spürte ein Knurren in seiner Brust rumpeln.

Mir kam der Gedanke, dass ich Angst haben sollte – er sah wahrhaft furchterregend aus, wenn er wütend war, doch ich hatte keine Angst. Vielleicht lag es daran, dass sich seine Arme schützend um mich herum anspannten. Vielleicht lag es daran, dass ich verstand, dass er um meinetwillen wütend war.

„Ja." Ich schluckte. Wie töricht ich doch gewesen war. „Marty mochte nichts in meinem Leben, von dem er dachte, es wäre wichtiger als er", gestand ich. Ich schämte mich, als ich das sagte. Meine Stimme klang verletzt. Es tat weh, die Worte auch nur auszusprechen, obwohl ich das mit Natalie in den letzten Monaten stundenlang ausdiskutiert hatte. Jeden Tag, den ich in Cooper Valley war, dankte ich Gott dafür, dass ich eine Freundin wie Natalie hatte, die mir einen Ort zum Wohnen gab, mir einen Job besorgt hatte und mir dabei half, wieder auf die Beine zu kommen, während ich die Scheidung einreichte.

Boones Kiefer mahlte. „Falls er jemals hier auftaucht, werde ich ihm die Arme abreißen", knurrte er.

Es war so ein lebhaftes Bild, dass ich lächelte, obwohl ich vermutete, dass Boone tatsächlich zu so etwas in der Lage wäre. Danach zu urteilen, was ich gesehen hatte, als er letzte Nacht die Beine von dem kaputten Bett abgerissen hatte, besaß er übermenschliche Kraft.

Ich streichelte seinen weichen Bart. Er war so ein mürrischer, knurriger Riese und er wollte der Meine sein.

„Du bist wichtiger als jeder Mann", verkündete Boone.

Ich starrte ihn an. Meinte er einschließlich sich selbst?

„Dein Talent ist erstaunlich und ich habe nur ein Lied gehört. Deine Musik ist dir wichtig. Du wirst nicht damit aufhören, weil irgendein Baby-Mann nicht genug Aufmerksamkeit von dir bekam, oder?"

Seine Charakterisierung von Marty entrang mir ein Lächeln. Natalie hatte mir die gleiche Frage gestellt, doch damals hatte ich mich zu entmutigt und besiegt gefühlt. Ich konnte nur daran denken, die Scheidung durchzustehen und ihn für immer loszuwerden. Genug Geld zu verdienen, um den Anwalt zu bezahlen und anzufangen, Natalie und Rand Miete zu bezahlen.

Doch die Art und Weise, auf die Boone die Frage stellte, sorgte dafür, dass ich mich mutig fühlte. Als wäre Marty unbedeutend.

War meine Musik wichtig? „Ich schätze ..." Ich versuchte, meine Gedanken von der Scham und dem Schmerz zu trennen, die meine Musik umhüllten. „Ich habe irgendwie das Gefühl, als wäre meine

Musikkarriere der Grund dafür, dass ich überhaupt bei Marty festsaß."

Ich bemerkte ein kleines Zucken bei Boone, als ich Martys Namen aussprach, als würde er die Worte katalogisieren und für später abspeichern. „Was meinst du?"

Ich biss mir auf die Lippe und ließ die Worte raus. „Er überzeugte mich, bei ihm einzuziehen und ihn zu heiraten, und behauptete, er würde für mich aufkommen, während ich mich auf meine Karriere konzentrierte."

„Ich dachte ..." Boones Gesicht verdüsterte sich. „Dann tat er das Gegenteil, er zerstörte deine Karriere."

Es fühlte sich erschreckend an, diese Beschreibung der Geschehnisse zu hören, doch die Tränen, die mir sofort in die Augen schossen, sagten, dass Boone recht hatte – Marty hatte meine Karriere zerstört.

Allerdings musste ich auch zu meinem Beitrag in dieser Angelegenheit stehen. Ich zuckte kläglich mit den Achseln. „Ja. Er dachte, ich würde mit allen Männern flirten, wie beispielsweise Joe vorhin. Dass wenn ein Kerl mich *Süße* nannte, ich ihn gefickt haben musste. Dass sie nur für mich klatschten, wenn ich sang, weil ich nuttige Kleider trug. Er sagte so viele Dinge, die mich brachen, aber ich war diejenige, die sich von ihm manipulieren ließ und all das glaubte. Die glaubte, dass unsere Ehe wichtiger wäre."

Boone schüttelte seinen riesigen Kopf. „Nein. Gib dir nicht die Schuld an den Manipulationen dieses Arschlochs. Sein einziges Ziel hätte darin bestehen sollen, dir zum Erflog zu verhelfen. Doch stattdessen bestand es darin, dich einzusperren und zu ..." Boone verstummte und Verstehen dämmerte in seinen Augen. „Fuck. Ich bin heute Morgen viel zu aufdringlich rübergekommen. Ich habe mich genau wie dein Arschloch-Ex benommen." Er rieb sich über den Bart. „Kein Wunder, dass du Raum brauchtest."

Eine der Mauern, die ich zum Schutz vor Boone errichtet hatte, brach in diesem Moment zusammen. Er verstand es endlich. Er gaslightete mich nicht, damit ich dachte, dass das, was er wollte, richtig war.

„Baby, es tut mir leid. Ich wollte dir niemals das Gefühl geben, als ..." Er unterbrach sich wieder. „Ja, ich habe dir das Gefühl gegeben, als wärst du ein Besitz, oder?"

Ich schenkte ihm ein erleichtertes Lächeln. „Nun, du hast mich ständig die *Deine* genannt."

Er antwortete nicht, aber ich konnte irgendwie spüren, wie sehr er wirklich *glaubte*, dass ich die Seine war. Es war für ihn vermutlich eine eindeutige Sache, weil er aufgrund meines Geruchs wusste, dass ich ‚die Eine' für ihn war.

„Denk daran, Baby, ich habe zwar gesagt, dass du die Meine bist, aber ich bin auch der Deine. Verstehst du das?"

Ich hatte nie daran gedacht, es umzudrehen. Könnte ich Boone auch den *Meinen* nennen? Konnte ich in Bezug auf ihn genauso besitzergreifend sein, wie er es bei mir war? Die Vorstellung, dass irgendeine Frau in dieser Kneipe ihren geilen Blick auf meinen Mann heften könnte ... okay, ich verstand es irgendwie besser.

Doch wie genau funktionierte das?

„Was passiert, wenn deine Gefährtin nicht genauso empfindet?", fragte ich.

Ich sah eine Welt des Schmerzes in seinem Blick. Er legte seine Hände auf meine Hüften und seine Finger hielten mich fest, als hätte er Angst, ich würde wegrennen. Seine Kehle arbeitete. „Ich versprach, dass ich ein Nein akzeptieren würde." Seine Stimme kam wie ein Krächzen heraus.

Oh, der süße Mann. „Ich sage nicht Nein", versicherte ich ihm. „Ich habe mich nur gefragt, wie es funktioniert. Ich meine, sagt eine", ich senkte meine Stimme zu einem Flüstern, „Wölfin jemals Nein?"

Boones große Hände drückten meinen Po und zogen mich auf seinem Schoß näher. „Nun, es gibt einen starken biologischen Drang. Den könnte sie nicht leugnen. Aber ja, ich meine, manchmal klappt es nicht." Er sah aus, als würde er etwas zurückhalten. Etwas, was mir nicht gefallen würde.

„Gibt es eine Scheidung?"

Er nickte, sah allerdings immer noch so aus, als wollte er es mir nicht erzählen. „Ja. Ich meine, es ist keine *Scheidung*, wie sie Menschen vollziehen, aber dennoch eine Trennung. Es kommt nicht oft vor, kann jedoch passieren. Es kann schwer sein, weil der Instinkt eines Männchens darin besteht, sein Weibchen zu beschützen, selbst wenn sie diesen Schutz nicht will."

Hmm. Das klang ein wenig Stalker-mäßig. Es klang auch sehr wie Boone und ich.

„Baby, ich verstehe jetzt, dass ich zu forsch rangegangen bin", wiederholte er. „Ich werde vermutlich immer wieder zu aufdringlich sein. So bin ich einfach.

Aber du musst wissen, dass du die Oberhand hast. Wenn du Nein sagst, höre ich auf. Fertig. Wenn du sagst, dass ich dir Raum geben soll, werde ich dir Raum geben. Was immer du brauchst, um dich wohlzufühlen. Aber ich verspreche dir Eines – ich werde mich niemals deiner Karriere in den Weg stellen. Ich werde nie jammern und mich beschweren, dass du mir nicht genug gibst, wenn du so verdammt hell strahlst. Ich möchte nur die Ehre, dein Mann zu sein. Ich will der Kerl sein, der dich glücklich macht, der dich beschützt und dich die ganze Nacht lang zum Schreien bringt."

Alles in mir wurde bei seinen Worten zu heißer Flüssigkeit.

Marty hatte nie etwas derartiges zu mir gesagt. Hätte er das getan, hätte ich ihm ohnehin nicht geglaubt. Doch ich glaubte Boone.

Plötzlich hatte ich die Nase vom Karaoke voll.

„Nun." Ich rutschte über seinen Schoß näher an seinen Schritt heran und spürte die Wölbung seines Schwanzes durch seine Jeans hindurch. „Dann lass uns mit dem dritten Teil anfangen, oder?"

15

───

BOONE

ICH STÖHNTE, weil es sich so gut anfühlte, wie Summer ihr süßes Becken auf meinem Schwanz wiegte. Ich würde es nicht bis zu meinem Zuhause schaffen. Ich würde es nicht einmal bis zu *ihrem* Zuhause schaffen. Ich musste jetzt von meinem Mädel kosten. Cody's Saloon musste uns genügen.

Ich stand auf, wobei ich ihre Beine um meine Taille festhielt.

„Später werde ich dich Heim bringen und dir zeigen, was es bedeutet, vergöttert zu werden", versprach ich und blickte in ihre stürmischen blauen Augen. „Doch jetzt muss ich von dir kosten und es kann nicht warten."

Ich trug sie in den hinteren Bereich der Kneipe geradewegs in den Lagerraum. Cody würde mir verzeihen, was wir gleich in diesem Raum tun würden. Er verstand, wie es war, eine Gefährtin zu haben, von der man nicht genug bekommen konnte. Ich brauchte Summer mit einer Verzweiflung, die ich nicht kontrollieren konnte.

„Was machen wir, Boone?" Summer kicherte und sah sich um.

Fuck, dieser Laut. Keine Furcht, sondern Freude.

„Ich muss einfach von dir kosten, Baby", knurrte ich und mir lief das Wasser im Mund zusammen. „Ich muss dich meinen Namen schreien hören, wenn du kommst. Dann wird es sicher genug für mich sein, dich nach Hause zu fahren. Oder zu meiner Hütte, falls du sie sehen möchtest."

Ich stellte sie sachte auf den Betonboden, ehe ich vor ihr auf die Knie sank und ihre Shorts öffnete. Die Daumen in den Hosenbund gehakt riss ich diese samt der Netzstrumpfhose nach unten.

Sie kreischte: „Oh mein Gott, Boone!"

Ich schaute sie mit Augen an, die bestimmt leuchteten. „Bist du okay, Baby? Erlaubnis, deine Pussy zu lecken, bis du schreist?"

Ihr Geruch war jetzt kräftiger. Sie war sehr erregt. Bereit.

Ich hielt ihre Schenkel zwischen meinen Händen fest und konnte spüren, wie sie vor Verlangen zitterten.

„E-erlaubnis gewährt." Die Pupillen ihrer blauen Augen waren geweitet und ihre Haut hatte ein reizendes pfirsichfarbenes Rosa angenommen.

Ich beugte mich vor und leckte aggressiv in sie.

Fuck, ja. Der Duft. Das Aroma.

Mein.

Ich fiel über ihre Pussy her wie ein verhungernder

Mann, der seine erste Mahlzeit seit Wochen erhielt. Ich saugte ihre Schamlippen in meinen Mund und badete ihr Fleisch mit meiner Zunge. Ich erkundete jeden Millimeter ihrer süßen Pussy und endete oben bei ihrem Kitzler.

Sie war tropfnass und ihr Honig durchtränkte bereits meinen Bart. Es war leicht, einen dicken Finger in sie zu rammen.

Sie schrie auf, ihre Finger vergruben sich in meinen Haaren und ihr Hintern und Rücken knallten gegen die Bierkästen, die an der Wand gestapelt waren.

„Das ist es, Baby", lobte ich sie, während ich meine Finger in ihrem engen Kanal vor und zurück pumpte. Sie von meinen Knien aus zu beobachten, war so intensiv. Ich bereitete ihr Wonne. Sie nahm sie und vertraute mir ihren Körper an. „Du siehst so hübsch aus, wenn du bereit zum Kommen bist." Nein, das wurde ihr nicht gerecht. „Du bist die hübscheste Frau auf der Erde."

Das war eine Tatsache.

Ich rollte mit der Zunge über ihren Kitzler und fand ihren G-Punkt an ihrer Innenwand. Ich krümmte meinen Finger, um ihn so zu streicheln, wie sie es mochte. Das hatte ich gestern Nacht herausgefunden. Dabei leckte ich sie und liebte es, dass ihre keuchenden Schreie immer verzweifelter wurden.

„Gefällt dir das, Baby? Möchtest du es dort?", fragte ich und vergewisserte mich, dass sie mich dorthin lenkte, wo sie es wollte. Ich war ihr Lustdiener.

„Ja! Ja, Boone, genau dort." Ihre Stimme hallte von den Betonwänden des kleinen Raums.

Ich fügte einen zweiten Finger hinzu und bewegte

beide vor und zurück, wobei ich meine Hand so neigte, dass meine Fingerspitzen jedes Mal ihren G-Punkt trafen.

Sie schrie und packte mein Handgelenk, um meine Hand bewegungsunfähig zu machen, während sie darauf auslief. „Oh, oh!" Ihre Wände krampften schnell und pulsierend, drückten und zuckten um meine Finger herum.

„Das ist es, Baby. Braves Mädchen. Ich liebe es, wenn du für mich kommst."

Sie wurde noch feuchter, als würde mein Lob sie antörnen. Ich machte mir eine geistige Notiz, sicherzustellen, dass ich sie bei jeder Gelegenheit, die sich mir bot, über den grünen Klee lobte. Ich katalogisierte alles, was sie glücklich machte. Sie feucht machte. Sie zum Kommen brachte.

Zur Hölle, ich merkte mir jede einzelne Sache über sie.

Ich zog meine Finger raus, steckte sie mir in den Mund und genoss das Aroma ihrer Säfte. Ich konnte nicht genug kriegen.

Vorsichtig zog ich ihre Netzstrumpfhose und anschließend ihre Shorts hoch, deren Reißverschluss und Knöpfe ich schloss. Dann stand ich auf und beugte mich nach unten, damit ich meine Nase an ihrem Hals reiben konnte. „Ich liebe es, dich zum Kommen zu bringen", hauchte ich ihr ins Ohr und biss hinein. „Wirst du heute Nacht mit mir nach Hause kommen?"

„Ja", antwortete sie sofort. Kein Zögern. Keine Angst. Fuck sei Dank.

„Ich will, dass du noch einmal für mich singst", sagte ich. „Nackt und auf meinem Bett. Meine eigene Show."

Das langsame Lächeln, das sie mir schenkte, war leicht verrucht, was meine Eier zum Pochen brachte. „Okay."

Ich packte ihre Hand und führte sie aus dem Lagerraum. Ihr Aroma auf meiner Zunge, ein Lächeln auf ihrem Gesicht.

Ich dachte, die letzte Nacht wäre die beste Nacht meines Lebens gewesen. Doch die heutige Nacht entwickelte sich noch besser.

16

SUMMER

ICH ZOG eines von Boones Flanellhemden an. Ein rotes und wunderbar weiches. Es war so groß, dass ich es nicht einmal zuknöpfte. Boones Hütte war unglaublich. Sie war dunkel gewesen, als er mich gestern Nacht hierhergebracht hatte, nachdem wir kurz bei meinem Apartment gewesen waren, damit ich eine Tasche hatte packen können. Wir waren von der Stadt hoch in die Berge gefahren. Als wir angekommen waren, waren wir ... äh, *beschäftigt* gewesen, bis ich praktisch vor Lust ohnmächtig geworden war. Doch jetzt im Licht des Morgens schaute ich mich um.

Ich würde den Einrichtungsstil gemütlichen Luxus nennen, falls es diese Bezeichnung gab. Letzte Nacht hatte er mir erzählt, dass er alles selbst gebaut hatte. Er hatte eindeutig viel Schweiß und Herzblut in die Hütte gesteckt.

Sie war klein – eine Studio-Hütte mit einem offenen Bereich für Wohnzimmer, Küche und Schlafzimmer. Außerdem gab es ein Loft, das er als Büro/Bibliothek zu nutzen schien. Die Hütte war zwar rustikal, doch jedes Detail war die reine Perfektion. Die wuchtigen Holztüren wiesen Schnitzereien auf und sperrten den harschen Winter gekonnt aus. Die Schränke und Schubladen in der Küche waren mit den edelsten Beschlägen mit Soft-Close-Technik versehen worden. Unsichtbare Lichter unter den Schränken warfen ein sanftes Licht auf die umwerfenden Arbeitsplatten. Die Arbeitsflächen in der Küche und im Badezimmer sowie die Duschwände bestanden aus riesigen polierten Quarzplatten – weiß und grau mit lilafarbenen und silbernen Adern.

Die hellen Holzböden waren glatt und fühlten sich weich und einladend an. Ein schmiedeeiserner Holzofen hielt die Hütte warm.

Natalie hatte erzählt, dass Boone wirklich klug war – dass er im Alter von sechzehn Jahren aufs College gegangen war – aber ich hatte ihn nicht für einen Bücherwurm gehalten. Er sprach nur selten und bei mir war er die halbe Zeit in Fettnäpfchen getreten. Dennoch war die gesamte Hütte voller Bücher, die er eindeutig gelesen hatte.

Vor jeder Wand des Lofts standen Regale und im Hauptraum war eine gesamte Wand ebenfalls seiner Büchersammlung gewidmet. Ich glitt mit den Fingerspitzen über die Rücken einiger Bücher und überflog die Titel. Sie behandelten alle möglichen Themen – Handelskriege mit China, die KI-Revolution, die uralte ägyptische Religion, Bücher über Holzarbeiten und Bauen, deutsche Philosophie, Analytische Psychologie.

„Wow", murmelte ich. „Du liest gerne."

Boone war im Bett, sein großer Kopf war auf seine Hand gestützt, während er auf seiner Seite lag und mich beobachtete. Er zuckte mit den Achseln, wodurch die Muskeln auf seiner Schulter spielten. „Im Winter wird es hier oben langweilig", sagte er schlicht.

Ich kehrte zum Bett zurück, krabbelte auf ihn und setzte mich rittlings auf seinen breiten Oberkörper. Er könnte mich mühelos auf den Rücken werfen und dominieren, doch er tat es nicht. Sein Flanellhemd hing wie ein offener Bademantel über meine Schultern. „Warum wohnst du ganz allein hier oben?"

Etwas an Boones Wohnverhältnissen fühlte sich an, als würde er einer Sache vorbeugen. Es war nicht zwangsläufig so, dass er sich versteckte, sondern eher so, dass er sich freiwillig isolierte.

Er zögerte, was mir verriet, dass ich etwas auf der Spur war. Seine dunklen Augen wirkten bekümmert. „Es ist nur ... sicherer so", brummte er und wandte den Blick ab.

„Sicherer für wen? Für dich?"

Er schüttelte den Kopf. Eine tiefe Furche grub sich zwischen seine Augen.

Ich legte den Kopf schief. „Was erzählst du mir nicht?"

Er mahlte mit dem Kiefer. Er hatte seinen riesigen Körper nicht bewegt, aber ich konnte die Anspannung in ihm spüren.

„Bitte, ich will es wissen. Was ist passiert? Hast du ...

hast du jemanden verletzt? Hat es dein Wolf getan?" Ich war mir nicht sicher, wie ich auf diesen Gedanken gekommen war, doch ich wusste sofort, dass ich recht hatte, weil er vor Überraschung die Augen aufriss.

Er hörte zu atmen auf.

„Du kannst es mir erzählen, Boone", flüsterte ich und fuhr mit den Fingern durch die dunklen Haare auf seiner Brust. Die Ärmel seines Flanellhemds waren so lang, dass ich meine Hände nicht sehen konnte.

Er sprach nicht.

Ich kannte ihn noch nicht lange, wusste jedoch genug. „Ich weiß, dass du Angst hast, mich zu verschrecken. Ich schätze, ich bin ziemlich schreckhaft. Aber ich muss alles über den Mann wissen, der sagt, dass er mein Gefährte ist."

Wow. Diese Worte laut auszusprechen, stellte etwas mit mir an.

Der Mann, der sagt, dass er mein Gefährte ist. Es war, als könnte ich das Zupfen des Schicksals in den Worten spüren. Die gewaltige Bedeutung, die Boone und der Rest meiner Freunde dem Wort *Gefährtin* zuwiesen.

Boone atmete langsam aus. Er starrte in mein Gesicht, als wäre es ein Rettungsanker. Als könnte er in meine Seele blicken. Er räusperte sich. „Als ich ein Kind war, war mein Onkel – der Bruder meiner Mutter – der Alpha dieses Rudels." Seine Stimme klang eingerostet.

Ich wollte fragen, ob er Robs Dad meinte, wartete allerdings und gab ihm die Zeit, die Geschichte so zu erzählen, wie er es tun wollte.

„Meine Mom starb bei Roys Geburt. Mein Dad war … woran du denkst, wenn Leute ‚toxische Maskulinität' sagen. Doch meine Tante und Onkel – Robs, Coltons und Boyds Eltern – passten auf uns auf, als wir Kinder waren. Oder Welpen, wie wir sagen. Sie waren die liebevollen Eltern, die wir uns wünschten." Er holte noch einmal tief Luft und stieß sie aus. „Als ich sechzehn Jahre alt war, starben sie bei einem schrecklichen Autounfall im Canyon. Rob war jung – nur ein paar Jahre älter als ich. Die Führung des Rudels fiel wie erwartet ihm zu."

Ich nickte und fuhr weiterhin federleicht mit den Fingernägeln durch die Haare auf seiner muskulösen Brust in dem Versuch, den Schmerz zu lindern, den ich von seinem Gesicht ablesen konnte. Er war so warm unter mir.

„Ich war bereits groß – ich hatte in der Middleschool diese Größe erreicht und in der Highschool wurde ich kräftiger. Mein Arschloch-Dad war der Meinung, dass ich mit Rob um die Position des Alphas kämpfen sollte."

Ich zog überrascht die Augenbrauen hoch, unterbrach ihn allerdings nicht, vor allem, da ich nicht wusste, was das genau bedeutete.

Er seufzte. „Ich weiß – es war lächerlich. Mein Vater war ein egoistischer, intriganter Arsch. Ich hatte kein Interesse an der Führung oder daran, dem Cousin etwas wegzunehmen, der wie ein Bruder für mich war und der dazu erzogen worden war, die Rolle des Alphas zu übernehmen und das Rudel zu führen. Ich wollte einfach nur aus meinem Zuhause raus. Ich wollte von meinem Dad und seinem ständigen Druck weg, mich wie ein Alphamännchen zu benehmen. Für dich, einen Menschen, bedeutet das, dominant zu sein und das Sagen zu haben, doch ein Alpha eines Wolfsrudels ist das und mehr. Er ist der Anführer, derjenige, der für das Wohlergehen aller verantwortlich ist. Außerdem spricht er Recht, zumindest auf Rudelebene. Er muss Entscheidungen treffen, die manchmal nicht positiv oder glücklich sind. Ich hätte die Position wegen meiner Größe übernehmen können, aber mehr nicht. Es steckte *in* Rob, der Alpha zu sein. Er war geboren worden, um in die Fußstapfen seines Vaters zu treten. Meiner glaubte, meine Größe würde mich zu einem geborenen Anführer machen und deswegen war er ein Arschloch. Ich war nicht qualifiziert."

„Als würde man ein Viereck in ein rundes Loch zwingen?", riet ich.

Sein Mundwinkel bog sich nach oben. „Ja, genau so. Rob passte zu der Rolle. Ich nicht. Ich hatte wie ein Wahnsinniger gelernt, um meinen Highschool-Abschluss früher zu machen und aufs College zu gehen. Ich war bereits auf der Columbia angenommen worden. Doch mein Dad gab einfach keine Ruhe. Monatelang ging er mir damit auf die Nerven. Herausfordern, herausfordern, herausfordern. Eines Nachts ging er in jenem Sommer zu weit und wir kämpften. Nicht verbal, sondern physisch. Ich wollte *ihn* nicht um die Dominanz zwischen uns herausfordern – es passierte einfach."

Ich hatte keine Ahnung, was *um Dominanz herausfordern* bedeutete, aber Boones Augen hatten ihren Fokus verloren und seine Miene wirkte, als wäre ihm schlecht. Was immer er getan hatte, er bereute es bis zu diesem Tag.

„Was ist passiert?", flüsterte ich.

Ich beobachtete, wie Schuldgefühle über Boones Gesicht zogen. „Es war schlimm." Er schluckte.

Ich wartete, doch er sprach nicht weiter.

„Wie schlimm?"

Seine Hände legten sich auf meine Hüften, seine Daumen streichelten meine Haut, doch ich bezweifelte, dass er überhaupt wusste, dass er es tat. „Ein verdammtes Blutbad. Ich meine – mein Wolf tötete meinen Vater nicht, aber es war knapp."

Als er meinen entsetzten Gesichtsausdruck sah, ergänzte er rasch: „Gestaltwandler heilen schnell. Ihm ging es gut. Aber Roy und Ace, mein anderer jüngerer Bruder, waren vollkommen traumatisiert. Ich ..." Er hörte zu reden auf, als hätten ihn die Worte erwürgt. „Ich ging. Ich verließ das Rudel, den Staat. Ich hätte wahrscheinlich bleiben sollen. Für sie. Aber ich hatte meinen Vater fast zu Tode geprügelt. Ich dachte, wenn ich ginge, wäre die Gefahr auch für alle anderen weg. Außerdem hätte Rob es leichter, das Rudel in einem derart jungen Alter zu leiten, wenn ich die Stadt verließ und fortblieb. Für den Frieden innerhalb der Familie wäre es auch besser. Ich wollte nicht der Gewalttätige sein, bei dem sich alle Sorgen machten, dass er wieder explodieren könnte.

Also ging ich aufs College und blieb in New York, nachdem ich meinen Abschluss gemacht hatte. Ich sagte mir, dass ich Rob den Raum gab, seine Führung zu etablieren. Später redete ich mir ein, dass es bei der Arbeit als Hedgefonds-Manager darum ging, Geld für die Familie zu verdienen, und ich *verdiente* Geld. Jede Menge. So konnten wir die Weihnachtsbaumfarm beginnen und all das Land hier von der Bank zurückkaufen."

Meine Hände erstarrten und eine blieb auf seinem Herzen liegen. Ich spürte es langsam unter meiner Hand schlagen. „Waren deine Brüder in Gefahr?"

Der Schmerz auf Boones Gesicht erledigte mich.

Ich nahm es in die Hände und streichelte mit den Daumen über seinen seidigen Bart.

Er schüttelte den Kopf, wich jedoch meinem Blick aus. „Nein ... keine physische Gefahr. Aber unser Dad war ein Narzisst – also erhielten sie nicht die Unterstützung, die sie verdienten. Zum Glück vertrieb Rob sie weder aus dem Rudel, noch verwehrte er ihnen seinen Schutz, obwohl er wusste, dass mein Dad ihm seine Stellung streitig machen wollte. Roy und Ace verloren die Liebe und Stabilität unserer Tante und unseres Onkels, als diese starben, und Rob war genauso wenig geeignet, ihr Ersatzvater zu sein, wie ich es war. Das Ganze eskalierte fünf Jahre nach meinem Fortgang, als mein Dad versuchte, Ace dazu zu bringen, Rob herauszufordern. Ace hatte kein Interesse daran und zog die Rolle nie auch nur in Erwägung. Er war nicht der Erstgeborene unserer Familie und Rob hat zwei jüngere Brüder. Wenn jemand Rob ersetzen würde, wäre das Colton, dann Boyd. Wegen dieses Versuchs verbannte Rob ihn aus dem Rudel."

Meine Augen wurden groß. Wer hätte gedacht, dass es in einem Wolfsrudel so viel Drama gab? Ich vermutete, Leute, die wussten, dass Wolfsrudel existierten.

„Er verbannte Ace?"

„Nein, meinen Dad, nicht Roy und Ace. Unser Dad verließ den Staat. Unseren letzten Informationen zufolge ist er in einem Rudel in Arkansas. Das war das Beste, was passieren konnte, denn meine Brüder blieben und hatten endlich ihre Freiheit.“

„Sie leben auch hier oben auf dem Berg, stimmt's?“ Ich erinnerte mich daran, was er erzählt hatte. Einer von ihnen war ein Schreiner und der andere hatte eine Weihnachtsbaumfarm.

Er nickte.

„War das der Zeitpunkt, an dem du nach Hause kamst? Als dein Dad verbannt wurde?“

Boone verzog das Gesicht. „Ich hätte es tun sollen, aber nein.“

„Was hat dich zurückgebracht?“

„Mehr Ärger. Nicht hier im Rudel, sondern in New York.“ Ich spürte, wie Boone sich verschloss, als wollte er mir nichts mehr erzählen. Es tat weh, weggestoßen zu werden, vor allem, nachdem er sich gerade so sehr geöffnet hatte.

Ich versuchte, die Verbindung offenzuhalten. „Du magst groß und klug gewesen sein, warst jedoch noch ein Kind, als du gingst. Sechzehn ist jung, um aufs College zu gehen, vor allem auf eines in New York, nachdem man in Cooper Valley gelebt hat. Man kann dir nicht vorwerfen, dass du einen beschissenen Dad hattest oder nicht bleiben und die Lage deiner Brüder irgendwie verbessern wolltest. Ich vermute, dass du recht hattest – zu bleiben, hätte mehr Kämpfe und Probleme bedeutet.“

Boone atmete geräuschvoll aus. „Danke. Mein Bruder Ace empfindet nicht so, doch es hilft, zu hören, dass du so denkst.“ Seine Stimme war rau. „Komm her.“ Er zog mich nach unten, sodass mein Kopf auf seiner Brust ruhte, und drückte mich an sich. Er war so warm und seine Haut weich über harten Muskeln.

Ich kuschelte mich an ihn und bot ihm Trost in der Form meiner Anwesenheit. „Danke, dass du mir das anvertraut hast. Es tut mir leid, dass du das durchmachen musstest."

Er streichelte mit seinen großen, schwieligen Händen über meinen nackten Rücken und umkreiste leicht meinen Hintern. „Ich will nicht, dass du Angst vor mir hast." Seine Stimme brach ein wenig. „Ich weiß, dass dir etwas zugestoßen ist. Ich werde nicht zulassen, dass du jemals wieder verletzt wirst. Das verspreche ich dir." Seine Stimme war leidenschaftlich geworden und ich wusste ohne jeden Zweifel, dass er wieder gewalttätig werden konnte. Aber ich glaubte auch, dass er das nicht bei mir sein würde, sondern es nur tun würde, um mich zu beschützen.

Nun, da ich gehört hatte, was geschehen war, und von seinen Schuldgefühlen wusste, weil er seine Brüder zurückgelassen hatte, war ich mir dessen sicher. Er besaß Ehrgefühl. Sein moralischer Kompass war intakt. Ich wusste nichts über Wolfsgestaltwandler, aber ich verstand das Konzept von Alphas. Er mochte keine Führungsposition wollen, war jedoch ein natürlicher Anführer. Dominant. Beschützend. Gewillt, notfalls Zwang einzusetzen. Dennoch hatte er sein Rudel verlassen, um sicherzustellen, dass Robs Führung als Alpha erfolgreich war.

Ich war mir sicher, dass es furchterregend für einen Sechzehnjährigen gewesen war, doch das war kein Grund, sich jetzt hier oben auf dem Berg zu isolieren.

Wenn wir ein Paar sein wollten – ein Gedanke, der mich teils begeisterte, teils entsetzte – dann musste ich ihn in die Gesellschaft zurückholen. Ich wusste aus Erfahrung, wie schrecklich es war, vom eigenen Unterstützungssystem und der Gemeinde abgeschnitten zu sein. Wie furchterregend es war, zu versuchen, sich wieder einzubringen.

Ich sah seine Angst davor, wenn er mit mir zusammen war. Er hatte Angst, etwas falsch zu machen. Er hatte das Gefühl, dass er einen falschen Schritt machen, etwas Falsches sagen oder *tun* würde, womit er mich verletzte oder verschreckte. Ich konnte meine eigene Angst davor, dass er zu Marty wurde, selbst nicht einschätzen – dass er am Anfang super nett und süß war und dann kontrollierend und fies wurde. Ich musste daran arbeiten.

Ich konnte jetzt damit anfangen.

Ich lächelte verschlagen und mir fiel eine *sehr* gute Idee ein.

„Ich will dich fesseln.“

Seine Augen weiteten sich, ehe sie begehrlich wurden. „Ich nehme an, du meinst hier im Bett“, erwiderte er. Seine Stimme war um eine Oktave gesunken und jeder Anflug von Schuldgefühlen und Reue war aus seinem Blick verschwunden.

Ich biss mir auf die Lippe und nickte. „Ich will mit dir machen, was ich will.“

„Hast du Angst, dass ich dir wehtue?“, fragte er plötzlich wieder vorsichtig.

Ich schüttelte den Kopf. „Nein. Überhaupt nicht. Ich will, dass du loslässt. Dass du vergisst, zu versuchen, mir nicht wehzutun. Ich weiß, dass dir das durch den Kopf geht."

Er nickte einmal.

„Auf diese Weise weißt du, dass du es nicht tun kannst. Du kannst loslassen und es einfach ... genießen."

„Also wirst du dich auf mir ficken? Mich mit dieser süßen Pussy in den Wahnsinn treiben?"

Er griff nach oben und schob sein Flanellhemd von meinen Schultern, sodass es sich um meine Hüften legte. Ich zog meine Arme aus den Ärmeln und war nackt. Sein Blick glitt über mich und sein Schwanz schwoll zwischen uns an.

Ich nickte.

„Ich bin absolut dafür, aber du musst vorher etwas tun."

Ich neigte den Kopf auf die Seite und meine Haare streiften seinen Kiefer. „Was?"

„Nachdem du mich gefesselt hast, musst du dich auf mein Gesicht setzen. Ich werde deine süße Pussy lecken, bis du kommst. Mein Mädchen kommt zuerst und so weiß ich, dass das passiert ist."

Wollte ich das? Dass Boone mich leckte, ich für ihn kam und ihn *dann* wie ein Cowgirl ritt?

Ja, ja, das wollte ich.

„Okay."

„Gut." Er hob die Hände über seinen Kopf und packte das hölzerne Kopfteil. „Fessle meine Handgelenke mit dem Flanellhemd an das Holz."

Ich tat wie geheißen und beugte mich vor, um den Ärmel um seine Handgelenke und die Latte zu wickeln, doch er schloss den Mund um eine meiner Brustwarzen und lenkte mich ab.

Schließlich war er fixiert und ich wirklich angetörnt.

Er grinste, schaute auf und zog testend an dem Knoten.

„Steig auf, Baby."

Ich rutschte seinen Oberkörper hinauf, bevor ich das Kopfteil des Betts packte und meine Knie zu beiden Seiten seines Kopfs platzierte.

„Senk dich nach unten. Ja, fuck. Braves Mädchen."

Dann leckte er mich mit gnadenloser Präzision. Vielleicht neckte oder reizte er mich nicht, weil er entschlossen war, mich zuerst zum Kommen zu bringen. Er konnte seine Hände nicht benutzen, sein Mund und seine Zunge waren jedoch so talentiert, dass ich in Rekordzeit kam. Wenn es bei den Olympischen Spielen eine Kategorie für das schnellste erfolgreiche Lecken einer Pussy gäbe, würde Boone definitiv die Goldmedaille gewinnen.

Ich war schlaff und befriedigt, aber nicht fertig. Dieser Orgasmus war die Aufwärmübung gewesen. Sein Schwanz war dick und lang hinter mir und Lusttropfen quollen aus dem Schlitz. Sein Bauch war mit ihnen überzogen.

„Bereit?", fragte ich, was lächerlich war. Er war absolut bereit. Er grinste. Sein Bart glänzte und war mit meiner Erregung überzogen.

Ich rutschte zurück, ging auf die Knie und sank auf ihn.

„Fuck", zischte er und zerrte an dem Knoten. Er hielt.

Ich fühlte mich sehr mächtig, weil ein Kerl wie Boone meiner Gnade ausgeliefert war.

„Fühle einfach nur, Baby", trug ich ihm auf, beugte mich nach unten, küsste ihn und schmeckte mich auf seinen Lippen.

Ich stemmte mich nach oben und begann, mich zu bewegen.

„Umfasse deine Brüste", sagte er.

Das tat ich und ich spürte, wie er in mir anschwoll.

Daraufhin legte ich meine Hände auf das Kopfteil, beugte mich vor und gab ihm einen Busen, an dem er saugen konnte. Dann den anderen.

Ich stöhnte und wand mich auf seinem Schwanz, musste mich jedoch wieder aufrichten. Ich wollte mehr. Wollte es härter. Tiefer. Ich nahm es mir. Ich benutzte Boones Schwanz, um mich zum Kommen zu bringen. Ich beobachtete sein Gesicht – angespannter Kiefer, gerötete Wangen, wilde Augen.

„Wirst du für mich kommen, Großer?", fragte ich, während ich ihn ritt.

„Ja. So nah dran."

„Komm für mich, Boone. Lass einfach los."

Vielleicht brauchte er die Worte. Vielleicht hatte ich ihn an den Punkt gebracht, von dem es keine Rückkehr mehr gab.

Er stieß seine Hüften nach oben, kam mit einem Knurren und füllte mich mit seinem Sperma, bis es um ihn herum rauslief. Ich brauchte mehr. Ich griff nach unten, massierte meinen Kitzler und brachte mich selbst zum Höhepunkt. Es fühlte sich so gut an mit ihm dick und hart in mir.

Ich hatte diesen großen Holzfäller, der so stark war, auf einen verschwitzten, befriedigten Mann reduziert.

Ich grinste. Genauso wie er.

Ich beugte mich vor, um ihn zu küssen. Seine Haut war so heiß an meiner. „Danke."

Er lachte. „Baby, du kannst mich jederzeit fesseln."

Jetzt fühlte es sich nicht wie eine Falle an, mit Boone in einem Schneesturm in den Bergen festzusitzen. Es fühlte sich aufregend an.

17

BOONE

SUMMER in meiner Hütte zu haben, war eine berauschende Erfahrung. Es war auch die reine Qual, weil ihr Honig- und Pfirsichduft den kleinen Raum füllte und meinen Wolf kontinuierlich reizte. Er wollte ununterbrochen Sex mit ihr haben. Er musste sie schreien hören. Ihren Orgasmus spüren. Ihre Erregung riechen.

Doch vor allem wollte er sie markieren. Insbesondere, als sie mich gefesselt hatte und über mich hergefallen war. Fuck, das war heiß gewesen.

Allerdings hatte ich noch keine Idee, wie ich das Thema ansprechen sollte, dass ich sie beanspruchen wollte. Zuvor war ich zu schnell vorgegangen. Jetzt, da ich verstand, dass sie Trigger hatte, hatte ich meinem Wolf ein Würgehalsband umgelegt. Als sie vorgeschlagen hatte, mich beim Sex zu fesseln, hatte ich das für eine gute Idee gehalten – nachdem sie erklärt hatte, dass sie keine Angst hatte. Auf diese Weise konnte ich mir sicher sein, dass ich nicht zu grob war. Sie konnte sich nehmen, was sie wollte, und ich würde auf jeden Fall von dem kommen, was sie tat.

Es war ein Anfang. Sie war so stark und mutig und das war durchgeschimmert, als sie mich zum beeindruckendsten Orgasmus meines Lebens geritten hatte.

Aber sie beanspruchen? Das musste erst noch passieren. Die Uhr tickte. Die Zeit lief mir davon, wenn ich nicht mondverrückt werden wollte. Ich konnte die chaotische Energie in mir brodeln fühlen. Das Tier kämpfte mit dem Mann. Mir war heiß und ich war aufgewühlt. Angespannt. Als würde so viel Energie durch meinen Körper strömen, dass meine Haut sie nicht zurückhalten konnte.

Summer stand auf und zog ihre Kleider an. Kurz lag ich auf dem Bett und beobachtete sie, denn es gab nichts Hübscheres auf der Welt als meine Gefährtin. Außerdem musste ich meinen Wolf beruhigen, der durchdrehte, nur weil sie von mir gestiegen war. Nach dem, was sie gerade mit mir getan hatte, hätte ich befriedigt sein sollen, doch nein.

Das würde zu einem Problem werden. Sie hatte sich möglicherweise selbst geschützt, indem sie mich gefesselt und mich vergessen lassen hatte, dass ich sie verletzen könnte. Doch das Gefühl war jetzt mit voller Macht zurück. Ich würde mir niemals verzeihen, wenn ich am Ende die Kontrolle verlor und sie in Gefahr brachte, obwohl ich ihr versprochen hatte, dass das niemals passieren würde. Oder wenn ich sie markierte, bevor sie bereit war. Ich zwang meinen Wolf zurück.

Ich rollte mich herum, um aufzustehen und eine Jogginghose anzuziehen. „Du musst nach alldem Hunger haben." Ich zwinkerte ihr zu und sie errötete wunderschön. „Ich habe Würste und Eier hier. Ich könnte vermutlich auch Pancakes machen. Es gibt echten Ahornsirup. Und Kaffee. Natürlich habe ich Kaffee. Oder heiße Schokolade."

Sie lächelte mich an und etwas verschob sich in meiner Brust. Ich wollte diese Frau glücklich machen. Das war mir wichtiger als mein nächster Atemzug. Doch was, wenn ich noch immer eine Gefahr für sie war? Ich wusste, dass mein Wolf niemals absichtlich zulassen würde, dass ihr etwas geschah. Falls ich sie beschützen musste, würde ich die Gewalt jedoch nicht zurückhalten können. Und dann würde ich sie möglicherweise trotzdem verlieren.

„Eier und Würste klingen super. Und wenn du Schokolade hast, lass uns Mochas machen!" Sie wippte ein wenig auf ihren Füßen.

Fuck, sie war niedlich.

Ich setzte den Kaffee auf und holte eine Pfanne heraus, während sie den Kühlschrank öffnete und die Eier und Würste suchte.

Fünfzehn Minuten später setzten wir uns mit einem Berg dampfenden Essens und Tassen an den Tisch, in denen sich eine Mischung aus Kaffee, Milch und Heißem-Schokolade-Pulver befand.

„Du denkst wohl, dass ich wie ein Wolf essen kann",

lachte Summer, nahm ihre Gabel und musterte den gewaltigen Berg aus Eiern und Würsten.

Mein Wolf liebte es, für sie zu sorgen.

Ich grinste. Fuck, ich wusste nicht, dass mein Gesicht noch wusste, wie man lächelte, doch anscheinend erinnerte es sich daran. „Du brauchst deine Energie, wenn wir im Schnee wandern gehen wollen, um uns die Weihnachtsbaumfarm anzuschauen."

Sie kaute ihren Bissen und lächelte mich auf eine Weise an, bei der meine gesamte Welt auseinanderfiel und sich wieder neu zusammensetzte.

Beanspruche sie. Mein Wolf hörte einfach nicht auf.

Ich zwang ihn zurück. *Noch. Nicht. Bald.*

„Welchem Bruder gehört die Baumfarm nochmal? Werde ich ihn kennenlernen?"

„Ace. Äh, klar. Möchtest du das?" Meine Brust fühlte sich zu eng an. Als würde sie sich ausdehnen und meine Rippen konnten der Energie nicht genug Platz bieten.

„Natürlich möchte ich das."

Ich hielt einen Augenblick still. War es möglich, dass sie mich bereits als ihren Gefährten akzeptierte? Dass sie meine Familie kennenlernen wollte, war ein gutes Zeichen, oder?

„Ich werde dir einen Deal vorschlagen."

Sie lächelte und zog die Brauen hoch. „Was für ein Deal?"

„Ich werde dir die Baumfarm zeigen, wenn du ein Lied für mich singst. Eines deiner Lieder. Vielleicht eines, das du selbst geschrieben hast?"

Summer errötete. „Nun, ja." Sie lachte peinlich

berührt. „Okay. Ich werde auf dem ganzen Weg singen, wenn du das möchtest."

„Das möchte ich." Ich hielt ihren Blick. „Ich will jedes hübsche Wort hören, das du geschrieben hast. Jetzt, da ich weiß, wie gut du bist, werde ich zusehen, dass du dich oder deine Musik nie wieder für einen Mann aufgibst."

Tränen schossen ihr in die Augen. „Boone." Ihre Stimme klang kratzig.

Ich stieß mich sofort vom Tisch ab, um Platz zu machen, und streckte einen Arm nach ihr aus. „Komm her, Baby."

Sie sprang vom Tisch auf und kam zu mir, woraufhin ich sie auf meinen Schoß zog, einen Arm um ihre Taille legte und ihre Schulter küsste.

„Ich werde dich nicht erdrücken, Summer. Ich verspreche es. Ich weiß, dass ich am Anfang zu aufdringlich war. Ich bin zu intensiv. Mein Wolf will dich beanspruchen und ich will dich beschützen, aber ich werde dich nicht für mich behalten. Ich meine, wenn du mir überhaupt erlaubst, dich zu haben."

Ihre Arme schlangen sich um meinen Hals und sie küsste meinen Kopf. Sie stimmte nicht zu. Sie sagte nicht, dass sie mir glaubte oder vertraute, aber ich konnte irgendwie spüren, dass das Fesseln beim Sex und das hier ein Anfang waren. Ich machte Fortschritte. Ich würde all ihre Einwände und Ängste herausfinden und sicherstellen, dass ich auf diese einging. Irgendwann würde sie glauben, dass sie bei mir vollkommen sicher war.

„Wir sind hier zwar in den Bergen, aber ich würde niemals versuchen, dich von der Welt fernzuhalten.

Nachdem ich dich beim Karaoke singen hören habe, weiß ich, dass du geboren wurdest, um von der breiten Masse genossen zu werden, Baby. Und ich weiß, dass es wahrscheinlich zu früh ist, das zu sagen, aber ich will einfach alles offen auf den Tisch legen. Wenn du denkst, dass es hier oben zu abgeschieden ist, werde ich ein Haus in der Stadt kaufen oder bauen. Dein Glück ist das, was für mich zählt."

„Meine Güte, Boone", sagte sie erstickt. „Hör auf, mich zum Weinen zu bringen."

„Wenn du weinst, weil du dich so vergöttert fühlst, wie du es verdienst, werde ich mich nicht entschuldigen."

Sie schnaubte wässrig. „Du bist verrückt."

Ich stand mit ihr in den Armen auf und sie schlang instinktiv die Beine um meine Taille. „Jepp." Ich küsste sie. „Verrückt nach dir."

18

SUMMER

DA ICH AUS Los Angeles kam, hatte ich nicht gedacht, dass ich mit dem Winter in Montana klarkommen würde, doch in den letzten Monaten hatte ich mich in den Schnee verliebt. Boone und ich gingen in Wollmützen und Daunenjacken nach draußen. Ich trug ein Paar von Boones dicken Wollsocken, damit meine Füße warm blieben, selbst wenn sie nass wurden.

Ich konnte weder einen Pfad noch Straßen sehen, doch Boone führte mich durch den Wald, als wüsste er genau, wo er hinging. Dabei hielt er meine behandschuhte Hand in seiner.

Ein Teil von mir fragte sich, ob das hier gefährlich war – ob wir uns verkühlen oder verirren könnten, doch dann erinnerte ich mich daran, dass Boone ein Wolf war. Die verirrten sich nicht im Wald, oder?

Verdammt, das war heiß. Er war nicht nur ein

umwerfendes Holzfäller-Genie, sondern auch übermenschlich. Er besaß vermutlich ein besseres Gehör und einen besseren Geruchssinn. Und natürlich konnte er sich in einen riesigen Wolf verwandeln. Oh!

„Ich will dich in Wolfgestalt sehen", platzte ich heraus, während wir zwischen den Bäumen standen und es leicht schneite.

Er senkte den Kopf, um mich anzuschauen. Seine Augenwinkel kräuselten sich. „Ja?"

Schneeflocken fielen auf mein Gesicht und schmolzen. „Ja. Verwandelst du dich nur bei Vollmond?"

Er schüttelte den Kopf. „Nein. Wir können uns jederzeit verwandeln. Der Vollmond sorgt nur dafür, dass wir erpicht darauf sind, uns zu verwandeln. Es ist als ... würde man ein Blech frisch gebackener Kekse sehen und man muss sich einfach einen nehmen. Es wäre schwer, ihnen zu widerstehen."

Das ergab Sinn. „Welche ... ähm Farbe hast du? Dein, ähm, Fell."

„Weiß und silberfarben. An einem verschneiten Tag wie heute würde ich definitiv mit der Landschaft verschmelzen."

„Verschmelzen? Du meinst, um zu jagen? Was jagst du?" Ich war mir nicht sicher, ob es mich anekeln sollte oder nicht.

Er lächelte erneut. „Was ich jage? Kleine blonde Musikerinnen, die wie Engel singen." Boone sprang plötzlich zu mir, hob mich in die Luft und wirbelte mich herum, wobei seine Hitze durch meine Kleiderschichten sickerte.

Ich jubelte und kicherte.

Er stellte mich mit einem Grinsen wieder ab. „Du solltest besser davonlaufen, Babygirl." In seiner Stimme lag eine spöttische Warnung.

Ich lachte und rannte davon, wodurch der Schnee um mich herum aufgespritzt wurde. Ich drehte mich, um über meine Schulter zu blicken, und der Atem entwich mir als große Wolke.

Zum Teufel mit ihm!

Er musste nicht einmal rennen, seine langen Schritte sorgten dafür, dass er direkt hinter mir blieb.

„Das ist nicht einmal anstrengend für dich, oder?", rief ich atemlos. Ich rannte schneller, stolperte über eine Baumwurzel unter dem Schnee und flog mit dem Kopf voran in eine Schneewehe.

Ich landete mit dem Gesicht in dem fluffigen, weichen Schnee.

„Ack!" Es war eiskalt!

Der Schnee gelangte unter den Saum meiner Jacke und in meinen Kragen. In die Spalte zwischen meinen Handschuhen und meinen Ärmeln. Ich lag jedoch nur eine Sekunde auf dem Boden, denn Boone hob mich sofort aus der Kälte und in seine Arme.

„Uups. Bist du okay, Baby?" Boones warmer brauner Blick wanderte besorgt über mein Gesicht, während er den Schnee von mir strich.

„Ja. Das bin ich jetzt." Ich streckte mich und küsste sein Kinn. Seine kalten Wangen. Seine weichen Lippen, die von dem kratzigen Bart gerahmt wurden.

Ich liebte es, wie umsorgt ich mich bei ihm fühlte. Marty hätte gelacht, weil ich hingefallen war. Er hätte es als Sieg bei dem Wettrennen aufgefasst. Oder schlimmer, er hätte mich tollpatschig genannt. Und natürlich konnte er mich nicht einfach vom Boden in seine Arme heben, als wöge ich nichts, wie Boone es gerade getan hatte. Ganz gleich, was er von sich dachte, er war nicht so stark.

„Ahh, jetzt verstehe ich." Boone begann, zu laufen, wobei er mich noch immer trug. „Das war nur dein Plan, damit du auf dieser Wanderung getragen wirst."

Ich lachte. „Nein. Ich kann wandern."

Er schüttelte den Kopf und ein Lächeln bog seine Mundwinkel nach oben. „Auf keinen Fall, Schönheit. Du bist jetzt in meinen Armen und ich setze dich nicht ab. Also bezahle deinen Transport mit einem Lied."

Meinen Transport mit einem Lied bezahlen.

Ich lachte. Wir waren mitten im Nirgendwo. Nichts außer Bäume und Berge und Schnee ringsum. „Okay. Du musst es dir mit meiner Gitarre vorstellen."

„Ich will es *a cappella* hören. Nur deine perfekte Stimme, so wie du es heute Abend auf dem Konzert tun wirst. Und wenn wir nach Hause kommen, werde dich ich ausziehen, gründlich ficken und meine Gitarre in deine Hände legen, damit ich auch diese Version hören kann."

Falls ein Teil von mir von der Kälte des Schnees oder der frischen Luft kalt gewesen wäre, so wäre der spätestens jetzt warm geworden. Ich wand mich in seinen Armen, da mich sein Versprechen erregte. Sein Interesse an meiner Musik erregte mich. All die Aufmerksamkeit, mit der er mich überschüttete und die sich überhaupt nicht erdrückend anfühlte, erregte mich. Es fühlte sich einfach ... nun, aufmerksam an.

Ich holte tief Luft und lauschte den eingebildeten

Gitarrenakkorden in meinem Kopf, um den Anfang des Lieds anzuzählen. Dann sang ich eines meiner langsameren Lieder – ein stimmungsvolles Stück, das ich über einen verregneten Tag und unerfüllte Träume geschrieben hatte.

Boone schaute nicht einmal, wohin er ging. Sein Blick war wie gebannt auf mein Gesicht geheftet. Er sah mich sogar voller Bewunderung an, während ich für ihn sang.

Als ich fertig war, senkte er mich langsam auf den Boden. „Beim Mond, hast du das selbst geschrieben?"

Ich nickte und spürte, dass meine Wangen vor Freude heiß wurden.

„Summer, es ist unglaublich." Er schüttelte den Kopf ... staunend? „Du musst das heute Abend singen. Wie kommt es, dass du keinen Plattenvertrag hast?" Auf seinem Gesicht breitete sich Entschlossenheit aus. „Wir werden dir einen Plattenvertrag besorgen."

Ich lachte ungläubig. „Das tun wir? Einfach so?"

„Ja. Ich kenne jemanden in der Branche. Eine ehemalige Kundin. Ich kann mich mit ihr in Verbindung setzen. Hast du Proben oder ein Demo oder wie immer man das nennt?"

Ich blinzelte. Wir waren im *Wald* und er machte all diese Pläne? Wenn sein großes Gehirn an einer Idee arbeitete, stürzte es sich anscheinend mit vollem Eifer darauf. „Ähm. Nein. Ich meine, das hatte ich, aber Marty hat meinen Computer. Es waren ohnehin keine richtigen Aufnahmen. Ich müsste in ein echtes Tonstudio, um die Lieder aufzunehmen, und er sagte ..." Ich unterbrach mich und mir wurde übel.

„Was sagte er?", knurrte Boone und strich mit einem

Finger über meine kalte Wange. Er brauchte nicht einmal Handschuhe.

Wut durchflutete mich. Ich hatte diesem Arschloch geglaubt. Jetzt, nach einigen Monaten Abstand und nachdem ich bei Leuten gelebt hatte, denen ich wichtig war, konnte ich sehen, dass das alles Teil seiner Manipulation gewesen war.

„Er sagte, ich sei nicht bereit."

„Als hätte er irgendeine Ahnung davon", schnaubte Boone.

„Oder? Er war nur ein Arschloch-Cop, der Country-Musik mochte."

Uups. Ich konnte die Intelligenz in Boones Augen sehen, als er die Tatsache abspeicherte, dass ich verraten hatte, dass Marty Polizist war. Ich musste vorsichtig sein, dass ich sein Verlangen nicht ermutigte, Rache an Marty zu nehmen, auch wenn es schmeichelhaft war.

„Dieses Lied ist bereit", sagte er. „Du bist bereit. Die Leute brauchen deine Musik. Wir werden dir einen Vertrag besorgen und die Welt wird nie wieder dieselbe sein." Er blieb stehen und drehte sich, sodass ich sehen konnte, wohin er deutete. „Dort sind die Bäume."

Ich folgte seinem Finger, woraufhin ich eine riesige Fläche mit kleinen Tannenbäumen sah, die in ordentlichen Reihen angepflanzt worden waren.

„Sind das die Babys?", fragte ich.

„Es sind keine jungen Bäume mehr, aber du hast recht, sie sind noch zu klein zum Verkaufen. Diese Bäume sind ungefähr drei Jahre alt. Sie werden in drei weiteren Jahren bereit sein." Er stellte mich auf die Füße, nahm meine Hand und führte mich den Hügel hinab.

Auf unserer rechten Seite befand sich ein weiteres großes Feld mit Bäumen. Es war eindeutig, dass sie gepflanzt worden waren anders als der natürliche Wald, den wir auf dem Weg von seiner Hütte hierher durchquert hatten. „Diese Bäume sind vier Jahre alt. Die Bäume, die dieses Jahr bereit sind, befinden sich noch ein Stück weiter weg." Er deutete in die Richtung zweier Holzgebäude, die größer als seine Hütte waren und aus deren Kamine Rauch kam. „Dort wohnen Ace und Roy. Das größere Haus ist das, in dem wir aufwuchsen. Ace lebt jetzt dort. Das Gebäude dahinter ist Roys Hütte, an die seine Schreinerei angeschlossen ist."

Ich blickte zu ihm auf, um sein Gesicht zu lesen. Seine zwei Brüder lebten zusammen, doch Boone hatte sich entschieden, seine Hütte weit weg von ihnen zu errichten. Weit weg von allen.

„Versteht ihr euch nicht?"

Boones Miene wirkte hölzern. Er zuckte mit den Achseln. „Ich ließ sie im Stich, als sie mich am meisten brauchten. Also ja, es sind Verbitterung und Wut vorhanden. Aber wir passen trotzdem aufeinander auf."

Ich hatte keine Brüder oder Schwestern, dennoch durchfuhr mich Trauer für ihn. Ich konnte seine Schuldgefühle und Reue spüren und wollte sie ihm nehmen. Ich wollte ihm eine Chance auf einen Neuanfang geben. Mit seinen Brüdern. Mit dem Rudel. Mit mir.

Mit mir.

Das fühlte sich richtig an.

Ich war sein Neuanfang. Wenn ich glaubte, was er sagte – und ehrlich gesagt, fing ich an, das zu tun – dann war er gewillt, Veränderungen vorzunehmen. Es klang so, als bräuchte er es nicht, dass ich die Einzige war, die sich verdrehte und verbog, um in der Beziehung zu bleiben. Es fühlte sich an, als könnten wir tatsächlich Partner sein.

Oder war das nur etwas, was er gesagt hatte, um mich an sich zu binden? Würde er besitzergreifend werden, sobald er mich geheiratet oder sich mit mir gepaart hatte oder was immer sie taten?

Wir gingen durch die Baumgruppen zu den Gebäuden. Es fühlte sich magisch an – der weiche Schnee, der auf unsere Köpfe fiel, die grünen Tannenbäume, die unter dem schweren weißen Mantel hervorragten, der sie umhüllte, während ich Boones Hand hielt.

Zum ersten Mal seit Jahren begann ich, im Kopf ein Lied zu komponieren.

Snow falling on pines.
Your Hand held in mine.
There's no better time
Than this one.

Ich folgte dem kreativen Faden, spielte das Lied in meinem Kopf und wusste bereits die Noten, mit denen ich es singen würde.

War es ein Zeichen, dass mir das erste Lied, das ich seit Jahren komponiert hatte, einfiel, kurz nachdem ich Boone kennengelernt hatte?

Es fühlte sich wie ein gutes Omen an. Boone hatte mich inspiriert. Er gab mir ein Gefühl der Sicherheit und – Gott, ich hoffte – dass er mir den Raum geben würde, den ich brauchte, um kreativ zu sein.

„Bist du okay?", fragte er. „Du bist ganz still dort unten."

„Hier unten?" Ich lachte und legte den Kopf in den Nacken, um ihm in die Augen zu blicken. „Ich bin nicht so klein! Aber ja, mir geht's gut. Ich arbeite in meinem Kopf an einem Lied."

Er legte den Kopf schief und seine Lippen zuckten belustigt. „Ja? Fantastisch. Ich kann es nicht erwarten, es zu hören."

Wir hatten jetzt die Hütte erreicht, die uns am nächsten war, und Boone zögerte, bevor er an die Tür hämmerte und sie aufdrückte.

Zwei Männer, die beide so groß und einschüchternd wie Boone waren, schauten vom Esszimmertisch auf, wo etwas wie Möbelskizzen ausgebreitet waren.

Keiner sagte Hallo. Sie starrten uns nur an.

„Hey Leute. Das ist Summer. Meine Gefährtin."

19

———

BOONE

Als ich die Tür hinter uns schloss, erhoben Ace und Roy sich von ihren Stühlen und starrten Summer voller misstrauischer Überraschung an. Roys Nasenflügel blähten sich, als er ihren Geruch aufsog.

Er warf mir einen schockierten Blick zu und ich verengte die Augen zu Schlitzen.

Ja, sie war ein Mensch, Arschloch. Ja, und? Ich knurrte und spannte meinen Arm um sie herum an.

Summer versteifte sich und sah zu mir auf.

Richtig. Knurren könnte ihr Angst einjagen. Vor allem, da sie nicht wusste, warum ich es tat.

„Du hast eine Gefährtin gefunden?", fragte Ace. Ace war zwei Jahre jünger, einige Zentimeter kleiner und viele Pfunde leichter als ich. Was bedeutete, dass er groß und wirklich fit, jedoch kein Riese wie ich war. Er hielt seine dunklen Haare kurz und das Gleiche galt für seinen

149

Bart. Er lächelte häufig und schnell, allerdings galt sein Lächeln nur selten mir. Zum Glück schenkte er meiner Gefährtin eines, als er vortrat und ihr seine Hand reichte. „Wann? Warum hast du es uns nicht erzählt?"

Ich zuckte mit den Achseln. „Es ist gerade erst passiert."

„Hast du dich im Wald verirrt, Sweetheart?", fragte Roy. Er war der Jüngste, aber größer als Ace. Er hatte lange Haare, die seinen Kiefer streiften und er häufig, wie auch jetzt, nach hinten band. Er hatte keinen Bart, wartete jedoch oft einige Tage zwischen seinen Rasuren. „Ich bin übrigens Roy." Er gab Summer als Nächster die Hand.

Das war das Haus, in dem ich aufgewachsen war. Ich kam nur ungern hierher. Es war der Ort, an dem meine schlimmsten Erinnerungen stattgefunden hatten. Doch in den Jahren seit der Verbannung unseres Vaters hatte Ace sämtliche Beweise für die Existenz des Mannes entfernt und Veränderungen vorgenommen. Er hatte renoviert. Alles gestrichen. Es gab eine moderne Küche und heute waberte der Geruch von Rindfleisch und Knoblauch aus dem Schongarer auf der Granitarbeitsplatte. Zudem gab es neue Möbel, die Roy gebaut hatte. Das Haus war zu etwas anderem geworden, doch es war schwer, die Vergangenheit loszulassen.

„Hi. Ähm, nein. Warum?", fragte sie.

„Weil unser großer Bruder den Berg nicht verlässt", erklärte Roy.

„Wir haben uns im Cody's kennengelernt. Ich bin dort Kellnerin", erzählte sie ihnen.

Ihre Augen weiteten sich und sie sahen mich an. „Du bist ins Cody's gegangen?", fragte Ace verblüfft.

Summer sah zwischen uns hin und her und ich rieb mir über den Nacken, da ich plötzlich das Gefühl hatte, dass es verrückt war, etwas so Simples zu tun, wie an einem Samstagabend in eine Kneipe zu gehen. Oder vielleicht war ich verrückt. „Ja."

„Zur Hölle. Wir können dich nicht einmal dazu bringen, mit uns zu einem Rudeltreffen zu gehen, und du warst den ganzen Weg in der Stadt", sagte Ace und schüttelte den Kopf. Er schaute zu Summer. „Unser Bruder ist ein wenig schüchtern. Mag keine Orte mit vielen Leuten."

Sie lachte und sah mich an. Es war kein neckender, sondern ein sanfter Blick. „Oh, ich weiß. Wir arbeiten daran, aber ich habe ihn sogar dazu gebracht, zum Karaoke zu gehen."

Die Münder meiner Brüder klappten auf. „Karaoke? Im Ernst? Ist dir ein Baum auf den Kopf gefallen, als du ihn gefällt hast?", fragte Roy grinsend. Ace verschränkte die Arme und lachte.

Er zog mich auf, aber es tat trotzdem ein wenig weh. „Wenn meine Gefährtin zu finden, das Gleiche ist, wie einen Baum auf den Kopf zu bekommen, dann ja. Das hätte ich schon eher tun sollen, wenn es mich zu Summer geführt hätte."

Meine Brüder wirkten verblüfft. Ich nahm ihnen das nicht übel. In meinem Leben gab es nicht viel Aufregung und in den vergangenen Tagen, seit ich sie zuletzt gesehen hatte, war viel passiert.

„Wow, Summer. Du bist ein guter Einfluss für unseren Bruder", bemerkte Roy.

Dem stimmte ich zu.

„Warum schließt ihr euch uns heute Abend nicht an?", fragte sie. „Wir gehen ... Ich meine, ich bin das Vorprogramm für die Scheunenstreicher in Missoula. Ich, ähm ... singe."

„Singe?", wiederholte ich. „Baby, mach dich nicht klein." Ich schaute zu meinen Brüdern. „Sie ist eine Künstlerin. Eine Songwriterin. Ihre Stimme ist erstaunlich und ich bin überhaupt nicht voreingenommen, weil sie meine Gefährtin ist. Natalie denkt das auch. Die anderen von der Wolf Ranch, die gestern Abend dort waren, dachten das ebenfalls."

Die Augen meiner Brüder weiteten sich. Ich war mir nicht sicher, ob das daran lag, dass sie beindruckt waren, dass Summer so talentiert war, oder daran, dass ich von einer Frau schwärmte. Und dass ich in der Stadt gewesen war. Im Cody's. Zweimal. Und dass ich meine Gefährtin gefunden hatte.

Eine Menge Schocks auf einmal.

Ich besuchte die beiden kaum, außer wir hatten Geschäftliches zu besprechen oder Ace machte sein berühmtes Chili.

„Sie wird ein Star werden", informierte ich die beiden und Summer errötete. Ich legte einen Arm um sie und küsste sie auf den Scheitel. „Kommt und hört es euch an. Dann werdet ihr zustimmen."

Ace und Roy sahen einander an.

„Das würde ich um nichts in der Welt verpassen wollen", erwiderte Ace.

Roy nickte. „Hol uns auf dem Weg in die Stadt ab. Vielleicht finden wir unsere Gefährtinnen als Nächstes."

20

SUMMER

Auf der Bühne zu stehen, fühlte sich genial an. Ich wusste nicht, warum ich mich so lange geweigert hatte, wieder aufzutreten, wenn es für mich doch so natürlich wie das Atmen war. Die Lichter. Die Menschenmenge. Einfach alles.

Während ich mein drittes Lied auf der Bühne des Boondocks, einer großen Country-Bar/Musiklokal in Missoula sang, schaute ich in die Menschenmenge und saugte ihre Energie auf. Meine Freunde saßen in der Nähe der Bühne. Wir waren mit Ace und Roy in Boones großem Truck hergefahren, wobei wir mit Natalie, Rand und dem Rest unserer Freunde eine Kolonne gebildet hatten.

Boone saß prominent vor der Bühne und wurde von seinen Brüdern flankiert. Alle drei waren muskelbepackt und strahlten eine derart beschützende Energie aus, als wären sie meine Bodyguards. Natalie und ihre Bandkollegen waren ebenfalls da zusammen mit Rand, Cody, Riley, Rob, Willow, Colton, Marina, Johnny und Emma.

Ich trug ein Outfit, das ich mit Natalies Hilfe ausgewählt hatte – einen pinkfarbenen Jeansrock mit einer schwarzen Netzstrumpfhose, schwarze Stiefel und ein schwarzes Crop-Top. Ich trug meinen schwarzen Cowgirlhut mit dem pinkfarbenen Band, das zu meinem Rock passte. Anders als in LA passte ich hier in Montana perfekt dazu.

Ich spielte die letzte Note und die Menge drehte durch. Es war ein Montagabend, weshalb ich gedacht hatte, dass niemand kommen würde, um uns zuzuhören, nicht einmal in einer größeren Stadt. Der Laden war jedoch rammelvoll und besonders die Männer fuhren auf mich ab – sie pfiffen und verlangten brüllend nach mehr.

Ein Betrunkener schlenderte nah an die Bühne heran. „Spiel ein Lied für *mich*, Sweetheart." Er duckte sich, als würde er versuchen, unter meinen Mini-Jeansrock zu schauen.

Ein Hauch von Furcht zwickte mich unter den Rippen und ich versaute die nächste Zeile, weshalb ich von vorne anfangen musste. Das hier könnte schlimm werden. Würde Boone einen Kampf anzetteln? Würde er mir die Schuld an dem Verhalten des Kerls geben? Wie schlimm würde das hier werden?

Ich hatte mindestens ein Dutzend schlechter Erinnerungen an Szenen wie diese, bei denen Marty richtig fies geworden war, weil ich die Aufmerksamkeit von Männern erregt hatte. Ich erinnerte mich an das jeweilige Event und die anschließenden tagelangen Folgen des Vorfalls.

Boone war bereits auf den Füßen und seine große Gestalt bewegte sich mit katzenähnlicher Eleganz. „Halt dich von meinem Mädel fern, Kumpel." Er zerrte den Typen mit einer schweren Hand auf dessen Schulter zurück, drehte ihn um und gab ihm einen Schubs, um ihn in die Richtung zurückzuschicken, aus der er gekommen war.

Als Boone sich wieder umdrehte, nachdem er sich vergewissert hatte, dass der Kerl mich nicht mehr belästigen würde, zwinkerte er mir zu.

Er *zwinkerte*.

Er war nicht sauer. Er hielt mir den Rücken frei. Wärme breitete sich in meiner Brust aus. Ich seufzte und stieß die Luft aus, die ich unbewusst angehalten hatte.

Mein Wolf-Mann hatte einen starken Beschützerinstinkt. Er war sogar besitzergreifend. Doch er schien mir nicht wie Marty die Schuld an der Aufmerksamkeit zu geben, die ich von anderen erhielt.

Ich beendete das Lied mit einem erneuerten Gefühl von … Freiheit und beugte den Kopf beim Applaus des Publikums. Ich konnte einfach nicht aufhören, zu grinsen. Gott, es fühlte sich genial an! „Vielen Dank euch allen. Ich glaube, es ist jetzt Zeit, die Bühne den Scheunenstreichern zu überlassen", verkündete ich.

„Sing noch ein Lied!", rief irgendein Kerl hinten im Raum.

„Noch ein Lied", begann ein anderer, zu skandieren.

Andere fielen mit ein und fingen in ihrem Eifer sogar an, mit den Füßen zu stampfen.

Als ich realisierte, dass sogar Natalie und der Rest der Scheunenstreicher skandierten, lachte ich und ließ das Plektrum über die Saiten gleiten. „Ihr wollt noch ein Lied?", fragte ich lächelnd.

„Ja!", schrien sie und klatschten. Manche pfiffen.

Wow. Diese Art der Aufmerksamkeit könnte mir schnell zu Kopf steigen. Die Reaktion auf meine Musik war irre.

Ich begegnete Boones Blick. Er lächelte mich an und nickte aufmunternd.

„Okay. Das ist ein Lied, das ich über Freundschaft und Spaß geschrieben habe", sagte ich und begann, in einem lebhaften Tempo zu spielen.

Natalie jubelte, denn sie wusste, welches Lied ich singen würde. Es war ein Partylied, das ich geschrieben hatte, als sie und ich auf dem College gewesen waren. Es handelte davon, mit Freunden um die Häuser zu ziehen, und passte perfekt zu dem Bar-Vibe.

Riley hielt ihr Handy hoch und machte Fotos oder filmte mich, als ich zu singen begann. Als ich das Lied beendete, sang die Hälfte des Ladens beim Refrain mit, wobei Natalie sie anführte, weil sie das Lied in- und auswendig kannte.

Alle waren auf den Beinen. Die Menge jubelte und ich bedankte mich, winkte und verließ die Bühne.

Boone war dort, um meine Gitarre in Empfang zu nehmen und mich in eine stürmische Umarmung zu hüllen. „Das war fantastisch, Baby." Der Lärm war laut, aber ich hörte ihn trotzdem. „Wirklich. Du bist genial."

Das Adrenalin summte durch meinen Körper und ich fühlte mich so gut. Dennoch war ich immer kritisch hinsichtlich meiner Auftritte. „Nun, ich habe einige Male gepatzt …"

„Du warst perfekt", sagte er bestimmt. „Niemand hat irgendwelche Patzer gehört. Ich weiß, dass ich keine gehört habe. Und falls jemand welche gehört hat, so war es demjenigen egal, denn du warst verdammt *perfekt*."

Sein Lob raubte mir den Atem. Tränen traten mir in die Augen. Gute Tränen. Ich wischte sie weg und lächelte zu ihm auf.

Boone war so anders als Marty. Mein Ex zählte mir stets all die Dinge auf, die ich hätte besser machen können. All die Fehler, die ich gemacht hatte. Er hatte sich benommen, als wäre er mein Manager und würde mich coachen, damit ich mich verbesserte. Ich realisierte plötzlich, dass wir uns nie ebenbürtig gewesen waren. Marty hatte sich für besser gehalten. Älter, weiser, klüger. Er würde mir mit meiner Karriere ‚helfen'. Doch tatsächlich hatte er bloß mein Selbstvertrauen zerstört.

Boone war ein Partner. Er war vermutlich viel klüger als ich. Er war definitiv stärker. Schneller. Und übermenschlich. Aber er benahm sich nicht so, als wäre er besser. Er hatte mir erlaubt, ihn zu fesseln. Regeln für ihn aufzustellen. Er wollte, dass ich mich bei ihm sicher fühlte, genauso wie ich wollte, dass er einfach er selbst war, ohne in meiner Gegenwart besonders vorsichtig zu sein.

„Alle hier haben sich gerade wahnsinnig in dich verliebt", sagte Boone und küsste mich auf die Lippen.

„Einschließlich mir und ich war bereits bis über beide Ohren in dich verliebt."

Wenn ich ein Licht gewesen wäre, würde ich jetzt so hell leuchten, dass man eine Sonnenbrille bräuchte.

Die Mitglieder der Scheunenstreicher gingen an mir vorbei, um die Bühne zu betreten, und beglückwünschten mich.

„Es wird unmöglich sein, das zu toppen", meinte einer von ihnen. „Natalie, warum waren wir nicht *ihre* Vorgruppe?"

Ich errötete bei ihrem Lob und Boone drückte mich.

Unsere Freunde überschütteten mich ebenfalls mit Komplimenten, als ich mich setzte und die Scheunenstreicher die Bühne übernahmen. Ace hob seine Hand und ich gab ihm ein High-Five. Roy zwinkerte.

Das war es, was ich während meiner Ehe vermisst hatte. Marty hatte mich von meinen Freunden und meiner Familie isoliert. Ich hatte mich so allein gefühlt. Jetzt hatte ich wieder eine Gemeinde. Ich hatte eine Familie.

Doch Boone hatte sich selbst isoliert, bevor wir uns kennengelernt hatten. Selbst vor seinen eigenen Brüdern. Er bestrafte sich für seine Vergangenheit. Ich wusste aus eigener Erfahrung, wie schrecklich es war, sich nicht mit den Leuten verbunden zu fühlen, die man liebte. Ich würde Boone nicht mehr erlauben, sich zu isolieren.

„Das war episch", sagte Riley, wozu sie sich zu mir neigte. „Ich poste das Video auf Social Media." Sie hielt ihr Handydisplay hoch, um mir das Video zu zeigen, in dem ich das letzte Lied sang. „Hast du einen Account, den ich taggen kann?"

Ich schüttelte den Kopf. Gott, ich hatte komplett aus den Augen verloren, wie ich mich vermarkten konnte. Ich hatte nicht die geringste Ahnung, wo ich anfangen sollte, und bisher nicht die Energie gehabt, etwas anderes zu tun, als die Scheidung einzureichen, nach Cooper Valley zu gehen und genug Geld zu verdienen, um wieder auf die Beine zu kommen.

„Lass uns heute Abend einen erstellen", schlug Boone vor.

„Was?" Ich lachte.

„Ja, Baby. Denn du wirst berühmt werden und du wirst eine Möglichkeit brauchen, deine Fans zu erreichen." Er nahm mein Handy aus meiner Handtasche und hielt das Display vor mein Gesicht, um es zu entsperren. „Ich werde einen für dich einrichten."

Als die Scheunenstreicher ihr erstes Lied in einem lebhaften Tempo anschlugen, wobei Natalie die Melodie der Geige spielte, leuchtete ich noch heller. Ich fühlte mich so umsorgt. So unterstützt. Plötzlich fühlte sich alles möglich an. Sogar die Verwirklichung der alten Träume, die ich im Sand verlaufen und sterben hatte lassen.

21

BOONE

Eine Woche lang war alles fantastisch. Wenn Summer im Cody's arbeitete, holte ich sie ab, wobei ich immer etwas zu früh kam, um beim Aufräumen zu helfen. Dann verbrachten wir die Nacht in ihrem Apartment auf Rands und Natalies Ranch. Eines Nachts hatte ich das Bett mit einem ersetzt, das Roy vor kurzem gebaut hatte. Es war aus Baumstämmen gemacht, die ich gefällt und zugesägt hatte, und es war stabil genug, um allen möglichen Arten des Liebesspiels standzuhalten.

Wenn Summer freihatte, blieben wir in meiner Hütte auf dem Berg. Ich hätte den ganzen Tag lang dasitzen und sie anstarren können. Zur Hölle, ich hätte sie nackt im Bett festhalten und nie wieder gehen lassen können.

Doch ich musste Bäume fällen und sie Songs schreiben. Ich liebte es, zu wissen, dass ich nach einem harten Tag im Freien zu ihr nach Hause kommen würde.

Zu ihrer Musik. Ihrem Lächeln. Ihren Lustschreien, wenn ich sie befriedigte.

Sie war weniger verängstigt und ihr Argwohn verschwand mit jedem verstreichenden Tag ein bisschen mehr. Ich bewies mit Worten und Taten, dass ich vertrauenswürdig war und nur das Beste für sie wollte.

Dass sie zwar die Meine war, ich aber auch der Ihre war.

An einem hellen, sonnigen Tag eine Woche nach ihrem Auftritt kehrte ich von Roys Schreinerei zurück und fand Riley bei Summer am Küchentisch vor. Sie hatten Tassen mit heißer Schokolade vor sich stehen.

Sie sahen beide auf, als ich reinkam, den Schnee von meinen Stiefeln stampfte und meine Jacke auszog.

Ich setzte mich auf die Bank neben der Tür und zog sie aus, während ich Riley begrüßte.

„Das ist eine nette Überraschung", sagte ich. „Übernachtet ihr beiden hier oben in Codys Hütte?"

Sie nickte und lächelte. „Ja, zwei Nächte. Cody gönnt sich eine wohlverdiente Pause."

Dann errötete sie, was Summer und mir nicht entging. Zu ihrer Pause gehörte definitiv eine Menge Sex.

Ich stand strumpfsockig auf und ging zu Summer, beugte mich nach unten und küsste sie auf den Kopf. Ich war selbst bereit für ein wenig sexy Spaß.

„Riley ist hergekommen, um mir zu erzählen, dass mein Lied viral gegangen ist", verkündete Summer strahlend.

Ich schaute die jüngere Frau an, die über alle Maßen aufgeregt aussah.

„Oh?"

Riley nickte, grinste und drehte ihr Handy zu mir. „Es ist verrückt. Ich habe gleich nach dem Auftritt letzte Woche einen Clip hochgeladen. Dann habe ich noch einige weitere hinzugefügt. Der erste von dem fröhlichen Lied, das du als Letztes gespielt hast, hat über eine Million Views. Und es werden immer noch mehr!"

Ich sah Summer an und hoffte, dass sie genauso enthusiastisch war wie ihre Freundin.

„Ich habe dir ja gesagt, dass es alle mögen werden", sagte ich.

Riley war nicht die Einzige, die auf Summers Musik abfuhr und ihr half, sie unter die Leute zu bringen. Am Morgen nach dem Konzert hatte ich mich mit Sara Mayes in Verbindung gesetzt, einer ehemaligen Kundin, die Plattenproduzentin war. Ich hatte ihr die Links zu Rileys erstem Post geschickt. Sie war diejenige, von der ich Summer erzählt hatte. Allerdings hatte ich Summer nicht verraten, dass ich sie kontaktiert hatte. Ich liebte ihre Aufregung und ihr neugefundenes Interesse am Songwriting. Dem wollte ich keinen Dämpfer versetzen, falls Sara kein Interesse hatte.

„Die Leute nutzen den Clip der Musik für ihre eigenen Posts", sagte Riley, die Augen auf ihr Handy gerichtet. „Ich benutze Social Media nicht so viel wie meine Freunde, doch sogar ich weiß, dass das hier irre ist."

„Ich weiß nicht, was ..."

Mein Handy klingelte in der Tasche meines Flanellhemds. Ich zog es raus und sah, dass Sara mich anrief. „Hey, Sara."

„Boone. Ich bin so froh, dass ich dich erwischt habe.

Wow, diese Frau, deren Lied du mir geschickt hast, ist der Hammer.“

Ich schaute zu Summer, die sich jetzt leise mit Riley unterhielt. Sie hatten die Köpfe zusammengesteckt, während sie Rileys Handy ansahen.

„Habe ich dir ja gesagt“, erwiderte ich.

„Ich habe mir den Song sofort angehört und ihn geliebt, musste jedoch zu einem Shooting nach Jamaika und bin gerade erst zurückgekommen.“

„Ein hartes Los“, brummte ich, lockerte den Kommentar jedoch mit einem Lachen auf.

„Dank dir“, entgegnete sie. „Ich habe mir den Clip im Flugzeug noch einmal angesehen, und heilige Scheiße, er ist explodiert. Wie viele Anrufe hat sie bekommen?“

„Anrufe?“

„Von Produzenten. Ich bin mir sicher, ich habe sie mir durch die Lappen gehen lassen.“

„Nein, das hast du nicht. Sie ist bestimmt offen dafür, sich anzuhören, was du zu sagen hast.“

Fuck, ich war so stolz auf Summer. Ihre Musik wurde wegen eines Talents gewollt, von dem ihr nicht einmal bewusst zu sein schien, dass sie es besaß. Es war so lange fertiggemacht worden, dass sie an sich zweifelte. Hoffentlich konnte sie jetzt, mit Rileys Hilfe, sehen, dass sie nicht nur in einer Kneipe in Cooper Valley oder einer Spielstätte in Missoula gemocht wurde, sondern auf der ganzen Welt.

„Das ist super.“

Doch dann hielt ich inne und dachte darüber nach, was ich getan hatte. „Sara, du bist nicht interessiert, weil du denkst, dass du mir etwas schuldest, oder?“

Sie lachte. „Boone. Ich schulde dir etwas. Mehr als etwas, aber das hier? Sie? Nein. Ich würde niemandem einen Musikvertrag anbieten, der nichts taugt. Meine Karriere steht dabei genauso auf dem Spiel."

Ich seufzte. „Okay. Richtig. Möchtest du mit ihr sprechen?"

„Sie ist da?"

„Sie ist mein Mädchen", antwortete ich.

Bei diesen Worten schauten Riley und Summer auf.

„Wow, Boone. Ich freue mich für dich. Und ja, ich will mit deiner zukünftigen Superstar-Freundin sprechen."

Ich gab Summer das Handy. „Jemand will mit dir sprechen."

Summer nahm stirnrunzelnd das Handy entgegen. „Hallo?"

Riley stand auf und kam zu mir. „Alles okay?"

„Oh ja. Es ist eine Freundin, die …"

„WAS?", kreischte Summer und sprang auf. „Sie wollen ein Demo? Ja, ich kann eines zusammenstellen. Absolut. Oh mein Gott!"

Wenn ich nicht wüsste, wer am Handy war und was angeboten wurde, wäre ich in Panik geraten. Summer war aufgebracht und aufgewühlt und … Scheiße, sie weinte.

„Ja. Ich … ja. Oh mein Gott! Ja! Sofort!" Ich mochte, was sie zu Sara sagte, wollte allerdings, dass sie genau das zu mir sagte, wenn ich sie das nächste Mal zum Kommen brachte.

Sie beendete den Anruf und wandte sich mir zu. Sie starrte zu mir auf. Eine Träne rann über ihre Wange und sie lächelte.

„Was? Was ist passiert?", fragte Riley.

Summer leckte sich über die Lippen und sah Riley an. „Dein Clip wurde von einer Produzentin gesehen. Sie will ein Demo, um zu entscheiden, ob sie mir einen Vertrag anbieten will. Ich werde vielleicht einen Plattenvertrag kriegen."

Riley umarmte Summer und begann, auf und ab zu hüpfen. Ich grinste.

Ich konnte mich nicht an das letzte Mal erinnern, als ich mich so gefühlt hatte. Ich war so verdammt glücklich, weil mein Mädel glücklich war. Ihre Träume waren meine Träume und ich würde sie auf jede mir mögliche Art wahrmachen.

22

SUMMER

Ich summte vor mich hin, während ich das Abendessen für uns kochte und Boone duschte. Es gab gegrillte Käsesandwiches und Suppe, die ich in seiner Gefriertruhe in einem Behälter mit dem Etikett SUPPE gefunden hatte. Als sie auftaute, entdeckte ich, dass es eine Rindfleisch-Gemüse-Suppe war, und der herzhafte Geruch füllte die Hütte. Riley war gegangen, nachdem ich versprochen hatte, sie auf dem Laufenden zu halten.

Ich würde vielleicht einen Musikvertrag erhalten.

Ich.

Ich hielt den Pfannenwender wie ein Mikrofon vor mein Gesicht und sang einige Zeilen, bevor ich die buttrigen Sandwiches mit dem geschmolzenen Käse wendete.

Ich war glücklich. Wahnsinnig, überwältigend glücklich.

Ein Musikvertrag.

Ein MUSIKVERTRAG. Warte. Auf unserem Schneespaziergang letzte Woche hatte Boone erwähnt, dass er jemanden in der Branche kannte. War diese Person Sara? Ich hatte mich so gefreut und war überwältigt gewesen, dass ich bis jetzt eins und eins nicht zusammengezählt hatte.

Ich schaltete die Flamme unter der Suppe und den Sandwiches aus und ging zur Badezimmertür. Ich konnte das Wasser laufen hören. Ich klopfte leise an, bevor ich eintrat. Der Raum war dampfig und warm.

„Boone?"

Er streckte den Kopf um den Duschvorhang. Seine Haare waren nass, voller Schaum und standen in alle Richtungen ab. „Ist alles okay?"

„Ja. Ich habe nur nachgedacht …" Ich ließ mich auf den geschlossenen Klodeckel sinken.

Er zog den Vorhang wieder zu und fing vermutlich an, das Shampoo aus seinen Haaren zu waschen.

„Wer ist diese Sara Person? Ich war zu aufgeregt, um mich an ihren Nachnamen zu erinnern."

„Sara Mayes", sagte er.

Das Badezimmer hatte weiße Wände und Quarz, der den Boden und die untere Hälfte der Wände bedeckte, sowie einen wunderschönen Waschtisch. Die freistehende Badewanne sah alt aus, als hätte er sie irgendwo gefunden und hier aufgestellt, damit der Raum vintage aussah. Es funktionierte. Sie passte perfekt zu dem Hütten-Stil. Eine weiche beige Badematte befand sich unter meinen Zehen.

„Richtig. Du hast erwähnt, dass du sie kennst. Also hast du sie kontaktiert?"

Das Wasser wurde ausgeschaltet und eine Sekunde später glitt der beige und weiß gestreifte Duschvorhang zurück.

Da war Boone. Nackt. Nass. Gott, er war umwerfend.

Er trat auf die Badematte und nahm sich ein Handtuch vom Ständer.

„Ja. Sie war eine Kundin von mir, als ich in New York arbeitete. Ich dachte, sie könnte Interesse haben."

Er fuhr mit dem Handtuch über seine Haare und trocknete sie ab, wodurch sie in alle Richtungen abstanden.

Als er trocken war, wickelte er sich das Handtuch um die Taille.

Im Sitzen war ich so viel kleiner als er.

„Sie, ähm, tut das nicht, weil ihr befreundet seid, oder?"

Doch was interessierte es mich? Eine Anfrage nach einem Demo war eine Anfrage nach einem Demo, selbst wenn mein umwerfender Holzfäller die Strippen für mich gezogen hatte. Aber ich wollte einfach wissen, was Sache war.

Er nahm meine Hand und zog mich aus dem Bad. Ich setzte mich aufs Bett, während er zur Kommode ging – die vermutlich Roy gemacht hatte – und eine Boxershorts herausholte. Er ließ das Handtuch fallen und zog die Unterhose an, wobei er mir eine wirklich hübsche Aussicht auf seinen straffen Hintern bot, bevor er diesen mit karierter Baumwolle bedeckte.

Ich vergaß, was ich gefragt hatte, und vielleicht sogar meinen Namen, während ich ihn anstarrte.

„Nein. Ich fragte sie das sogar, als sie anrief. Sie sagte, sie würde niemanden unter Vertrag nehmen, hinter dem sie nicht komplett steht."

„Wie gut kennst du sie?" Ich versuchte noch, herauszufinden, wie er für mich Kontakt zu einer *Musikproduzentin* hergestellt hatte. Es war unglaublich.

„Nun ..." Ein Schatten huschte über sein Gesicht.

Ich erinnerte mich daran, dass er gesagt hatte, er hätte seinen Job wegen Ärger aufgegeben. War sie ein Teil davon?

Er drehte sich um, kam zum Bett und setzte sich neben mich. Das Bett senkte sich so sehr, dass ich an seine Seite geneigt wurde. Seine Haut war warm und feucht, selbst durch meinen Pullover hindurch.

„Ich arbeitete für einen großen Hedgefonds und kümmerte mich um das Geld reicher Leute. Sie war einer meiner Kunden."

„Aber?"

Er schenkte mir ein reumütiges Lächeln. „Du kennst mich ziemlich gut."

Ich griff nach seiner Hand und erwiderte das Lächeln. „Ich lerne immer mehr über dich."

„Sie arbeitet für eine große Plattenfirma in New York. Einmal kam sie zu meinem Büro und ich merkte, dass etwas nicht stimmte. Sie war angespannt und nervös. Vielleicht lag es an meiner erstaunlichen Persönlichkeit, aber ich brachte sie dazu, mir anzuvertrauen, was sie bedrückte."

„Erstaunliche Persönlichkeit?" Ich lächelte. „Erzähl weiter."

„Sie sagte, sie hätte einen Stalker, und sie glaubte, er wäre ihr auf dem Weg zu mir gefolgt. Sie dachte, es wäre ein Musiker, dem sie eine Absage erteilt hatte. Er war besessen von ihr. Sie sagte, er wäre vermutlich harmlos, aber ich merkte, dass sie eine Scheißangst hatte."

„Das ist schrecklich."

„Ich sagte, ich würde sie nach draußen begleiten und mit dem Typen reden, falls wir ihn sahen." Er zuckte mit den Achseln. „Ich bin ein großer Kerl. Ich kann überzeugend sein."

„Natürlich hast du das getan." Ich kannte Boone noch nicht so lange, doch alles an ihm deutete darauf hin, dass er ein Gentleman war, sogar bei Frauen, die er nicht datete. Er würde ihr zweifellos seinen Schutz anbieten.

Er holte tief Luft und hielt sie an.

Ich drehte mich und winkelte mein Knie an, damit ich ihm zugewandt war. „Was?"

Er nickte und blickte auf seine Hände hinab. Sein Körper war so groß und seine Muskeln waren so dick, dass sie wie gemeißelt wirkten. Die dunklen Haare auf seiner Brust waren weich. Seine Haut war warm. Er war groß, aber sanft. Erbittert, aber … Gott, beschützend.

„Ich ging mit ihr raus und wir standen eine Weile vor der Eingangstür, während sie auf ein Taxi wartete. Und tatsächlich entdeckte sie ihn bei einem Gebäude auf der anderen Straßenseite. Wir benahmen uns so, als hätten wir ihn nicht gesehen, überquerten die Straße und taten so, als würden wir uns unterhalten. Als wir ihm nahe kamen, huschte er in eine Gasse. Ich verfolgte ihn. Ich bin schnell. Viel schneller als ein Mensch."

Mein Herz hämmerte bei der Geschichte gegen meinen Brustkorb, obwohl es vor Jahren passiert war. Es fühlte sich an, als wäre etwas Schlimmes vorgefallen. Etwas, was Boone bereute. Mein Herz tat schon im Voraus für ihn weh.

Gott, war das Liebe?

War ich bereits in diesen Mann verliebt?

Das war ich. Oh mein Gott. Das war ich.

„Was dann?", hakte ich nach, als er zu sprechen aufhörte. Ich war atemlos.

„Nun, ich erwischte ihn."

Warum sah Boone so jämmerlich aus?

„Er ... ähm hatte ein Messer und stach damit nach mir."

Ich drückte seine Hand. „Was?"

Er zuckte mit den Achseln. „Es war eine oberflächliche Wunde. Aber mein Wolf drehte durch. Wie du weißt, lebte ich in einer Großstadt. Mein Wolf durfte nicht oft genug laufen. Ich habe dir von den Vollmondläufen erzählt, aber manchmal müssen wir auch einfach Laufen gehen, um Dampf abzulassen. Dann fühlen wir uns viel besser. Das ist in New York jedoch praktisch unmöglich. Ich hatte unter Menschen gelebt und gedacht, ich wäre vollkommen sicher, doch als ich den Kerl erwischte, verlor ich die Kontrolle. Es war genauso wie damals, als ich mit meinem Dad kämpfte, aber dieser Kerl war kein Wolf."

Ich starrte Boone mit großen Augen an und hatte fast Angst davor, mir anzuhören, was als Nächstes passiert war. „Hast du ihn getötet?", gelang es mir, zu fragen.

Boone rieb mit einer Hand über seinen Bart. „Fast. Ich hätte es tun können. So mühelos. Ich verprügelte ihn. Sara schrie meinen Namen und versuchte, mich zum Aufhören zu bewegen." Er schüttelte den Kopf. „Dann ... fuck, ich hätte sie verletzen können ..."

Ich wartete, doch Boone hörte auf, die Geschichte zu erzählen. Er stierte blicklos geradeaus, als würde er den Moment noch einmal erleben.

„Was ist passiert?", flüsterte ich.

Er senkte den Blick zu Boden, dann zu mir. Reue schwappte über seine Miene. „Sie schob sich zwischen uns." Er schüttelte den Kopf. „Das war so verdammt gefährlich. Aber ich schätze, meine Beschützerinstinkte übertrumpften die zerstörerischen Instinkte und ich erlangte endlich wieder die Kontrolle. Der Kerl landete mit allen möglichen gebrochenen Knochen im Krankenhaus."

Ich schluckte schwer. „Wurdest du verhaftet?"

Er schüttelte den Kopf. „Nein, es wurde zu Notwehr erklärt. Alle feierten es, als wäre ich ein verdammter Held. Kannst du das fassen? Mein Chef liebte es, doch das spielte keine Rolle. Ich wusste, dass ich in New York City nichts mehr zu suchen hatte."

Ich runzelte die Stirn. „Was meinst du?"

„Ich meine, dass es falsch war. Was passiert war. Dass ich die Kontrolle derart verloren hatte. Ich realisierte, dass ich eine Gefahr für die Menschen in meinem Umfeld war. Ich hatte mich nicht spontan verwandelt, aber meinem Wolf die Führung überlassen. Ich hatte meine übermenschliche Kraft gezeigt. Außerdem hatte ich diese Stichwunde, die innerhalb von Tagen verheilte, und ich musste so tun, als wäre das nicht passiert. Es war ein einziger Schlamassel und ich realisierte, dass ich mich von der Zivilisation fernhalten musste."

„Weiß Sara, dass du ein Gestaltwandler bist?"

Er schüttelte den Kopf. „Nein, wie ich sagte, verwandelte ich mich nicht. Sie dachte, dass ich einfach irre stark bin. Und vielleicht ein wenig verrückt."

„Also bist du deswegen wieder hierhergezogen?" Damit meinte ich hierher auf den Berg in die Isolation.

Er nickte. „Ich prügelte fast eine andere Person zu Tode."

Er dachte, er wäre eine Gefahr für die Leute. Nach dem, was er seinem Vater und dann dem anderen Arschloch angetan hatte.

„Oh, Boone." Ich nahm seine Hand. „Du bist keine Gefahr für die Zivilisation. Du wusstest, wann du aufhören musstest. Als Sara sich zwischen dich und ihren Stalker schob, hörtest du auf. Du bist ein Beschützer."

In dem Moment realisierte ich, dass Boone das komplette Gegenteil von Marty war. Boone war ab dem ersten Moment, in dem wir uns kennengelernt hatten, forsch rangegangen. Er hatte damals und danach seine Kraft gezeigt. Er hatte das Bett zerbrochen, mich durch den Wald getragen und sich immer wieder zurückgehalten, um sicherzustellen, dass es mir gut ging und ich ihm vertrauen konnte.

Marty war zu Beginn süß und liebenswürdig gewesen. Charmant. Er hatte mich mit Lächeln, Geschenken und wirklich guten Lügen umworben. Dann war seine wahre Persönlichkeit zum Vorschein gekommen. Dunkel. Egoistisch. Gemein.

Boone hatte mir immer sein wahres Gesicht gezeigt. Er verbarg es nie. Er war er selbst und er war erstaunlich.

Marty hatte seine Eigenschaften versteckt und war schrecklich.

Ich verliebte mich in Boone und begann, zu lieben, dass ich seine Gefährtin war. Er hatte das Arschloch in New York zwar verletzt, aber ich wusste, dass ich bei ihm in Sicherheit war.

Er schüttelte den Kopf. „Nein. Ich kann mich und meine Kraft nicht kontrollieren. Ich werde wild. Ich bin unberechenbar. Gefährlich."

Ich sprang auf, sodass ich vor ihm stand, bevor ich auf seinen Schoß stieg. Seine Hände legten sich auf meine Hüften, während ich meine auf seine Schultern legte.

Ich wartete, bis seine dunklen Augen meinen begegneten. Ich sah Schmerz in ihnen. Schuldgefühle. Furcht. Sorge. Er hatte Angst, mir wehzutun, was bedeutete, dass ich die Einzige war, die ihm all diese Gefühle nehmen konnte. Die ihn dazu bringen konnte, sie loszulassen und zurückzulassen. Wenn ich von vorne anfing, konnte er das auch tun. „Du hast das Richtige getan. Du hast Sara beschützt, als sie es brauchte. Du hast deinem Dad die Stirn geboten, als er dich mobbte."

„Ich habe einen Mann verprügelt."

„Ja, nun, er stach auf dich ein! Und er hätte möglicherweise stattdessen Sara erstochen oder Schlimmeres getan. Er verdiente es."

Boone blinzelte, schwieg jedoch.

„Er verdiente es", wiederholte ich. Ich nahm seine Wangen in meine Hände. *„Er verdiente es."*

Seine dunklen Augen blickten eine Minute lang suchend in meine, dann sanken seine Schultern herab. Seine Stirn ruhte an meiner. „Baby, danke."

„Du musst dich nicht mehr in diese selbst auferlegte Isolation zurückziehen, Boone", informierte ich ihn.

Seine Brauen schnellten empor.

„Du schleppst eine Menge Schuldgefühle mit dir herum. Was, wenn es an der Zeit ist ... sie aufzugeben? Sie gehen zu lassen? Ins Land der Lebenden zurückzukehren?"

„Bist du auch *im Land der Lebenden*?" Seine Stimme brach leicht.

Ich nickte.

„Ja?" Sein Mundwinkel bog sich nach oben.

Ich schluckte und nickte erneut. Mein Herz hämmerte gegen meine Brust, als ich erkannte, was er mich fragte. „Ich ... ich habe mich in dich verliebt, Boone."

„Obwohl ... obwohl du weißt, was ich getan habe?"

Ich nickte, woraufhin er meine Hüften packte, uns umdrehte, mich auf das Bett legte und über mir aufragte. Ich lächelte, weil er mich so mühelos und sanft bewegen konnte.

„Ich liebe dich, Summer."

Mir stockte der Atem, als sich seine Lippen senkten und er mich küsste, als wollte er mich verschlingen.

23

BOONE

SUMMER BOG ihren süßen Körper nach oben, um meinem entgegenzukommen, als ich meine Lippen auf ihre presste. Ich ermahnte mich, sanft zu sein, doch die Botschaft kam bei meinem Körper nicht an. Ich war geradezu fiebrig wegen des Bedürfnisses, sie zu beanspruchen, das lag jedoch an mehr als nur Biologie. Sie schien es zu mögen. Sehnte sich so sehr nach dem Kontakt wie ich.

Es war Liebe. Diese sehr menschliche Emotion, die ich bis jetzt irgendwie vermieden hatte.

Sie war meine Gefährtin, aber ich war auch wahnsinnig verliebt.

Summer sah mich. Sie sah mich wirklich. Sie sah nicht den, der ich ihrer Meinung nach war oder sein sollte, sondern sie sah den, der ich wirklich war. Sie sah mich, kannte meine Fehler und wollte trotzdem mit mir zusammen sein. Sie sah meine Wunden und wollte mir helfen, sie zu heilen.

Sie hatte keine Angst vor mir. Summer, die Frau, die einen Arschloch-Ex hatte.

„Baby, ich brauche dich", hörte ich mich selbst sagen Augenblicke, bevor ich ihren Pullover in zwei Hälften riss.

Ich versuchte, meine Kraft in Zaum zu halten und meine Aggression zu beruhigen, doch der Geruch von Summers Erregung füllte den Raum und ich war verloren.

Fuck sei Dank, dass ich nur meine Boxershorts trug.

„Du hast mich", murmelte sie und half mir, indem sie den Verschluss ihres BHs öffnete. Fuck sei Dank für Hakenverschlüsse.

Ich öffnete den Reißverschluss ihrer Jeans und zerrte sie zusammen mit ihrem Höschen über ihre Hüften.

„Oh, *verdammt*." Ihr Lachen war atemlos.

„Ich muss in dir sein. Dich ficken. Dich zum Kommen bringen." Ich hatte die Fähigkeit zum vernünftigen Denken verloren. Die unverblümten Worte purzelten von meinen Lippen.

„Ich brauche das auch." Sie spreizte ihre Knie weit für mich.

Ich knurrte und hinterließ einen Pfad aus Küssen auf ihrem Körper. „Fuck sei Dank."

Mein Schwanz pochte und beulte meine Boxershorts aus. Ich senkte den Kopf zwischen ihre Beine, um mich dort zu laben, zu saugen und sie mit solcher Leidenschaft zu lecken, dass mir jegliche Feinheiten abhanden gingen.

Ihr schien das egal zu sein. Ihr Becken hob sich und bebte und ihre Schreie wurden verzweifelter.

Ich begann, mit einem Finger in sie zu dringen, doch sie zerrte an meinen Haaren. Ich schaute an ihrem nackten Körper empor, um in ihre blauen Augen zu blicken. Sie schüttelte den Kopf.

„Nein. Ich will deinen Schwanz. Ich will dich in mir haben."

Oh, verdammt. Das musste sie mir nicht zweimal sagen, und was mein Mädchen wollte, bekam mein Mädchen.

Ich erhob mich und entledigte mich meiner Boxershorts.

Das Zimmer drehte sich. Mein Körper stieß Hitze in Wellen aus. Ich wusste, dass meine Augen hellgrün leuchteten und meinen Wolf zeigten.

Summer sah allerdings nicht verängstigt aus. Sie sah so berauscht aus, wie ich mich fühlte.

Ich stieg wieder aufs Bett und hob eines ihrer Knie zu ihrem Körper, damit ich vollständigen Zugang hatte. Ihre Pussy war glitschig, rosa und roch so verdammt gut.

„Willst du diesen Schwanz?", knurrte ich und rieb mit der Spitze über ihre geschwollene Spalte.

„Ja", stöhnte sie und hob die Hüften.

Bevor ich auch nur daran denken konnte, meine Kraft anzupassen, spießte ich sie mit meiner Erektion auf.

Sie keuchte und ihr Körper schnellte auf dem Bett empor, bevor ich meine Hand ausstreckte, um sie an der Kehle zu packen. Ich wusste nicht, dass ich darauf stand, Frauen am Hals zu packen, doch ich tat es jetzt.

„Wunderschöne Frau", murmelte ich und zwang

mich, meine Bewegungen in ihr zu verlangsamen. „Meine unglaubliche, talentierte, gutherzige, wunderschöne Gefährtin."

Sie lächelte, bevor sie ihren Mund weit öffnete und ihr Kopf nach hinten kippte, als ich mich tiefer in sie rammte.

„Boone", stöhnte sie. Ihre inneren Muskeln packten meinen Schwanz wie ein zu enger Handschuh.

„Oh, fuck", fluchte ich.

Sie drückte mich noch einmal und mir entglitt die Beherrschung.

„Fuck, Baby." Ich hämmerte mich härter in sie. Das Zimmer begann, sich um uns herum zu drehen. „Fuck, fuck."

Sie spannte ihre Muskeln erneut an und spornte mich an.

„Beim Schicksal. Du fühlst dich so gut an. Ich kann nicht ... ich ... Summer ..." Ich verlor die Fähigkeit zum logischen Denken. Ich musste meine Gefährtin markieren. Sie zur Meinen machen.

Nichts anderes ergab mehr Sinn.

„Wirst du mich markieren?", keuchte Summer.

Ich blinzelte mehrere Male heftig. Schweiß tropfte von meiner Stirn. Unsere Körper rieben feucht übereinander.

„Was?"

Hatte ich das richtig gehört? Oder spielte mein Wolf mir Streiche?

Hatte sie mich *gefragt*, ob ich sie markieren würde?

Oder war ich wild geworden?

Summer wusste nichts über eine Beanspruchung. Ich

hatte ihr den Paarungsbiss noch nicht erklärt, weil sie so schreckhaft gewesen war, vor allem hinsichtlich des Gedankens, mir zu gehören. Das war verständlich nach dem, was sie durchgemacht hatte. Allerdings hatte sie gewusst, dass ich ein Gestaltwandler war. Ich hatte ihr das nicht erklären müssen.

Sie hatte anscheinend meine Verwirrung bemerkt, denn sie erklärte: „Natalie hat es mir erzählt."

Fuck sei Dank. Ich war erleichtert, dass sie es wusste, vor allem jetzt, da ich bis zu den Eiern in ihr war. Ich musste später daran denken, mir eine Liste mit all den Dingen geben zu lassen, die sie von ihrer Freundin gelernt hatte. Dann konnte ich die Lücken füllen, die sie noch hatte, denn es würde nichts zwischen uns stehen.

„Ich muss ..." Ich konnte die anderen Worte nicht formulieren, um den Satz zu beenden. Meinem Schwanz war es egal, weil mein Körper sich wie von selbst in Summer rammte, als sei sie meine Fahrkarte in den Himmel. „Ich muss ... ich muss ..." Verzweiflung machte sich in mir breit. Was, wenn ich noch einen Fehler machte? Was, wenn mein Wolf erneut die Kontrolle übernommen hatte oder ich wild geworden war? Was, wenn sie das hier nicht wollte?

„Hör auf, zu grübeln, Baby", sagte sie. „Tu es."

„Summer!", schrie ich. Entweder gab ich ihr damit eine letzte Gelegenheit, ihre Meinung zu ändern, oder teilte ihr auf irgendeine Art mit, dass ich mir nicht sicher war, ob ich mich noch eine Sekunde länger zurückhalten konnte.

„Markiere mich, Boone!", schrie sie.

Panik durchfuhr mich. Ich konnte nicht – ich würde ihr wehtun. Mein Wolf war gefährlich. Er könnte ...

Es spielte keine Rolle, was ich dachte, denn meine Fangzähne waren bereits ausgefahren und bereit, meinen Geruch dauerhaft in ihrer Haut einzubetten.

„Sss...", versuchte ich, zu sprechen und ihren Namen zu sagen. Ich wollte mit Summer diskutieren. Mit mir selbst. Ich wollte das Ganze verlangsamen, aber ich konnte nicht.

„Ich meine es ernst", sagte sie. „Tu es."

Es war zu spät. Meine Eier zogen sich zusammen. Sperma schoss durch meinen Schaft. Mein Sichtfeld wurde schwarz und dann schmeckte ich Blut, als ich in ihre Schulter biss.

Summer!

Sie verkrampfte sich unter mir und schrie auf.

Warte ... nein. Stöhnte sie?

Summers innere Muskeln flatterten um meinen Schwanz herum und molken den Höhepunkt aus mir heraus. Sie hatte einen Orgasmus. Heilige Scheiße, sie kam und schrie meinen Namen. Sie wand sich vor Lust unter mir. Sie molk meinen Schwanz, damit ich ihre Pussy mit mehr Sperma füllte.

Ich zog meine Fangzähne vorsichtig, sachte aus ihrem Trapezmuskel, während ich mit langsamen Bewegungen in sie rein und rausglitt. Sie war so voller Sperma, dass es heraussickerte und uns überzog. Das Bett bedeckte.

„Baby", krächzte ich. Ich leckte das Blut weg und beschleunigte den Heilprozess mit meinem Speichel. „Fuck, Baby. Bitte sag, dass du okay bist?"

Ich hob den Kopf, um ihr umwerfendes Gesicht besser zu sehen.

„Ich bin okay", keuchte Summer mit einem Post-Sex-Lächeln im Gesicht, als wäre sie betrunken und glücklich.

„Das bist du? Fuck, ich hatte nicht vor, dich heute Nacht zu markieren. Ich weiß, dass du Probleme damit hattest, dass ich dich beanspruche, und ich respektiere das und ..."

Summer legte ihre Finger an meine Lippen. „Ich bin okay. Ich wollte es. Wie ich bereits sagte, hat Natalie mir alles erklärt."

Meine Kehle schnürte sich vor Emotionen zu. Fuck sei Dank. Sie war okay. Ich hatte ihr nicht wehgetan. Zumindest nicht allzu schlimm.

„Was ... was hat sie dir erklärt?"

„Dass du jetzt zu mir gehörst." Summer reckte das Kinn. Sie hob ihre Hand und strich meine feuchten Haare zurück. Ihre Berührung war sanft und ich wusste, dass es sich genau so anfühlen würde, wenn sie zum ersten Mal meinen Wolf streicheln würde.

Ich starrte sie an. *Sie* beanspruchte *mich*? Erleichterung und Freude fegten von meinem Herzen in meine Glieder. Ich konnte mir ein Lachen nicht verkneifen.

„Das tue ich, Baby. Ich gehöre zu dir. Jeder Atemzug, den ich mache, wird für dich sein."

Ihre Augen füllten sich mit Tränen und Sorge machte sich wieder in mir breit. Ich runzelte die Stirn und mein Blick wanderte über sie.

„Fängt es an, wehzutun? Habe ich dich zu grob gefickt?"

„Nein." Sie lachte tränenerstickt. „Ich bin glücklich und ich mag es grob."

Mein Schwanz regte sich in ihr, denn ich mochte es auch grob. Oder zumindest mochte ich es so, wie wir es gerade getan hatten. Genauso wie ich lernte, was sie glücklich machte, lernte ich, was mich glücklich machte.

„Fuck, Baby. Ich bin so glücklich. Mein Wolf ist glücklich." Ich zog mich aus ihr zurück, ließ meinen Blick über ihr Gesicht wandern und prägte mir jedes perfekte Detail ein. „Du bist die Meine", hauchte ich.

Dieses Mal nickte sie, anstatt zurückzuzucken oder durchzudrehen, und ihre Hand glitt nach unten, um sich an meine Wange zu legen. Ich drehte den Kopf und küsste ihre Handfläche. „Ich bin die Deine. Du bist der Meine. Das hier ist unser Anfang."

Das hier war unser Anfang. Ich konnte es nicht glauben. Es war fast zu gut, um wahr zu sein.

Doch mein Wolf hatte sich beruhigt. Ich war vollständig mit meiner Gefährtin verbunden – mein Beschützerinstinkt und Verlangen, für sie zu sorgen, waren so groß wie eh und je, doch diese wilde Verzweiflung war fort. Ich würde nicht mondverrückt werden.

„Aber ich glaube, unser Abendessen ist kalt geworden", meinte sie.

Ich gluckste. „Vergiss das Abendessen. Ich werde mich an dir sattessen."

Und ich tat genau das. Mehr als einmal.

24

SUMMER

ICH WAR GLÜCKLICH. Ich konnte mich nicht erinnern, jemals so glücklich gewesen zu sein. Ich hatte Freunde. Natalie war natürlich schon meine Freundin, aber die gesamte Wolf Ranch Gruppe hatte mich ebenfalls aufgenommen. Und das lag nicht daran, dass sie alle Gestaltwandler waren, denn das waren sie nicht. Audrey und Marina waren Schwestern und Menschen. Charlie, Becky und Riley und ... ich könnte weitermachen, doch die Namen spielten keine Rolle. Sie waren alle meine neugefundenen Freundinnen.

„Noch ein Krug bitte", verlangte ein Kerl in einem Cowboyhemd und Stetson mit einem Zwinkern. Es war wieder Samstagabend – die Zeit verflog schnell, wenn die Tage und Nächte mit Sex und Liebe und Zugehörigkeit gefüllt waren. Obwohl es draußen schneite, war der Laden rammelvoll. Ein wenig schlechtes Wetter störte die

Montaner nicht besonders. Wenn es das täte, würden sie acht Monate im Jahr in ihren Häusern festsitzen.

Ich griff zur Mitte des hohen Bartisches und nahm mir den leeren Krug. „Kommt sofort."

Ich schlängelte mich durch die Menge, begrüßte einige bekannte Gesichter und stellte den leeren Krug auf den Bereich der Bar, der für die Kellner reserviert war. Cody kam zu mir.

„Nachfüllen, bitte."

Er nickte, stellte den Krug in den Eimer mit schmutzigem Geschirr und begann, einen sauberen zu füllen. Während er das tat, sah er mich an. „Alles okay?"

Ich lächelte, was er nicht übersehen konnte. „Ja, mir geht's wirklich gut."

Er tippe sich an den Hals, genau dorthin, wo ich an meinem markiert worden war. „Dachte ich mir."

Nachdem Boone mich markiert hatte, hatte ich mir die Stelle im Spiegel angesehen. Sie war nicht besonders wund und fast komplett geschlossen, obwohl seine Zähne die Haut durchbohrt hatten. Jetzt hatte ich dort, wo er es getan hatte, bloß rote Male. Eine kleine Narbe. Es sah wie ein Knutschfleck aus, weshalb Menschen, die nicht von Gestaltwandlern wussten, sich nichts dabei denken würden. Cody erkannte es jedoch als das, was es war.

Boone war der Meine.

„Wo ist dein Gefährte heute Abend?" Er schloss den Zapfhahn.

„Bei seinen Brüdern", antwortete ich über den neuen Song der Musikbox hinweg. Er war laut, ein wenig schrill und hatte einen guten Beat, den alle mochten. „Sie waren vorhin mit Johnny und Rand auf den Schneemobilen unterwegs. Dann wollten sie irgendein Männerding tun. Sport im Fernsehen anschauen oder so was. Er kommt vor Ladenschluss, um mich abzuholen."

Und mich zu meinem Apartment zu bringen und hoffentlich auf seine knurrige Art über mich herzufallen.

Das war etwas Neues für Boone – dass er etwas Spaßiges mit seinen Brüdern und anderen Gestaltwandlern unternahm. Die Aktivitäten waren ein guter Einstieg für ihn, weil sie oben am Berg stattfanden, wo er sich am wohlsten fühlte. Er arbeitete daran, mehr rauszugehen, und ich war stolz auf ihn.

„Das ist super. Vielleicht könnt ihr beiden einmal an einem meiner freien Abende zu uns zum Essen kommen. Riley hat mir voller Begeisterung erzählt, dass deine Lieder online viral gegangen sind."

Ich hatte wieder von der Musikproduzentin gehört, die ein offizielles Demo hören und sich mit mir treffen wollte.

Ich spürte, wie ich rot anlief, und verdrehte die Augen. „Ja, sie ist jetzt meine Social Media Managerin."

„Du bist gut, Summer. Sie hat deine Lieder der Welt gezeigt, aber die Leute lieben deine Arbeit." Er stellte den vollen Krug vor mich.

Ich lächelte wieder, dieses Mal nicht wegen Boone sondern wegen mir. Cody machte mir ein Kompliment und ich mochte es. Klar, alle mochten Komplimente, aber meine Musik war so lange runtergemacht worden, dass es ermutigend war, zu wissen, dass Leute wie Cody sie wirklich mochten. Millionen von Views waren auch ein Beweis dafür.

„Klingt gut."

„Super." Er klopfte mit seinen Fingerknöcheln auf die Theke. „Kannst du mir bitte ein paar saubere Putzlappen aus dem Lagerraum holen, nachdem du den Krug abgeliefert hast? Sie gehen uns allmählich aus."

„Klar, kein Problem."

Ich ging mit dem Krug in der Hand, wobei ich meinen neuesten Song summte, den ich mir ausgedacht hatte, als Boone und ich im Wald spazieren gewesen waren. Die Melodie nahm trotz der lauten Musik in der Kneipe allmählich Form an – zumindest in meinem Kopf. Nachdem ich den Krug abgeliefert hatte, ging ich zum hinteren Bereich der Kneipe. Im Lagerraum schaltete ich das Licht ein und suchte den Behälter mit den sauberen Putzlappen.

Die Tür knallte zu und ich wirbelte erschrocken herum. Ein Keuchen ersetzte mein Summen.

Dort stand Marty. Militärischer Kurzhaarschnitt. Glattrasiert. Gebräunte Haut. Eisblaue Augen. Blonde Haare. Gedrungene, stämmige Figur.

Mein Herz hämmerte und meine Haut kribbelte vor Adrenalin, weil ich ihn nach all den Monaten plötzlich wieder sah.

„Hallo, Summer." Seine Stimme war noch genauso wie in meiner Erinnerung. Tief. Ruhig. Spöttisch. „Hast du deinen Ehemann vermisst?"

Meine erste Reaktion war Panik. Er hatte mich dazu konditioniert, ihn zu besänftigen, wenn er in dieser Stimmung war. Am Ende hatte ich Angst vor ihm gehabt. Doch dann erinnerte ich mich daran, wo ich war. Wer ich jetzt war. Mir war es nicht mehr wichtig, seine Ruhe zu bewahren. Mir war egal, was er von mir dachte. Ich würde ihm nicht mehr erlauben, mich herumzuschubsen.

„Was tust du hier?" Ich legte so viel Wut in meine Frage, wie ich aufbringen konnte.

Seine Augen wurden schmal. Mein Herz hämmerte, da es die Gefahr erkannte. „Kann ich nicht vorbeikommen und meine Ehefrau besuchen?"

Mir gefiel nicht, dass er mich immer wieder daran erinnerte, dass wir noch verheiratet waren. „Nein. Wir sind nicht mehr zusammen."

Er schüttelte langsam den Kopf. „Du hattest deinen Spaß. Es ist Zeit, zurückzukommen."

Dieser Mann war absolut verblendet. „Das kommt nicht infrage. Wir lassen uns scheiden."

„Nur, wenn ich die Papiere unterzeichne, was ich nicht tue."

Ich knirschte mit den Zähnen. „Ich werde die Scheidung trotzdem kriegen, selbst wenn du sie anfechtest. Du musst gehen. Ich will nicht mit dir zusammen sein. Ich mag dich nicht einmal."

Er zuckte mit den Achseln. „Du warst immer so dramatisch, Summer. Flatterhaft. Schau dich nur an, du arbeitest in einer Kneipe. Du kannst kaum für dich sorgen."

„Ich komme prima zurecht", blaffte ich. Jetzt war ich viel wütender als verängstigt. Wie konnte er es wagen, hier aufzutauchen! Ich war darüber hinweg, tyrannisiert und herumgeschubst zu werden. Ich würde mich nicht mehr für ein Arschloch verbiegen, um den Frieden zu wahren. Ich war über *ihn* hinweg.

„Du lebst in einer Kleinstadt in Montana? Arbeitest als Kellnerin, wo dich die Männer mit den Augen ausziehen? Ich habe gesehen, wie dir dieser Kerl zugezwinkert hat. *Meiner* Ehefrau."

„Ich weiß nicht, von welchem Kerl du sprichst ..."

„Genau. Du hast die ganze Nacht mit Männern geflirtet."

„Geht. Dich. Nichts. An. Wir sind nicht zusammen. Ich kann flirten, mit wem ich will."

„Also hurst du herum?" Sein Kiefer mahlte. Ich erkannte diesen Gesichtsausdruck. Er wurde sauer. Das bedeutete Gefahr.

Ich könnte ihn von Cody rauswerfen lassen, wenn ich nur an ihm vorbeikam. „Du musst gehen, Marty. Zwischen uns ist es aus. Ich habe jetzt ein neues Leben. Ich singe und habe einen ..."

„Ja, du singst. Ich habe das Video online gesehen. Was zum Henker hast du da getragen? Hast du die Kommentare gelesen, die Männer hinterlassen haben? Die gelten alle deinen Titten. Nicht deinem Lied. Abertausende wollen meine *Ehefrau* ficken."

„Ich bin nicht deine Ehefrau!", giftete ich.

Er trat einen Schritt näher. Wir waren im Lagerraum. Die Tür war geschlossen. Doch ich war nicht allein. In Los Angeles hatte er mich von meinen Freunden isoliert, damit ich von ihm abhängig war. Hier hatte ich eine ganze Gemeinde, die ihm in den Arsch treten würde, wenn er mich anfasste, angefangen mit Boone.

„Das bist du. Rechtlich gesehen."

„Nicht mehr lange."

„Wir werden uns nicht scheiden lassen. Du bist die

Meine. Wenn du herumhuren willst, indem du Geld mit deiner Musik machst, ist das okay, aber dieses Geld gehört mir."

Oh mein Gott. Er hatte vermutlich den Videoclip gesehen. Vielleicht nicht er, weil er sich keine Musikvideos ansah, aber vielleicht jemand auf dem Revier. Er hatte gesehen, wie erfolgreich ich war und dass die Leute auf meine Musik reagierten. *So* hatte er mich gefunden. Er hatte mich jahrelang fertiggemacht und *jetzt* wollte er daran teilhaben? Er wollte das Geld. Das verdammte Geld.

„Du hast gesagt, dass ich noch nicht gut genug bin. Ich schätze, du hast dich in Bezug auf mich geirrt."

Er machte einen Schritt, sodass er direkt vor mir stand. Ich wich nicht zurück, sondern neigte das Kinn nach hinten, damit ich ihm in die Augen schauen konnte. Er war nicht annähernd so groß wie Boone. Tatsächlich sah er im Vergleich geradezu dürr aus. Allerdings war er immer noch einige Zentimeter größer als ich und ich wusste, wie fies er war.

„Du wirst deinen Hurenarsch ins Auto schwingen und wir verschwinden aus diesem Kaff."

„Ich gehe nirgendwo mit dir hin." Ich war stolz, dass meine Stimme nicht zitterte.

„Das tust du", blaffte er.

Ich duckte mich und schlängelte mich an ihm vorbei, aber er packte meine Haare und zerrte mich zurück.

Ich schrie wegen des Schmerzes in meiner Kopfhaut auf und wirbelte herum, um ihm einen Schubs zu geben.

Doch er verpasste mir eine Ohrfeige und der Laut hallte von den Wänden des kleinen Raums wider. Ich legte eine Hand an meine Wange. Sein Ehering hatte meine Wange aufgeschnitten und ich tupfte an dem Blut. Als ich meinen Kopf drehte, um ihm in die Augen zu schauen, sah ich die Pistole.

Es war seine Dienstwaffe. Er war nicht im Dienst. Er war nicht einmal in dem Staat, in dem er Polizist war.

„Gehen wir, Summer", blaffte er. Während unserer gesamten Ehe hatte ich ihn noch nie so gesehen. „Ich habe genug von deinen Sperenzchen. Wenn du eine Szene veranstaltest, werde ich jemanden erschießen. Es wird deine Schuld sein."

Ich war von seiner Anwesenheit völlig durcheinander. Wegen dem, was er vorhatte. Wegen der Ohrfeige. Mein Gehirn dachte in Blitzgeschwindigkeit nach. Ich wusste von Boones Geschichten, dass Cody sich eine Kugel einfangen und es überleben konnte. Allerdings wusste ich nicht, wie viele der Gäste dort draußen Gestaltwandler waren. Vielleicht keiner. Falls er auf sie oder mich schoss, würden wir sterben.

Selbst wenn Cody meinen Schrei über die Musik hören könnte, konnte ich es nicht riskieren, um Hilfe zu rufen. Nicht, wenn Marty in dieser Stimmung war und seine Waffe gezogen hatte.

Er packte mein Handgelenk, stieß die Tür des Lagerraums auf und zerrte mich durch den Flur zum Notausgang. Ich schlug mit der Hand gegen die Wand, damit ich nicht hinfiel, bevor wir hinaus auf den hinteren Teil des Parkplatzes traten. Und in einen Schneesturm.

<h1 style="text-align:center">25</h1>

BOONE

ICH HATTE SPAß MIT ACE, Roy und den Kerlen von der Wolf Ranch. Ich hatte seit Jahren nicht mehr auf einem Schneemobil gesessen. Doch ich konnte nur eine gewisse Zeit mit ihnen verbringen, bevor ich ihnen mitteilte, dass ich meine Gefährtin abholen musste.

Zum Glück sagten sie nichts, sondern winkten mir nur oder schlugen mir auf den Rücken, bevor ich den Berg hinabfuhr.

Ich hatte gedacht, dass mein Verlangen nach Summer nachlassen würde, nachdem ich sie beansprucht hatte. Dass mein Schwanz jetzt, da sie mein Mal trug und mein Geruch in ihr eingebettet war, nicht jede meiner Taten lenken würde. Dass ich vernünftig und bei Verstand sein würde.

Ich hatte mich so sehr geirrt. Mein Schwanz wollte, dass ich jetzt zu Summer ging. Dass ich ihre Hand packte und sie in den Lagerraum führte und fickte. Letztes Mal hatte ich in dem kleinen Raum bloß ihre Pussy geleckt. Dieses Mal würde ich sie vornüberbeugen und von hinten nehmen und …

„Fuck", stöhnte ich und fuhr schneller. Oder zumindest so schnell, wie ich konnte, während es derart heftig schneite.

Ich war dankbar, dass sie zugestimmt hatte, sich von Cody bei ihrem kleinen Apartment bei Rand und Natalie abholen zu lassen, anstatt selbst in diesem Wetter zu fahren. Ich musste ihr ein besseres Auto besorgen. Einen höhergelegten SUV mit einem Haufen Gewicht. Allradantrieb. Mit allen Sicherheitsvorkehrungen.

Bis dahin würde ich mit Freude ihren Chauffeur spielen.

Als ich Cody's Saloon betrat, ging ich zur Bar und begrüßte meinen Freund. Sah mich um. „Viel los heute Abend." Ich öffnete meine Jacke und hielt nach Summer Ausschau.

„In der Tat." Cody griff über die Bar, um meine Hand zu schütteln. „Ich freue mich für dich."

Er wusste, dass ich Summer beansprucht hatte. Es konnte keinem Gestaltwandler entgehen.

„Danke." Ich ließ den Blick durch den Raum schweifen. „Wo ist Summer?"

Er nahm sich zwei leere Gläser. „Sie wollte einige Putzlappen für mich aus dem Lagerraum holen."

Der Lagerraum. Fuck, ja. Mein Schwanz wurde hart bei dem Gedanken daran, sie dort drin so zu nehmen, wie ich wollte.

„Ich werde ihr helfen."

Er grinste. „Ja, klar. Du kannst dir Zeit lassen, aber bring da drin nichts durcheinander."

Ich erwiderte sein Lächeln und rieb die Hände aneinander. „Kein Problem."

Die Leute gingen mir aus dem Weg, als ich die Kneipe durchquerte und zum hinteren Gang ging. Die Tür des Lagerraums stand offen und ich schlenderte hinein.

Er war leer; der Behälter mit den Lappen lag umgekippt auf dem Boden. Mir entging der Geruch meiner Gefährtin nicht. Er war kräftig in dem Raum, aber ich nahm noch einen Geruch wahr. Menschlich. Männlich. Das hier war eine Kneipe und es waren viele Menschen da. Ich wirbelte herum. Betrat den Gang.

Ich schnupperte erneut und dachte, ich würde Summers Geruch zur Damentoilette folgen, doch stattdessen führte mich ihr Geruch in die andere Richtung und mischte sich mit dem des Menschen. Er war hier kräftiger – hier hinten konnte meine Nase die Gerüche deutlicher von anderen unterscheiden, weil nur wenige Leute hierherkamen. Das Einzige, was sich in dieser Richtung befand, war der Notausgang.

Ich starrte die Tür an, dann wieder zum Lagerraum.

Meine Gefährtin war mit einem Menschenmännchen vom Lagerraum zum Notausgang gegangen?

Meine Nackenhaare sträubten sich. Etwas stimmte nicht. Mein Wolf knurrte. Dann bemerkte ich etwas an der Wand.

Dort war eine Holzvertäfelung, die ungefähr einen Meter hoch war, doch darüber waren die Wände weiß gestrichen. Einige gerahmte, historische Bilder aus Cooper Valley hingen dort.

Ich bemerkte sie nicht. Ich bemerkte den Blutfleck. Ich beugte mich vor und schnupperte daran.

Summer.

Fuck! Meine Gefährtin.

Das Blut meiner Gefährtin.

Ein echtes Wolfknurren entriss sich meiner Kehle. Jemand hatte mich einmal mit dem Avenger verglichen, der zu einem riesigen grünen Monster wurde, wenn er wütend wurde. Das war ich jetzt. Ich verwandelte mich beinahe spontan.

Summer steckte in Schwierigkeiten. Ich riss die Tür des Notausgangs auf und brach dabei eine der Angeln. Auf dem Parkplatz suchte ich nach meiner Gefährtin. Sie war nirgends zu sehen. Ihr Geruch hing nicht in der Luft. Es schneite und der Wind wehte heftig. Fußabdrücke waren am Boden, füllten sich allerdings schnell mit Schnee.

Er hatte sie mitgenommen. Es musste ihr Arschloch-Ex sein. Summer hatte nicht erwähnt, dass er in der Stadt war oder zur Stadt kommen würde oder dass sie ihn kontaktiert hatte. Das bedeutete, sie hatte nicht mit ihm gerechnet. Er hatte ihr wehgetan und sie unter Zwang hier rausgeholt.

Ich würde ihm die Arme und Beine ausreißen.

Ich rannte den Pfad entlang. Zwei Paar Fußabdrücke. Sie führten zu einem leeren Platz. Reifenspuren waren sichtbar. Das Fahrzeug war rückwärts nach rechts gefahren, dann nach links ... zum Ausgang des Parkplatzes, der auf die Main Street führte.

Er hatte meine Gefährtin. Sie blutete. Sie wäre auf keinen Fall mit jemandem gegangen, ohne wenigstens Cody davon zu erzählen. Und sie hätte nicht gegen ihren Willen mit jemandem durch den Hauptbereich der Kneipe gehen können.

Meine Fäuste ballten sich. Mein Wolf drängte sich an die Oberfläche. Ich konnte sie nicht mehr riechen.

Seitdem ich ihren Geruch zum allerersten Mal in der Kneipe aufgefangen hatte, hatte ich mich beherrscht. Ich war vorsichtig gewesen. Hatte Angst gehabt, dass ich ihr wehtun oder sie verschrecken würde. Ich war sachte vorgegangen. Hatte sanft gesprochen. Vorsichtig gefickt, sogar als sie sagte, dass sie es grob mochte.

Jetzt? Zum Teufel damit. Ich hatte es satt, vorsichtig und sicher und behutsam zu sein. Ich hatte es satt, so zu tun, als könnte ich eines dieser Dinge sein, denn mein wahres Ich, das fiese, gnadenlose, gefährliche Ich kam heraus.

Ich legte den Kopf in den Nacken und brüllte in die Nacht.

26

SUMMER

„BRING MICH ZURÜCK, MARTY", sagte ich auf dem Beifahrersitz eines kleinen Autos. Es war definitiv ein Mietwagen, denn er war makellos sauber und hatte den Geruch eines nagelneuen Autos. Marty hätte sich in LA niemals in einem derart schlichten Wagen blicken lassen.

Ich zitterte und steckte die Hände zwischen meine Schenkel. Meine Wange pochte dort, wo er mich geschlagen hatte. Ich zog kurz in Erwägung, die Tür zu öffnen und mich aus dem fahrenden Auto zu werfen. Doch selbst wenn ich den Aufprall überlebte, würde Marty nichts daran hindern, anzuhalten und mich zu erschießen.

Wenn ich sitzen blieb, würde er mich vermutlich nicht töten, da er scheinbar vorhatte, mich nach LA zurückzubringen. Allerdings würde ich es ihm durchaus zutrauen, mir ins Knie zu schießen, damit ich nicht wegrennen konnte, und mir anschließend die Schuld daran zu geben, dass ich ihn dazu gezwungen hatte.

„Dich nach Cooper Valley zurückbringen?", erwiderte er. „Fuck nein. Diese Stadt ist voller Loser und Hinterwäldler."

Seine Hände umklammerten das Lenkrad, während er versuchte, das Auto in dem schlechten Wetter zu fahren. Er war zwar Polizist, doch es gab keinen Schnee in Südkalifornien und er hatte keine Ahnung, was er tat. Nachdem er das erste Mal mit dem Auto weggerutscht war, hatte ich mich angeschnallt.

„Du magst mich nicht", entgegnete ich. „Du dachtest, ich würde dich betrügen. Dass ich mich nuttig anziehe. Dass ich eine schlechte Sängerin bin. Alles, was ich tat, war schlecht. Ich tat dir einen Gefallen, indem ich dich verließ."

„Gefallen? Hast du irgendeine Ahnung, was die Leute auf der Arbeit denken? Ich kann mich dort nicht mehr blicken lassen."

„Paare lassen sich ständig scheiden!"

„Ich nicht. *Du* auch nicht."

„Ich lasse mich scheiden. Ich will nicht mit dir zusammen sein. Ich liebe dich nicht. Zur Hölle, ich mag dich nicht einmal."

Sein fieser Blick schnellte zu meinem und er tobte: „Du bist meine Ehefrau. Du bist die Meine."

Du bist die Meine. Boone hatte genau diese Worte mehrere Male zu mir gesagt. Zu Beginn hatte ich mich aus ebendiesem Grund darüber aufgeregt. Weil Marty verrückt war und wenn er es sagte, meinte er es auf eine nicht-einvernehmliche Entführer-Art.

Da er die Augen von der Straße genommen und drei Sekunden auf mich gerichtet hatte, entging ihm das entgegenkommende Auto. Er korrigierte zu stark und schlitterte zur Böschung. Wir drehten uns einmal und machten einen kompletten Kreis wie bei einer Fahrt in einem Vergnügungspark. Wir hatten das andere Auto verfehlt, es war längst fort. Dessen Fahrer wusste, wie man im Schnee fuhr.

Das Herz schlug mir bis zum Hals und ich hatte die Hände gegen das Armaturenbrett gestemmt. Marty knallte seine Hand auf das Lenkrad. „Meine Fresse, fuck! Was ist das für ein beschissenes Wetter? Wer kann in so einem Eisschrank leben? Wir müssen einen Ort finden, wo wir heute Nacht schlafen können."

Ich sagte kein Wort, war jedoch erleichtert. Er würde uns umbringen, wenn er weiterfuhr.

„Ich sah ein Motel beim Highway", sagte er. Allerdings war ich mir nicht sicher, ob er es mir erzählte oder Selbstgespräche führte. „Das kann nicht mehr weit weg sein."

Ein Motel mit Marty. Ich konnte nicht in den Schnee springen, um ihm zu entkommen. Hier draußen gab es nichts. Obwohl ich es in der Dunkelheit und dem Schnee nicht sehen konnte, wusste ich, dass es zu beiden Seiten der zweispurigen Straße nur weitläufige Prärie gab. Ich hatte keine Jacke. Keine Stiefel oder eine Mütze. Die Kellnerschürze war noch um meine Taille gebunden. Ich wäre innerhalb von dreißig Minuten tot.

Ein Motel bedeutete jedoch, dass ich mit Marty in einem Zimmer festsaß. Mit einem Bett. Und seiner Pistole.

Ich konnte nur hoffen, dass jemand bemerkte, dass ich fort war. Cody erwartete, dass ich mit den Putzlappen zurückkam. Zur Hölle, er erwartete, dass ich meinen Job tat. Wenn er mich nicht finden konnte, würde er sich Sorgen machen.

Boone war auf dem Weg, um mich abzuholen. Es war das erste Mal, dass ich dankbar war, dass mein kleines Auto genauso wie dieser Mietwagen nicht mit Schnee zurechtkam. Boone würde kommen, um mich bei Ladenschluss abzuholen. Er würde durchdrehen, wenn er mich in der Kneipe nicht finden konnte.

Er würde nach mir suchen. Er würde mich holen kommen. Er würde mich finden.

Das musste er einfach.

27

BOONE

ICH STÜRMTE um das Gebäude herum und folgte den
Reifenspuren im Schnee, die sich mit denen der anderen
Fahrzeuge verbanden, die zur Kneipe gekommen und
wieder gegangen waren. Es gab keine Möglichkeit,
Summers Spur weiter zu verfolgen, nicht einmal in
Wolfsgestalt. Ich konnte sie nicht mehr riechen und
wusste auch nicht, in welche Richtung Summer gebracht
worden war.

Ich betrat die Kneipe durch die Eingangstür. Ich
brauchte Codys Hilfe. Mein Kopf war noch klar genug,
um zu wissen, dass ich in der Kneipe nicht wie ein Bulle
toben sollte, weshalb ich einfach im Eingang stehen blieb
und Codys Namen rief. Ich brüllte nach ihm, aber da es
so laut und voll war, drehte sich kaum ein Kopf in meine
Richtung. Cody hatte jedoch ein beeindruckendes Gehör

und mein Schrei war bestimmt eine Überraschung für ihn.

Er schaute sofort von dem Pintglas auf, das er am Zapfhahn füllte. Er erkannte anscheinend, dass etwas nicht stimmte, denn er stellte das Glas ab, rief dem anderen Barkeeper zu, dass er übernehmen sollte, und kam zu mir.

Er schob mich wieder nach draußen und als der Kneipenlärm von der geschlossenen Tür gedämpft wurde und wir allein im Schnee standen, fragte er: „Was ist los?"

„Summer ist weg", knurrte ich. „Sie wurde entführt." Ich hob die Hände an meine Haare und zog.

Seine Augen weiteten sich. „Was zum Henker? Sie ist gegangen, um Lappen zu holen."

Wut erschwerte es mir, Sätze zu formulieren. Ich schaffte es nur mit knapper Not, in Menschengestalt zu bleiben. „Ihr Blut …" Ich deutete zum Hinterausgang. „Er hat sie mitgenommen."

„Blut?" Codys Miene wandelte sich von besorgt zu grimmig. „Fuck! Wer? Ihr Ex?"

„Wer sonst?"

„Ich weiß es nicht. Sie ist diese Woche viral gegangen. Könnte irgendein Psychopath sein. Komm. Ich habe Sicherheitskameras. Wir werden nachschauen, wer sie mitgenommen hat und was für ein Auto derjenige fährt." Er machte hastig kehrt, um wieder reinzugehen.

Ich versuchte, zu sprechen, der einzige Laut, der aus meinem Mund kam, war jedoch ein irres Knurren.

Cody blieb stehen und drehte sich um. Er deutete um die Seite des Gebäudes. „Geh bei der Hintertür rein", wies er mich an. „Du bist nicht stabil genug, um mit all diesen Leuten zurechtzukommen."

Er hatte recht und fuck sei Dank dafür. Ich konnte nicht klar denken.

Dreißig Sekunden später öffnete er die Hintertür, wo er die kaputte Angel anstarrte. „Hast du das gemacht?"

Ich knurrte und deutete auf das Blut an der Wand.

„Ich sehe es." Wir schnupperten beide in der Luft. Summers Geruch war noch da, verflog jedoch schnell. „Sie war mit einem Menschenmännchen zusammen."

Ich hob das Gesicht zur Decke und stieß ein Heulen aus.

Cody schlug mir die Hand auf den Mund und erstickte den gruseligen Laut. „Nicht hier, Boone. Komm in mein Büro." Er führte mich geradewegs zu seinem unordentlichen Raum. Er zog sein Handy heraus und machte einen Anruf. „Levi. Hier ist Cody. Schwing deinen Arsch hierher. Jemand hat Boones Gefährtin entführt. Ja, ich werde die Aufnahmen aufrufen, sodass sie bereit sind, wenn du herkommst. Komm durch die Hintertür rein. Boone hat sie kaputt gemacht, also lässt sie sich nicht abschließen."

Er ließ sein Handy auf den Schreibtisch fallen und dann seinen Hintern auf seinen Bürostuhl. Nachdem er seinen Computer hochgefahren hatte, machte er sich an die Arbeit, während ich durch das kleine Büro tigerte.

„Wir werden sie finden", versprach er. Er wandte einen Moment die Augen von den Aufnahmen der Sicherheitskameras ab, die er aufgerufen hatte, und blickte in meine. „Wir werden sie finden. Du hast ein ganzes Rudel, das dir helfen wird."

Die Videoaufnahmen erschienen auf seinem Bildschirm und mein Blick schnellte dorthin. Er hatte Kameras an der Eingangs- und Hintertür installiert und zwei waren auf den Parkplatz gerichtet, um alle Winkel abzudecken. Er öffnete die Aufnahmen der Hintertür und spulte mindestens dreißig Minuten zurück.

„Da!" Das versuchte ich zumindest, zu sagen, doch stattdessen kam ein Brüllen heraus. Cody hörte auf, das Video zurückzuspulen.

Oh fuck. Da war Summer, die von irgendeinem dürren Arschloch am Arm mitgezerrt wurde. Es war ihr Ex. Ich wusste es, weil ich ihn bereits gestalkt hatte. Mit den wenigen Informationen, die Summer mir verraten hatte – sein Name und dass er Polizist war – und mit dem, was ich von ihr wusste, hatte ich einiges über den Mistkerl in Erfahrung gebracht. Ich hatte mir sein Gesicht eingeprägt für den Fall, dass er jemals hier auftauchte.

Ich nahm den Metallmülleimer neben dem Schreibtisch und zerquetschte ihn zu einem Ball.

Cody warf einen kurzen Blick darauf. „Okay, ja. Den brauchte ich nicht. Schau, Boone, wir haben sein Gesicht. Dann suchen wir mal sein Fahrzeug." Er öffnete die Aufnahmen der Parkplatzkameras und spulte dreißig Minuten zurück.

Nichts.

Ich deutete mit dem Finger auf das Icon des Feeds der anderen Kamera.

„Ja. Ich bin schon dabei." Cody öffnete es mit einem Klick und spulte zurück. „Da sind sie."

Ich beobachtete, wie das Arschloch Summer auf den

Beifahrersitz eines blauen Chevrolet Spark schob und in Richtung Missoula davonfuhr.

„Mit diesem Auto werden sie in dem Schneesturm nicht weitkommen", brummte Cody. „Vor allem nicht über den Pass. Levi kann einen Fahndungsaufruf aufg…"

Ich hatte mir bereits die Kleider vom Leib gerissen und mich verwandelt. Ich würde das Auto aufspüren und den Mann töten, der meine Gefährtin angefasst hatte.

„Warte mal … du wirst keine Hilfe sein in Wolf…"

Ich wartete nicht, um mir anzuhören, was Cody zu sagen hatte – ich rannte bereits in höchster Wolfsgeschwindigkeit durch den Schnee. Ein normaler Wolf konnte bis zu 45 Meilen pro Stunde rennen. Ein Gestaltwandler konnte noch schneller rennen.

Momentan rannte ich wegen des Sturms doppelt so schnell wie die Autos auf dem Highway. Ich konnte diesen verdammten Chevy Spark einholen. Ich rannte an der Seite des Highways entlang und überließ meinem Wolfsinstinkt die Führung.

Halte durch, Baby. Ich komme zu dir.

28

SUMMER

MARTY FIXIERTE mich mit Handschellen am Lenkrad, während er in das Motel eincheckte. Es war ein altes Gebäude im Stil einer Holzhütte und einstöckig. Die Zimmereingänge führten daher direkt zum Parkplatz. Ich brodelte innerlich und suchte das Armaturenbrett nach einem Notfallbenachrichtigungssystem ab, das ich nutzen konnte, um Hilfe zu rufen, doch es gab keines. Es war nur ein einfacher, billiger Mietwagen.

„Gehen wir." Er kehrte zurück, öffnete meine Tür und beugte sich über mich, um die Handschellen zu lösen.

„Wie sieht dein Plan aus?", wollte ich wissen. „Das hier ergibt keinen Sinn, Marty."

„Halt die Fresse, Summer." Er fummelte an dem Schloss herum, weil die Position so ungünstig war. Ich sprach weiter und musterte dabei seine Pistole. Sie befand sich wieder im Holster. Sowie er meine Hände befreite, würde ich danach greifen.

Ich würde den Scheißkerl erschießen.

Er war völlig gestört. Ich konnte nicht fassen, dass mir dieser Mann einst am Herzen gelegen hatte. Dass ich geglaubt hatte, ich wäre ihm wichtig. Er war nicht in der Lage, sich für jemand anderen als sich selbst zu interessieren.

„Du kannst mich nicht für immer zu deiner Gefangenen machen. Wie soll das funktionieren? Ich werde irgendwie mit meiner Musik Geld für dich verdienen, aber geheim halten, dass du mich in einem Haus eingesperrt hast?"

Er öffnete endlich die Handschellen, hielt die Hand, die ihm am nächsten war, jedoch mit einem stählernen Griff fest und schloss die Handschelle erneut um mein Handgelenk.

Fuck. Entweder jetzt oder nie. Ich sprach weiter in der Hoffnung, ihn abzulenken.

„Was denkst du, werden die Kerle auf dem Revier davon halten? Allerdings schätze ich, dass sie bei ein wenig häuslicher Gewalt einfach in die andere Richtung schauen, oder?"

„Ich sagte, *halt die Fresse!*", knurrte Marty.

Er griff nach meinem anderen Handgelenk, weshalb ich meine Chance nutzte und nach der Pistole griff mit der Hand, an der bereits die Handschelle befestigt war.

Ich bekam sie aus dem Holster, doch seine Faust flog in mein Gesicht.

Schmerz explodierte in meiner Wange und mein Sichtfeld wurde schwarz.

Als ich wieder zu mir kam, hing ich über Martys Schulter, während er über den verschneiten Gehweg rutschte und schlitterte, bevor er die Tür des Motelzimmers aufschloss. Meine Handgelenke waren vor mir gefesselt und seine Pistole befand sich in dem Holster.

Verdammt.

Marty betrat das Motelzimmer und warf mich aufs Bett. „Rühr dich nicht vom Fleck", knurrte er, während er die Tür schloss, die billigen Vorhänge zuzog und die Sicherheitskette vorlegte. Er trat die schneebedeckten Stiefel von seinen Füßen.

Mein Gesicht pochte so heftig, wo er mich geschlagen hatte, dass ich meinen Herzschlag in meiner Wange spüren konnte. Ich hob meine Finger an die Stelle. Sie war bereits angeschwollen.

Marty hatte den Verstand verloren. Er war völlig durchgedreht.

Als ich ihm vorhin zugesetzt hatte, war mir die Wahrheit bewusst geworden. Sobald er verstand, dass er das hier nicht gewinnen konnte und es niemals funktionieren würde – dass ich auf keinen Fall jemals mit ihm nach Hause gehen und seine Frau sein würde – würde er es beenden. Und damit meinte ich nicht, dass er mich gehen lassen würde. Ich meinte damit, dass er *mir* ein Ende bereiten würde. Vielleicht würde er uns beide bei einer dieser dämlichen dramatischen Mord-Selbstmord-Aktionen töten, die irre Männer taten.

Es war diese alte verkorkste ‚Wenn ich sie nicht haben kann, darf das niemand'-Mentalität.

Also musste ich jetzt seinen Fängen entkommen,

bevor er das kapierte. Entweder das oder ich musste ihm Glauben machen, dass ich mit ihm nach Hause gehen und seine brave kleine Ehefrau sein würde, bis ich entkommen konnte. Doch dafür war es wahrscheinlich zu spät. Ich hatte ihn bereits zu sehr gegen mich aufgebracht.

Ich schloss die Augen, atmete ruhig durch und versuchte, trotz der Schmerzen nachzudenken.

Ich musste Boone eine Nachricht schicken. Ihm sagen, wo ich war.

Okay.

Also würde ich auf eine Gelegenheit warten, das Telefon zu benutzen. Er musste irgendwann aufs Klo gehen oder ...

„Hast du Hunger?" Ich bemühte mich, mit beiläufiger Stimme zu sprechen, als wären wir noch Ehemann und Ehefrau, die sich überlegten, was sie zum Abendessen essen sollten.

„Was? Nein!", blaffte er. Er tigerte hin und her und fuhr sich mit den Fingern durch die Haare, die nun feucht vom geschmolzenen Schnee waren.

Ich schob mich mit meinen Füßen auf dem Bett nach hinten. Das war verdammt schwierig mit gefesselten Händen, doch als mein Kopf das Kopfteil berührte, rollte ich mich auf die Seite und drückte mich mit den Füßen hoch, bis ich aufsitzen und mich dagegen lehnen konnte.

„Hatten sie einen Verkaufsautomaten in der Lobby?", fragte ich.

Marty war ein Junkfood-Fan. Ich konnte in seinem Kopf den Samen pflanzen, dass er Snacks holen sollte, und dann könnte ich einen Anruf tätigen.

Marty ignorierte mich und tigerte weiter hin und her.

Ich hielt den Mund und gab dem Ganzen etwas Zeit. Ich war jahrelang mit ihm verheiratet gewesen. Wenn ich ihn zu sehr drängte, würde es zu offensichtlich werden. Ich hatte Essen erwähnt und irgendwann würden sein Magen und seine Junkfood-Sucht sich bemerkbar machen und er würde zur Lobby zurückgehen. Dann konnte ich mit dem Moteltelefon 911 anrufen.

Ich zwang mich, ruhig zu atmen. Der Schock und Schmerz in meinem Wangenknochen ließen allmählich nach. Ich zwang mich, geduldig zu sein.

Marty ließ sich auf das Fußende des anderen Betts fallen, schaltete den Fernseher an und zappte durch die Sender. Er hielt bei einem der *Mission Impossible* Filme an.

Als eine Werbung für Snickers gezeigt wurde, wusste ich, dass der Fernseher die Arbeit für mich erledigte.

Marty drehte die Lautstärke des Fernsehers so hoch, wie es möglich war. „Ich werde ein paar Snacks kaufen." Er ging zum Nachttisch und riss das Telefon aus der Wand.

Fuck!

Mit dem Kabel band er meine Beine zusammen, bevor er meinen Körper vom Bett riss. Ich fiel mit einem dumpfen Knall auf den Boden. „Ich bin mir sicher, du dachtest, du würdest weglaufen, während ich Essen besorge."

„Nein, ich habe bloß Hunger." Ich tat so, als würde ich schmollen.

Er schloss die Handschellen auf, schlang sie um das Bein des Betts und fixierte sie wieder.

Ich würde definitiv nirgends hingehen und wenn sein Handy nicht auf wundersame Weise aus seiner Tasche in die Nähe meiner Hände fiel, würde ich auch niemanden anrufen.

Verdammt!

Marty stapfte aus dem Zimmer und ich kämpfte mit den Tränen. Ich war allein mit meinem gefährlichen Ex in einem Motelzimmer. Niemand wusste, wo ich war.

Reiß dich zusammen, Summer. Denk nach. Denk nach!

Ich konnte nicht hier liegen und Opfer spielen. Ich brauchte einen Plan für seine Rückkehr.

Ich versuchte, das Bett anzuheben, um meine Handschellen darunter hervorzuziehen, doch es war verdammt schwer. Ich beugte mich so weit wie möglich vor, um mit den Fingern das Kabel an meinen Knöcheln zu erreichen.

Ja! Das könnte funktionieren. Ich konnte das Kabel erreichen. Ich rollte mich auf dem muffigen Teppich auf die Seite und zog die Knie an meine Brust, um mich an dem Kabel zu schaffen zu machen. Er hatte es einige Male um meine Knöchel gewickelt und anschließend verknotet. Meine Finger zitterten, als ich die Enden lockerte, um das Kabel zu lösen.

Ja!

Ich riss daran, was das Kabel nur zusammenzog, bevor ich mich zwang, langsam zu machen und es abzuwickeln. Mein Herz hämmerte und meine Finger zitterten. Als das Kabel befreit war, steckte ich das Ende in den Telefonanschluss in der Nähe meines Kopfs.

Wenn ich jetzt noch das Telefon erreichen könnte,

das er durch den Raum geschleudert hatte. Vielleicht mit meinen Füßen?

Ich streckte meinen Körper und versuchte, das Telefon mit meinem Zeh anzustupsen. Ich konnte es gerade so berühren ...

Die Tür schwang auf und Marty kam mit einigen Snacktüten und einer Getränkedose herein. Sein Gesicht verzerrte sich vor Wut, als er sah, was ich getan hatte.

„Was zum Henker denkst du, dass du da tust?"

29

BOONE

ICH ENTDECKTE das Auto auf einem der Motelparkplätze entlang der Parallelstraße des Highways. Ich rannte dorthin. Mein menschliches Gehirn wusste, dass ich meinen Wolf nicht in der Zivilisation zeigen sollte, dieser wollte allerdings Blut.

Die Rudelregeln waren mir momentan scheißegal. Ich wollte auch Blut.

Ich rannte zu dem Auto, dann wurde ich langsamer, um den Geruch aufzusaugen. Der Schnee hatte jedoch alles gedämpft. Er fiel noch immer und das Auto war bereits mit mindestens zwei Zentimetern bedeckt. Ich würde an jeder Tür schnuppern, um Summers Geruch zu finden. Falls das nicht klappte, würde ich in jedes einzelne Motelzimmer einbrechen, bis ich sie fand.

Ich knurrte und ließ den Blick über die Motelzimmertüren schweifen. Die meisten Leute parkten vor ihren Zimmern. Ich hoffte, dass dieser Loser das ebenfalls getan hatte, vor allem, da er ein südkalifornisches Arschloch war und mit etwas Winterwetter nicht zurechtkam.

Bevor ich handeln konnte, half mir das Schicksal.

Ich sah einen Kerl, der eines der Motelzimmer betrat. Dünn. Glatte, blonde Haare. Scheißkerl-Vibes. Marty. LAPD-Arschloch. Ich kannte ihn aufgrund meiner Nachforschungen und erkannte ihn von den Aufnahmen von Codys Sicherheitskameras.

Er war ein toter Mann.

Tot.

Ich rannte über den Parkplatz und warf mich gegen die Tür. Sie gab nicht nach, aber ich verwandelte mich nicht in meine menschliche Gestalt, um sie zu öffnen. Zum Teufel mit der Tür. Ich wich zurück, sprang gegen das Fenster und zerbrach es.

Ich rollte mich zu einem Ball zusammen und landete in einem beschissenen kleinen Motelzimmer. Beige Wände, seltsame orangefarbene Lampenhalterungen und ein passender Teppichboden, der jetzt mit Glasscherben übersät war.

Summer, die auf dem Boden lag, kreischte.

Marty drehte sich und schaute von dort zu mir, wo er mit erhobener Faust über ihr stand.

Nein, das hatte er nicht getan. *Er hatte meine Gefährtin geschlagen?*

Er. Hatte. Meine. Gefährtin. Geschlagen.

Ich wurde blind vor Zorn. Knurrte.

Martys Augen weiteten sich schockiert, dann trat Furcht in sie.

Ich sprang durch den Raum und meine Vorderpfoten stießen Marty von Summer weg. Er fiel mit einem harten Rumms auf den Boden und meine Zähne sanken in seine Kehle. Mit einem kräftigen Ruck meines Kopfs tötete ich ihn.

Ich schmeckte sein Fleisch und Blut auf meiner Zunge. Ich drehte den Kopf, um Summer anzuschauen, die immer noch schrie.

Ich knurrte und drehte mich, um nachzuschauen, wo die andere Gefahr war. Wer brachte meine Gefährtin zum Schreien?

„Boone!" Das war Levis Stimme. Ich sah auf. Er stand im Türrahmen, die Tür hinter ihm war kaputt. Die Vorhänge bauschten sich um das zerbrochene Fenster und Schnee wurde hereingeblasen.

Levi war hier. Er trug seine Sheriff-Uniform, doch ich konnte die veränderte Farbe seiner Augen sehen. Sein Wolf zeigte sich, allerdings nicht so stark wie meiner.

Er würde Summer nicht wehtun.

Ich knurrte erneut, meine Nackenhaare sträubten sich und Martys Blut verdarb den Geschmack in meinem Mund. Ich stürzte mich erneut auf den Mistkerl, biss in seine Seite und riss, um sicherzugehen, dass er wirklich tot war.

„Boone, verwandle dich zurück!" Levi setzte einen Alphabefehl ein. Sein menschlicher Deputy Kyle Abbott stand neben ihm.

Sein Befehl funktionierte nicht, weil ich ein stärkerer Alpha als er war, doch er brachte mich dazu, aufzumerken.

Ich wandte mein blutiges Maul in seine Richtung, dann schaute ich wieder zu meiner Gefährtin.

Ihr Gesicht war geschwollen und mit Blutergüssen verschandelt, ihre Augen waren vor Entsetzen weit aufgerissen. Marty hatte sie auf den Boden gezwungen und mit Handschellen an den verdammten Bettrahmen gefesselt. Sie hyperventilierte, ihre Brust hob und senkte sich hektisch, während sie schnell keuchte.

Sie so zu sehen, machte mich noch wütender und ich knurrte wieder Martys Körper an. Ich würde ihn zerstückeln. Ich hätte ihn nicht so schnell töten sollen. Ich hätte ihn leiden lassen sollen.

„Boone, du machst Summer Angst." Levi legte erneut einen Alphabefehl in seine Stimme. Seine Hände waren ausgestreckt, seine Pistole weggesteckt.

Angst ... Summer?

Ich schaute zu ihr. Sah ihre Furcht.

Oh nein. Meine süße Gefährtin. Ich hatte ihr Angst gemacht?

Das war die eine Sache, die ich versucht hatte, nicht zu tun. Oh, Scheiße.

Sofort nahm ich meine Menschengestalt an und versuchte, aus einer Zweibeinigen-Perspektive zu verarbeiten, was passiert war.

Fuck! Ich hatte sie hilflos auf dem Boden liegen lassen, während eine wilde Bestie ihren Ex auseinandergerissen hatte. Mein erster Instinkt hätte darin bestehen sollen, sie zu befreien. Sie in den Armen zu halten. Sie in Sicherheit zu bringen. Stattdessen war ich durchgedreht und hatte gnadenlos jemanden vor ihren Augen ermordet. Ich hatte ihn nicht nur ernsthaft verletzt wie meinen Vater und den Stalker in New York. Ich hatte getötet.

Ich hatte ihren Ex ermordet.

„Summer", krächzte ich und wischte mit dem Handrücken über meinen Mund.

Sie sah noch immer verängstigt aus, obwohl ich in Menschengestalt war. Natürlich – ich war mit dem Blut ihres Ex-Mannes bedeckt. Ich hatte gerade einen Mann vor ihren Augen getötet. Und sie hatte noch nie zuvor meinen Wolf gesehen. Hatte sie überhaupt verstanden, dass ich es war?

Ich eilte vor, um das Bett hochzuheben, sodass sie dort nicht mehr fixiert war. Sowie sie frei war, rollte sie sich weg. Ich senkte das Bett und stellte sie auf ihre Füße.

„Hier." Abbott hatte die Schlüssel der Handschellen aus Martys Tasche gekramt und warf sie mir zu.

Mir kam der Gedanke, dass ihn die Tatsache kalt zu lassen schien, dass ich ein Wolf war. Andererseits war seine Tochter Riley mit Cody verpaart, also wusste er vielleicht von unserer Art.

Ich öffnete rasch Summers Handschellen und streckte meine Hand aus, um über ihre wunden Handgelenke zu reiben. Ich wollte sie in die Arme nehmen, doch sie hielt sich von mir fern. Ihr Körper zitterte und selbst über den Gestank von Martys Blut konnte ich ihre Angst riechen.

Meine Gefährtin hatte Angst. Vor mir.

So wie es sein sollte. Ich war verdammt gefährlich. So wie ich es immer gewusst hatte.

Beim Schicksal, ich hatte es gerade wieder getan! Ich hatte die Kontrolle verloren und war zu weit gegangen.

Mein Wolf war eine Gefahr. Ich war eine Gefahr für meine eigene hübsche Gefährtin.

Fuck, was, wenn wir Welpen hätten und ich einen verletzen würde? Oder sie traumatisieren würde, indem ich durchdrehte, wenn ich dachte, einer von ihnen wäre in Gefahr?

Ich erinnerte mich noch daran, wie traumatisiert meine jüngeren Brüder gewesen waren, als ich unseren Dad beinahe getötet hatte.

Summer sah so aus, wie es die beiden getan hatten. Blass. Entsetzt.

Sie würde vielleicht darüber hinwegkommen, jetzt, da sie ihren Ex los war, doch ich wollte nicht, dass sie mich jemals wieder so ansah, was sie garantiert tun würde. Außerdem wollte ich nicht, dass mich meine eigenen Welpen auf diese verängstigte Art ansahen.

Ich wollte nicht, dass meine Familie in eine Lage geriet, in der sie erfuhr, dass ich eine Gefahr war. Ich war wie ein bösartiger Wachhund, bei dem man nicht darauf vertrauen konnte, dass er nicht durchdrehte. Ich *würde* irgendwann durchdrehen.

Ich trat einen Schritt zurück, um ihr Raum zu geben. Trat auf Glasscherben, spürte es jedoch nicht. Ich spürte nicht, wie kalt das Zimmer jetzt war. „Summer, es tut mir leid. Fuck. Ich wollte dir keine Angst machen."

Sie stand unter Schock. Sie schien nicht sprechen zu können. Sie starrte mich einfach nur mit diesen hübschen, weit aufgerissenen, blauen Augen an.

Ich stolperte mit erhobenen Händen rückwärts zur Tür. Als ich sah, dass sie mit Blut überzogen waren, ließ ich sie an meine Seiten fallen. „Es tut mir leid. Ich bin zu gefährlich. Ich ... ich hätte dich verletzen können. Wenn wir Welpen hätten und ich würde das hier tun ...“ Ein enges Band schnürte meine Kehle zu. „Das hier wird nicht funktionieren.“ Da die Tür kaputt war, musste ich sie nur aufstoßen.

„Was?“ Ihre Stimme klang zerbrechlich. Verwirrung huschte über ihr Gesicht.

„Ich werde mich aus deinem Leben raushalten. Du verdienst diesen Schlamassel nicht. Es tut mir leid.“ Ich stieß Kyle und Levi aus dem Weg, verwandelte mich und rannte in den Schnee.

30

SUMMER

„Warte! Boone!", rief ich dem riesigen weißen und silbernen Wolf hinterher.

Der Wolf war doppelt so groß wie ein normales Tier und vermutlich dreimal so wild. Das war mein Gefährte.

Ich hatte gewusst, dass Boone ein Gestaltwandler war, doch bis er sich tatsächlich vor meinen Augen verwandelt hatte, war es nicht richtig real gewesen. Jetzt war es das.

Er war gesprungen und *hatte das Motelfenster zerschlagen.* Glas war überall. Schnee wehte herein.

Er hatte Marty das Genick gebrochen und ihm gleichzeitig die Kehle ausgerissen. Marty war tot und lag ausgestreckt auf dem hässlichen Teppichboden.

Als das Tier durchs Fenster gekracht war, hatte ich gewusst, dass es Boone sein musste, aber ich stand noch unter Schock wegen dem, was ich gesehen hatte. Weil ich Zeugin eines grausamen Todes geworden war.

Jetzt registrierte ich Boones Verlust so, als hätte ich gerade ein Glied verloren. Ich wollte in hier haben und dass er mich in den Arm nahm. Dass er mit mir besprach, was geschehen war. Dass er mir versicherte, dass alles gut werden würde.

Stattdessen war er gegangen. Er war buchstäblich davongerannt.

Und bevor er gegangen war, hatte er es so endgültig klingen lassen.

Ich werde mich aus deinem Leben raushalten.

Mein ganzer Körper zitterte und Tränen strömten über meine Wangen. Wie konnte er das sagen?

Allerdings wusste ich, was er dachte. Boone glaubte tief in seinem Inneren, dass er eine Gefahr für die Leute war, die er liebte. Er hatte mit seinem Vater gekämpft und ihn schlimm verletzt, als er gerademal sechzehn Jahre alt gewesen war. Teenager waren ohnehin wahnsinnig dramatisch, weshalb Traumata, die man in diesen Jahren erlebte, die Überzeugungen in Bezug auf alles formten. Sie hinterließen Narben, die nicht heilten.

Boones waren definitiv nicht verheilt. Und Jahre später hatte er diesen Stalker in New York Jahre verletzt. Deswegen hatte er sich selbst auf dem Berg isoliert.

Wir hatten darüber gesprochen. Ich dachte, er wäre in der Lage, darüber hinwegzukommen, doch anscheinend hatte ich mich geirrt.

Zum Teufel mit ihm! Wie konnte er es wagen, mich einfach allein zu lassen, vor allem in so einer Situation?

Die Tränen flossen einfach unaufhörlich weiter. Mein

Gesicht verzerrte sich. Ein Schluchzen schoss meine Kehle empor.

„Er ist gegangen. Er ist einfach gegangen.“

Der Sheriff schaute von dort zu mir, wo die beiden über Marty gebeugt dastanden. Ich war bisher keinem der beiden begegnet, nahm jedoch an, dass er einer der Wölfe war, da er Boone befohlen hatte, sich zu verwandeln. Vielleicht war der andere Kerl auch ein Wolf, da er es in dessen Anwesenheit gesagt hatte.

„Es tut mir leid. Summer?“ Er trat über Martys Körper und streckte seine Hand aus. „Ich bin Levi. Ich bin Boones Rudelbruder. Das ist Kyle – er ist Codys Schwiegervater.“

Das bedeutete ... dass er Rileys Dad war. Dann wusste er bestimmt über Gestaltwandler Bescheid.

„Sieht so aus, als hätte er dich schlimm erwischt“, stellte er fest. „Soll ich einen Krankenwagen rufen oder möchtest du, dass wir dich zum Krankenhaus bringen?“

Ich griff nach oben und zuckte zusammen, als ich meine Wange berührte, dann weinte ich weiter. „Es tut weh, aber nichts ist gebrochen“, antwortete ich zwischen Schluchzern.

„Ich kann Audrey anrufen, damit sie sich mit uns trifft, wenn wir in die Stadt zurückkehren. Du hast die Ärztin bereits kennengelernt?“

Ich nickte, woraufhin mein Kopf pochte.

Zu wissen, dass sie auf meiner Seite waren, half. Ich hatte definitiv PTBS von Marty und seinen Polizeifreunden, die mir nicht geholfen hätten, selbst wenn ich 911 angerufen hätte, wenn er mir gegenüber gewalttätig geworden war.

„Boone hätte nicht wegrennen sollen", meinte Levi und rieb sich über den Nacken. „Er, äh, hat Probleme aus seiner Jugendzeit."

Das sorgte bloß dafür, dass ich noch heftiger weinte. Ich weinte um Boone. Weinte um den Verlust von Boone.

„Ich weiß", schniefte ich. „Sein Dad. Das ist keine Entschuldigung, mich einfach allein zu lassen, wenn ich ihn am dringendsten brauche."

Levi und Kyle verzogen beide das Gesicht. „Ja, das ist schlimm. Aber er wird zurückkommen, wenn er wieder klar denken kann. Falls nicht, werde ich ihn zur Vernunft bringen."

Die Tränen strömten weiter über mein Gesicht. Ich war mir sicher, dass es teilweise ein Ventil war, um das Erlebte zu verarbeiten. Ich war immerhin entführt und geschlagen worden. Doch mein gesamter Fokus lag auf meiner Trauer um Boone.

Er hatte mich verlassen.

Mich verlassen.

Wie *konnte* er das tun? Nach all den Malen, bei denen er *Mein* gesagt hatte?

Ich zitterte in der Kälte, die durch das kaputte Fenster hereinkam, und wegen der grotesken Szene auf dem Boden.

„Scheiße. Ich bin froh, dass du angerufen hast, Levi. Hab auch einen Anruf von Cody erhalten. Wie hast du sie gefunden?"

Wir drehten uns alle drei beim Klang der Stimme um.

Im Türrahmen stand Rob Wolf und neben ihm war seine Frau Willow. Sie starrten auf Martys lebloses Körper hinab.

„Wir haben einen Fahndungsaufruf für den Mietwagen rausgegeben und Cody teilte uns mit, in welche Richtung wir fahren mussten. Zum Glück war es ein Leichtes, den Wagen vom Highway aus zu entdecken."

Robs Blick heftete sich auf mich. Als er das Desaster betrachtete, das vermutlich mein Gesicht war, presste er die Kiefer zusammen. „Bist du okay?"

Ich nickte.

„Boone?", fragte er.

„F-f...ort", stammelte ich.

„Er denkt, er sei eine Gefahr für seine Gefährtin", erklärte Kyle. Er wusste definitiv über die ganze Wolf-Sache Bescheid.

Rob rieb sich übers Gesicht und seufzte. „Fuck."

Willow kam zu mir und zog mich in eine Umarmung. Ich erwiderte sie, obwohl es nicht die beste war, die ich jemals gegeben hatte. Sie blieb neben mir.

„Er, ähm, mein Ex, nun, mein Ehemann ist ein Cop. Was werdet ihr tun?", fragte ich.

„Du wirst jetzt mit Willow gehen", sagte Rob. „Sie wird dich nach Hause bringen und bei Audrey vorbeischauen, damit sie sich deine Verletzungen ansieht." Er blickte auf Marty hinab und stemmte die Hände in die Hüften. „Das hier? Wir werden uns darum kümmern. Hier gelten Gestaltwandler-Gesetze."

Ich schaute zu Levi, dem Sheriff, der nickte.

Menschlicher Gesetzeshüter oder Gestaltwandler-Justiz-Vollstrecker? Vielleicht war er beides.

„Ich wüsste nicht, wie ich das der Polizei erklären sollte", sagte ich. „Das LAPD glaubte mir nicht, wenn er mich misshandelte, und diese Wahrheit ist ziemlich unglaublich."

Levi lächelte. „Dann ist es ja gut, dass ich in dieser Gegend das Gesetz bin, nicht wahr?"

Es war vorbei mit Marty. Es war vorbei *für* Marty. Ich musste mir keine Sorgen mehr wegen ihm machen. Ich war frei.

Allerdings war ich ohne Boone.

Ich hatte gedacht, ich wollte Marty loswerden und mein Leben weiterleben. Doch jetzt war mein Leben bei Boone.

Was würde ich ohne ihn tun?

31

BOONE

ICH RANNTE BLINDLINGS durch den Schnee.

Meine Pfoten waren gefroren und blutig, weil ich auf verdeckte Steine getreten war. Ich wollte nicht aufhören, mich zu bewegen – ich konnte nicht aufhören, mich zu bewegen.

Ich rannte, als würde ich verfolgt werden.

Und vielleicht wurde ich das. Von dem Anblick meiner verängstigten Gefährtin. Von dem Monster, zu dem ich geworden war – ein Mörder.

Der Schneefall ließ nach, als ich einen Gipfel erklomm. Ich war erschöpft, sogar in meiner Wolfsgestalt. Ich war meilenweit in Höchstgeschwindigkeit gerannt, um zu Summer zu gelangen, und dann erneut, um von ihr wegzukommen, als ich wusste, dass sie bei Levi in Sicherheit war.

Ich blieb auf einem Gipfel stehen und schaute über

das ganze Tal hinaus. Wegen meines dichten Fells war mir nicht kalt. Ich konnte die kältesten Winter ohne Schutz überleben.

Wohin sollte ich gehen? Was sollte ich tun?

Fuck.

Ich wollte einfach immer weiter rennen. Schauen, ob ich dem Kummer und der Enttäuschung davonlaufen konnte, die ich verspürte.

Beim Schicksal, ich hatte jahrelang daran zu knabbern gehabt, was ich meinem Vater angetan hatte. Ich hatte sogar das Rudel verlassen und mich deswegen fast acht Jahre ferngehalten. Ich war nur wegen dem zurückgekommen, was ich Saras Stalker angetan hatte. Summer hatte mir geholfen, mich damit abzufinden, dass er es verdient hatte, so verprügelt zu werden, denn wer wusste schon, was er andernfalls Sara angetan hätte. Das änderte jedoch nichts daran, dass ich die Kontrolle verloren hatte. Ich hätte ihn und Sara töten können.

Doch diese Vorfälle? Die waren nichts, *nichts*, im Vergleich zu dem, was ich gerade getan hatte.

Ich hatte einen Mann getötet. Ich hatte Summers Ehemann getötet. Sie hatte versucht, sich von ihm scheiden zu lassen, aber er war rechtlich gesehen noch immer ihr Ehepartner. Und ich hatte ihm vor ihren Augen die Kehle rausgerissen.

Keine Kontrolle. Nichts.

Nur ... ein grausamer Tod.

Wie Summer mich voller Entsetzen angesehen hatte ... Ich setzte mich auf den Po und heulte in den Himmel, wo die Wolken allmählich aufrissen. Der Mond war irgendwo hinter ihnen.

Summer. Fuck.

Es brachte mich um, von ihr entfernt zu sein. Sie war verletzt und verängstigt gewesen. Und ich hatte sie mitten in diesem Chaos allein gelassen. Ich hatte gehen müssen, denn ich war derjenige, der ihr Angst gemacht hatte.

Doch wie sollte ich ohne meine Gefährtin leben?

Sie war markiert und beansprucht. Sie war die Meine.

Ich würde sie nicht zwingen, bei mir zu bleiben. Ich wollte sie nicht so gefangen halten, wie sie es bei Marty gewesen war. Es wäre so viel schlimmer wegen des Schadens, den ich anrichten konnte. Sie hatte gesehen, wie tödlich ich war. Wie rücksichtslos. Wie wild.

Ich war schlimmer als ihr Ehemann.

Ich verdiente sie nicht.

32

SUMMER

Boone war letzte Nacht nicht zurückgekommen. Rand und Natalie waren sich sicher gewesen, dass er es tun würde. Sie hatten gedacht, dass er bloß über alles nachdenken musste und dann mit eingeklemmtem Schwanz bei meinem Apartment auftauchen würde. Ich war mir nicht sicher, ob sie es im wahrsten Sinne des Wortes meinten, da er in Wolfgestalt gewesen war, als er gegangen war. Ich befürchtete, dass sie sich irrten, denn ich kannte Boone.

Er hatte sich jahrelang von seinem Rudel und seiner Familie ferngehalten, nachdem er bei seinem Dad gewalttätig geworden war. Er hatte sich in seine Hütte auf dem Berg verbannt, nachdem er diesen Kerl in L.A. verletzt hatte.

Wir hatten Roy und Ace letzte Nacht angerufen, um sie zu informieren, was passiert war, und zu fragen, ob sie

Boone gesehen hatten. Sie hatten ihn nicht gesehen, doch Ace war zu Boones Hütte gegangen, um nachzuschauen, ob dort irgendeine Spur von ihm war. Es hatte keine gegeben.

Ich hatte Cody letzte Nacht angerufen, um zu fragen, ob Boones Truck noch auf dem Parkplatz des Saloons stand und er war noch dagewesen. Wo auch immer Boone war, er war vermutlich noch in Wolfsgestalt.

Ich schickte Ace noch eine Nachricht:

> Irgendeine Nachricht oder Spur von Boone?

Seine Antwort kam postwendend:

> Nein. Ich habe die Nacht in seiner Hütte verbracht für den Fall, dass er zurückkommt, doch er ist nicht hier. Roy sagte, er ist auch nicht bei ihm aufgetaucht.

Tränen schossen mir in die Augen.

Zum Teufel mit ihm!

Ich schlug die Decke zurück und schwang die Beine über die Bettkante. Ich fühlte mich so schwer. Mein Gesicht pochte und brachte auch meinen Schädel zum Schmerzen. Marty hatte mich heftig geschlagen, aber der Schmerz in meiner Wange hatte keine Chance gegen den in meinem Herzen.

Audrey hatte mich gestern Nacht untersucht, mir Ibuprofen gegeben und Arnica auf den Blutergüssen verrieben, um Schwellungen zu vermeiden. Beides hatte jedoch anscheinend seine Wirkung verloren, denn es tat jetzt fürchterlich weh.

Ich tapste zum Badezimmer und schaute in den Spiegel. Whoa. War das ich? Es war nicht der Bluterguss, der mich aus der Bahn warf. Es war die Trostlosigkeit in meinem Gesicht. Ich erinnerte mich nicht, jemals so verloren ausgesehen oder mich so einsam gefühlt zu haben, nicht einmal, als ich dabei war, meine Flucht aus meiner Ehe mit Marty zu planen.

Der Grund schien offensichtlich zu sein. Boone war rasant zu der Person geworden, die mir alles bedeutete. So viel mehr als Marty. Mehr als irgendjemand in meinem Leben. Was wir hatten, war eine tiefe Seelenverbindung. Oder eine vom Schicksal vorherbestimmte Verbindung, würde er vermutlich sagen.

Kein Wunder, dass es sich anfühlte, als wäre mir das Herz aus der Brust gerissen und in einen Mixer geworfen worden.

Und plötzlich wurde es deutlich. Ich hatte mich bemitleidet. Ich war wütend auf Boone gewesen, weil er mich im Stich gelassen hatte, als ich ihn am dringendsten gebraucht hatte, doch das stimmte nicht.

Er brauchte jetzt *mich*.

Er *war* dagewesen, als ich ihn am dringendsten gebraucht hatte. Jetzt musste ich stark sein. Für *ihn*.

Er hielt sich aus Liebe und zu meinem Schutz fern. Weil er unter der falschen Annahme agierte, dass er nicht sicher für mich war.

Oh Boone.

Ich bin zu gefährlich. Ich ... ich hätte dich verletzen

können. Wenn wir Welpen hätten und ich würde das hier tun...

Gott, ich fühlte mich schrecklich um seinetwillen. Mein Herz tat weh, weil ich realisierte, wie sehr er vermutlich litt. Er dachte das Schlimmste.

Boone hatte mich gerettet, genau so wie ich mit aller Gewissheit gewusst hatte, dass er es tun würde. Er hatte mich gerettet und meine Reaktion hatte aus Schock und Furcht bestanden. Das hatte seine tiefste Wunde getriggert. Seine Angst davor, mir zu schaden, hatte ihn verjagt und hielt ihn nun fern.

Ich musste herausfinden, wie ich ihn zurückkriegen konnte. Wie ich ihm versichern konnte, dass ich keine Angst vor ihm hatte. Dass ich bis in meine Knochen wusste, dass er mir niemals wehtun würde oder ... unseren Welpen.

Welpen. Was für ein niedliches Wort.

Gott, ich hatte zuvor keine Kinder haben wollen. Oder zumindest nicht mit Marty. Das hatte ich sogar von Anfang an gedacht – ich hatte auf einer unterbewussten Ebene gewusst, dass er ein schrecklicher Dad wäre.

Doch Boone wäre absolut genial.

Und ja. Ich wollte seine Welpen bekommen.

Ich duschte schnell und zog mich an, da ich plötzlich motiviert war. Ich musste Boone finden. Er brauchte mich jetzt und ich würde mich nicht zusammenrollen und das Opfer spielen.

Ich ging auf einen Kaffee nach unten zu Rand und Natalie und fand sie in der Küche des Farmhauses. Natalie verschmierte Gelee auf einem Stück Toast. Sie ließ es liegen, holte mir eine Tasse und griff nach der Kaffeekanne.

„Ace hat die Nacht in Boones Hütte verbracht, doch er ist nicht zurückgekommen", verkündete ich, ohne auch nur *Guten Morgen* zu sagen.

Natalie reichte mir die volle Tasse Kaffee und ich schüttete ein wenig Sahne hinein. Seufzte.

„Cody hat die Sicherheitskameras des Saloon Parkplatzes überprüft und gesagt, dass der Truck noch dort ist", berichtete Rand.

Ein wenig Erleichterung breitete sich in mir aus, da ich wusste, dass alle den Vorfall ernst nahmen. Ich war nicht die Einzige, der Boone am Herzen lag.

Ich blinzelte Tränen zurück. „Wo denkst du, ist er? Denkst du, er wurde von einem Auto angefahren oder so etwas?"

Rand schüttelte den Kopf. „Definitiv nicht. Und selbst wenn er angefahren wurde, wäre er okay. Er würde schnell heilen. Wolfsgestaltwandler sind sehr schwer zu töten."

Richtig. Noch mehr Erleichterung kribbelte durch meine Brust.

„Okay, also ist er vermutlich nicht verletzt. Er hält sich bloß ... fern?"

Rands Miene war ernst. „Den Anschein hat es."

„Nun, was können wir tun? Wie können wir ihn finden? Ich kann nicht einfach nur Däumchen drehen." Ich konnte nicht verhindern, dass sich Verzweiflung in meine Stimme schlich.

Rand zückte sein Handy. „Ich rufe Rob an", verkündete er.

Rob. Das war gut. Er war der Alphawolf. Er würde wissen, was zu tun war.

Zumindest hoffte ich das.

Rand brachte Rob rasch auf den neuesten Stand, dann hörte er zu. „Okay … ja. Klingt gut. Wir kommen gleich." Er beendete das Telefonat und schaute Natalie und mich an.

„Wir werden ihn im Wolfsstil jagen. Rob schickt dem ganzen Rudel eine Nachricht. Natalie muss arbeiten, aber du kannst während der Suche in Robs Haus warten."

„Ich werde mich krankmelden", sagte Natalie und schüttelte den Kopf. „Das hier ist wichtiger." Sie griff nach mir und ich fiel in ihre Arme, da ich eine Umarmung bitternötig hatte.

„Danke", schluchzte ich. „Ihr zwei wart im vergangenen Jahr so viel für mich da und es bedeutet mir alles."

„Natürlich. Du bist Teil des Rudels." Rand gesellte sich dazu und wir hatten eine kurze Gruppenumarmung. „Jetzt lasst uns gehen und deinen Mann suchen."

33

BOONE

Ich wachte eingeringelt in einer Schneewehe auf. Mein Fell und der Haufen Schnee sorgten für ein warmes Nest, das mich vor der kalten Luft und dem Wind schützte.

Es war ruhig. Ringsum war alles weiß.

Leider konnten die Stille und Ruhe den Lärm in meinem Kopf nicht zum Schweigen bringen.

Letzte Nacht war ich stundenlang gerannt, ohne darauf zu achten, wohin ich ging. Ich schob mich an die Oberfläche meines kleinen Nests und schüttelte den Schnee aus meinem Fell.

Wo zum Henker war ich?

Ich hatte den Verstand verloren vor Selbsthass und Kummer und war einfach blindlings durch die Gegend gerannt.

Ich setzte mich auf den Po, um die Landschaft zu

betrachten. Ich war oben in den Bergen, doch wo? Wie weit war ich gerannt? Das Gebiet eines tierischen Wolfsrudels konnte tausende Quadratmeilen umfassen. Gestaltwandler wanderten normalerweise nicht so weit. Unsere menschliche Seite brachte uns dazu, in der Nähe eines konventionellen Unterschlupfs zu bleiben. Es bestand die Angst, dass wir wild werden würden und unsere Menschengestalt nicht mehr annehmen könnten, wenn wir zu lange in Wolfsgestalt blieben.

Vielleicht sollte ich genau das tun – geradewegs nach Kanada rennen, weg von jeglicher Zivilisation, wo mich kein Gestaltwandler jemals finden würde. Oder ich könnte das Gegenteil tun, in der Nähe bleiben, mich von den Gestaltwandlern finden und töten lassen. Rob hatte sich bestimmt mit Johnny in Verbindung gesetzt, um mich aufzuspüren und mir den Garaus zu machen.

Das war es, was man mit wilden Gestaltwandlern tun musste. Wir waren nicht nur eine Gefahr für Menschen, es könnte auch das Geheimnis unserer Spezies lüften, wenn Menschen jemals einen Gestaltwandler in Wolfsgestalt fingen oder töteten. Das bedeutete, dass wilde Gestaltwandler eine nicht zu verachtende Gefahr für unsere Art darstellten. Man konnte sie weder kontrollieren noch ihnen vertrauen.

Wie ich.

Ja. Ich konnte mich dazu entscheiden, auf der Flucht zu bleiben, oder mich jagen und töten zu lassen.

Ich steckte meine Schnauze in den Schnee und leckte daran, um meinen Durst zu löschen. Ich hatte immer noch den widerlichen Geschmack von Blut und Fleisch in meinem Mund und war mir sicher, dass meine Schnauze damit überzogen war.

Die Erinnerung an das, was ich getan hatte, krachte wieder in meinen Kopf. Dieses Arschloch hatte meine Gefährtin geschlagen. Er hatte über ihr aufgeragt, während sie an den Fuß des Betts gefesselt gewesen war. Ich erinnerte mich an Summers große Augen, nachdem ich ihn getötet hatte. Daran, wie sie verängstigt zurückgerutscht war.

Fuck.

Schmerz durchfuhr mich.

Ich würde sie nie wieder sehen.

Meine hübsche, süße Gefährtin.

Wie sollte ich das überleben?

Ich kannte die Antwort bereits – ich würde es nicht überleben. Ich würde nicht mondverrückt werden, weil ich sie markiert hatte, aber mein Wolf würde trotzdem verrückt werden. Ich konnte nicht ohne meine Gefährtin leben. Konnte nicht atmen in dem Wissen, dass ich sie nie wieder berühren würde. Dass ich nie wieder Liebe mit ihr machen würde. Dass ich nie wieder hören würde, wie sie meinen Namen schrie ...

Fuck. Ich musste diese Qualen beenden.

Ich durfte nicht an Summer denken. Mein Magen schlingerte. Ich musste mir bald etwas zum Essen jagen, hatte jedoch kein Interesse daran.

Ich hatte an nichts Interesse.

Ich hob die Schnauze zum Himmel und heulte.

Irgendwo, mindestens eine Meile entfernt, hörte ich die Antwort eines anderen Wolfs. Fern, aber erkennbar.

Mein Fell sträubte sich, da ich den Laut sofort erkannte. Mein Alpha.

Scheiße. Also befand ich mich noch im Rudelrevier. Ich hätte wissen sollen, dass ich wieder dort landen würde. Mein Wolf hatte sich an das vertraute Gebiet gehalten. Nun, ich schätzte, mein Wolf hatte die Entscheidung für mich getroffen – ich würde mich töten lassen. Vielleicht würde ich dann endlich Frieden finden.

Mir wäre es ohnehin lieber, wenn es meine eigenen Rudelmitglieder tun würden.

Noch ein Heulen erklang aus derselben Richtung und ich erhob mich, da ich mich gezwungen fühlte, zu ihm zu gehen.

Ich heulte noch einmal und begann, in die Richtung der anderen Wölfe zu rennen.

Es dauerte ungefähr zwanzig Minuten, in denen ich über felsiges und verschneites Terrain rannte, bis ich sie fand – oder vielleicht fanden sie mich durch unser Ruf-und-Antwort-System des Heulens.

Wir trafen uns auf dem Sattel des Berges hinter Robs Haus. Ich kannte mein Wolfsrudel. Erkannte ihre Wölfe. Rob, mein Alpha. Willow, seine Luna. Levi, Johnny, Clint, Rand, Colton, Boyd und – fuck. Ace und Roy waren auch da.

Ich wünschte mir beim Schicksal, dass sie nicht hier wären. Ich wollte nicht, dass sie zuschauen mussten, wenn ihr Bruder durch das Maul ihres Alphas starb.

Levi trottete durch den Schnee, um sich neben mich zu stellen. Dann ruckte Rob mit dem Kopf, drehte sich um und ging in die Richtung davon, aus der er gekommen war. Die anderen machten ebenfalls kehrt.

Ich wusste, was das bedeutete, was verlangt wurde. Ich musste ihnen folgen. Mir blieb nichts anderes übrig, vor allem nicht mit Levi an meiner Seite. Da Johnny hier war, würde er vielleicht schnell Gestaltwandler-Justiz walten lassen. Ich hatte jemanden in der Menschenwelt getötet. Ich würde endlich erhalten, was ich verdiente.

34

SUMMER

Marina stellte ein Blech mit frisch gebackenen Erdnussbutter-Chocolate-Chip-Cookies, die sie gerade aus dem Ofen geholt hatte, auf den riesigen Farmtisch in Robs Küche, damit sie abkühlen konnten. Ich hatte allerdings null Interesse an den leckeren Keksen.

Ich tigerte durch die große Küche, wobei meine Socken über den Holzboden rutschten.

„Rob und die anderen suchen ihn", sagte Marina. „Sie werden ihn finden."

Ich nickte, ihre Worte, die beruhigend gemeint waren, konnten jedoch nicht verhindern, dass sich meine Muskeln unterhalb meines Brustkorbs fest zusammenzogen.

In dem Moment vibrierte Natalies Handy wegen einer Nachricht. Ich wirbelte zu ihr herum und wrang die Hände.

„Es ist Rand", sagte sie und las die Nachricht.

Ich rannte zu ihr, um über ihre Schulter zu schauen.

Wir haben ihn gefunden. Rob hat ihn zur Rudelhütte gebracht, um alles zu besprechen.

„Alles besprechen?", fragte ich. „Was meint er damit?"

Natalie und Marina wechselten einen Blick.

„Was?", wollte ich wissen. Das Herz schlug mir bis zum Hals. Ich mochte diesen Blick nicht.

„Nun, ich weiß es nicht genau. Aber es klingt so, als wäre das eine Rudelangelegenheit. Sie müssen sich auf spezielle Art darum kümmern", erklärte Natalie.

„Darum?" Ich verengte die Augen zu Schlitzen, da mir nicht gefiel, wie das klang. „Was meinst du mit *auf spezielle Art*?"

Keine der Frauen sagte etwas und ich wollte sie beide erwürgen.

„Was meinst du mit auf spezielle Art?", fragte ich abermals.

„Nein, es ist vermutlich nichts", wiegelte Natalie ab, doch ich bemerkte eine Falte zwischen ihren Brauen.

„*Was* ist nichts?"

„Es ist nur so, dass Boone sich irgendwie irrational benimmt. Ich meine, Rob muss nachschauen, ob er wirklich zu gefährlich ist. Ob er wild geworden ist."

„Wild? Was meinst du?"

„Manchmal werden Wölfe wild. Sie bleiben in Wolfsgestalt und wollen sich nicht zurückverwandeln. Wenn das passiert ..."

Alarmglocken läuteten. Furcht durchfuhr mich –

mehr Furcht, als ich gestern um meine Sicherheit gehabt hatte. So viel mehr. Mein Gesicht war wund, aber ich hatte es geeist und Ibuprofen genommen. Es war okay. Warum sollte mich das interessieren, wenn Boone als *wild* eingestuft werden könnte?

„Was?"

„Nun, er muss eventuell getötet werden."

Was? GETÖTET?

„Den Teufel wird er", knurrte ich. „Wo sind sie? Bringt mich jetzt zu dieser Hütte", verlangte ich und ging zur Hintertür, wo ich meine Stiefel abgestellt hatte.

„Wir sollten einfach warten", meinte Natalie und legte einen Arm auf meine Schulter. Als würde mich das aufhalten. „Sie werden hierher zurückkommen, nachdem der Alpha alles geklärt hat."

Ich schüttelte den Kopf. „Nein. Auf keinen Fall. Ich lasse nicht zu, dass irgendjemand Boone anfasst. Er ist mein Gefährte." Tränen traten mir in die Augen. „Sie können ihm nicht wehtun! Ich liebe ihn und Rob muss wissen, dass er mit Marty tat, was er tat, um mich zu beschützen."

„Ich denke, Rob versteht das", sagte Marina sanft und stellte sich vor mich. „Es geht nur darum, ob Boone jetzt zu verloren ist."

Zu verloren?

Eine Träne rann über mein Gesicht. Er war auf keinen Fall verloren. Er durfte es nicht sein.

Und selbst wenn er das war, würde ich ihn zurückführen. Ich würde nicht zulassen, dass er wild wurde. Das würde ich nicht tun. Er war nie zu verloren für mich.

Ich wandte mich an Natalie und sah sie aus schmalen Augen an. „Entweder du bringst mich zu dieser Hütte, damit ich mit Rob sprechen kann, oder ich stehle deinen Truck."

„Whoa, mach mal halblang", sagte Marina und hob ihre Hand.

„Jetzt!", blaffte ich und stemmte die Hände in die Hüften.

Ich wusste, dass man so nicht mit seinen Freunden sprach, doch mir schlug das Herz bis zum Hals. Ich musste diejenige sein, die mit Boone sprach. Ich musste ihn dazu bringen, zu mir zurückzukommen. Zu uns allen. Ich traute keinem von ihnen zu, das zu schaffen.

Beide Frauen zuckten bei meinem Schrei zusammen.

„Okay", sagte Natalie. „Okay. Wir werden dort hoch fahren."

35

BOONE

Rob führte uns durch den Schnee zur Rudelhütte oben auf dem Berg. Die, die wir als Basis für Vollmondläufe, Rudeltreffen und andere Events nutzten.

Also wollte er reden, bevor er über mein Schicksal entschied. Na schön.

Wir betraten sie als Wölfe durch die große Hundeklappe, dann verwandelten wir uns. Ohne ein Wort zu sagen, zogen alle ihre Ersatzklamotten aus ihren Fächern im Vorraum.

„Verdammt nochmal, Boone", schimpfte Roy, während wir uns anzogen. Seine Stimme klang sehr anklagend. „Du kannst nicht einfach …"

Rob knurrte leise in seiner Kehle und Roy hielt den Mund. Das hier war Robs Show. Er war der Alpha. Er würde heute Nacht Recht sprechen.

Danach versuchte niemand mehr, etwas zu sagen.

Als wir den großen Versammlungsraum betraten, knurrte Rob: „Ich und Boone. Der Rest von euch wartet draußen."

„Ja, Alpha", murmelten die Rudelmitglieder, während sie den Raum verließen.

Ich holte tief Luft. Das tat in meiner Lunge weh, nachdem ich so lange draußen in der Kälte gewesen war. Ich trug eine alte Jogginghose und ein dunkelblaues Flanellhemd. Ich war noch nicht dazu gekommen, die Socken oder Schuhe anzuziehen, die ich hier aufbewahrte.

Rob starrte mich an. Sein Blick war dunkel und schwer. „Summers Ex, Marty. Wir haben uns um ihn gekümmert. Levi und Kyle werden sich mit jeglichen Menschen-Problemen befassen, die sich ergeben werden, vor allem, da er ein Polizist war, aber es sollte eigentlich nichts rauskommen."

Ich wusste nicht, was das bedeutete. Er sprach absichtlich vage. Würde er wollen, dass ich mehr wusste, hätte er etwas gesagt. Also ließ ich das Thema auf sich beruhen, denn ich wusste, dass Marty Summer nie wieder verletzen würde.

Dennoch war das nicht der Grund, aus dem er mich hierher beordert hatte, um allein mit mir zu sprechen. Es war nur das Aufwärm-Gespräch, eine Erinnerung an das, was ich getan hatte, und daran, dass das Rudel meinen Fehler ausbügeln musste. Die Schwere, ich zu sein, legte sich wie eine Bleidecke um meine Schultern. Ich sollte mich entschuldigen. Vielleicht sollte ich um mein Leben betteln.

Stattdessen purzelte die Entschuldigung aus meinem

Mund, die ich ihm nie angeboten hatte. Die von vor fünfzehn Jahren.

„Ich wollte nie deine Position als Alpha", gestand ich.

Robs Brauen hoben sich. Es war offensichtlich nicht das Gespräch, das er erwartet hatte.

„Mein Dad wollte, dass ich dich herausfordere", fuhr ich fort. „Ich weiß, dass du das vermutlich wusstest. Wir kämpften und ich ging. Ich weiß nicht, warum ich nie reinen Tisch gemacht habe."

Rob rieb sich über den Nacken. „Fuck, Boone, hat das all die Jahre an dir genagt?"

Ich starrte ihn an, während ich in einer Welt des Elends hockte. Ich war plötzlich wieder sechzehn Jahre alt – der Kummer, ich zu sein, war so groß, dass er mich erdrückte. Ich räusperte mich, bevor ich fortfuhr: „Ich wollte nicht, dass du meine Familie verbannst. Wir brauchten dieses Rudel – so sehr." Ich hob die Hand und deutete in die Richtung des Nebenraums, wo die anderen warteten. „Meine Brüder brauchten es. Deine Eltern waren alles, nachdem unsere Mom gestorben war. Und dann ..."

„Warte mal, Boone." Rob hielt eine Hand hoch, um meinen Strom steifer Worte aufzuhalten. „Wenn du denkst, dass du mir eine Entschuldigung schuldest, hast du deinen gottverdammten Verstand verloren. Ja, ich wusste es. Ich meine, ich zählte eins und eins zusammen. Du warst fort und dein Vater sah einige Wochen lang fürchterlich aus, während er heilte. Außerdem war er ein mürrisches Arschloch. Ich wusste es jedoch mit Sicherheit, als er einige Jahre später versuchte, Ace dazu zu zwingen, mit mir um die Position zu kämpfen. Denkst du, ich habe *dir* jemals die Schuld daran gegeben?"

Ich fuhr mit den Fingern durch meine Haare. Zu dem Zeitpunkt war ich nicht einmal im Staat gewesen und hatte erst viel später gehört, was passiert war. „Nun, möglicherweise sahst du mich als Bedrohung."

„Bist du deswegen all die Jahre weggeblieben?" Rob klang ungläubig. „Ausgerechnet in New York City?"

Ich zuckte mit den Achseln. „Ja, ich meine zum Teil. Auch weil der Kampf mit meinem Dad die Beziehung beendete. Ich tötete ihn beinahe."

Rob wirkte nicht überrascht. Ich sah bloß Verständnis auf seinem Gesicht. „Das muss dir Angst gemacht haben."

Irgendwie hatte ich in unserer Welt des Alphamännchen-Rudellebens nie diese Offenheit erwartet. Oder Mitgefühl. Unser Dad hatte jedenfalls nie über die Gefühle anderer gesprochen oder sie zugelassen. Er hätte nie akzeptiert, dass ein Männchen *Angst* hatte.

Meine Nase brannte. „Ja. Nun, es machte Roy und Ace Angst. Also dachte ich, dass es besser für alle wäre, wenn ich mich fernhielt."

Rob trat einen Schritt näher und ließ eine Hand auf meine Schulter fallen. „Boone, ich schulde *dir* eine Entschuldigung. Ich hätte dich anrufen sollen, als du in New York warst. Oder ich hätte dich besuchen sollen. Ich dachte mir, dass etwas mit deinem Dad los war, vor allem, weil deine Brüder den Anschein machten, als würden sie etwas vertuschen. Aber ich, äh, versuchte, meine Trauer um meine Eltern zu bewältigen und gleichzeitig zu lernen, wie man ein Rudel führt."

Meine Augen brannten. „Ja, natürlich tatst du das. Ich erwartete nie, dass du mich kontaktierst."

„Nun, ich hätte es tun sollen", erwiderte er. „Und es tut mir leid. Denn wenn du gewusst hättest, dass ich dir nie die Schuld an dem Ganzen gegeben hatte, hättest du dich vielleicht nicht ferngehalten."

Es tat ihm leid?

„Ich hielt mich fern, weil ich gefährlich bin." Meine Stimme klang, als würde sie von Klingen durchschnitten werden.

Ich hörte das Geräusch eines Trucks, der draußen vorfuhr. Vielleicht schlossen sich uns weitere Rudelmitglieder an.

Rob schüttelte den Kopf. „Du bist nicht gefährlich, Boone. Du bist mein Cousin, was dich zu einem Alphawolf macht. Du hast einen gigantischen Beschützerinstinkt, so wie es sein soll. Das liegt uns im Blut."

Ich starrte ihn an. Ich wollte glauben, was er sagte, doch die harten Fakten sprachen eine andere Sprache. Ich ging immer zu weit. Ich vermasselte alles.

„Hast du jemals jemanden verletzt, der es nicht verdient hatte, Boone?", fragte er.

Ich schwitzte, der Konflikt in mir fühlte sich an, als würden Boxautos in meinem Gehirn gegeneinanderstoßen. „Ich ... ich weiß es nicht."

Rob schüttelte den Kopf. „*Ich* weiß es. Du hast es nicht getan. Summers Ex? Er hätte sie irgendwann getötet. Ich sah, was er ihr bereits angetan hatte. Die

Rudeljustiz hätte ihn zum Tode verurteilt. Du bist keine Gefahr, Boone. Du bist einfach nur ein Alpha. Wir entspringen einer langen Blutlinie von Alphawölfen."

Die Tür flog auf und – oh beim Schicksal! Mein ganzer Körper merkte auf und wurde wie ein Magnet von dem Weibchen angezogen, das hindurchstürmte. Summer kam hereingeeilt.

„Niemand fasst meinen Gefährten an!", schrie sie und dann entdeckte sie mich.

Ihren Gefährten. Sie beanspruchte mich. Sie wollte mich noch immer, sogar nach dem, was ich getan hatte.

Ehe ich wusste, wie mir geschah, flogen Summers Arme um meine Taille und sie umarmte mich fest.

„Baby", sagte ich sanft und legte meine Hand auf ihre Haare. Es war ein geflüstertes Gebet. Ein Segen. Ein heiliger Schwur.

Summer war hier. Mein Wolf in mir war beruhigt.

Beim Schicksal, ich wäre beinahe ohne sie gestorben. Oder zumindest hatte ich es tun wollen. Jetzt fühlte es sich an, als wäre ich plötzlich aus einem Koma erwacht.

Ich war wieder lebendig. Sie war mein Grund, zu leben und zu atmen. Sie war mein Sonnenschein. Meine Musik. Meine Verbindung zu anderen Menschen.

Sie drehte sich um und schaute Rob finster an. „Er ist *sicher*", fauchte sie mit Wildheit in der Stimme. Sie pikte ihn sogar einmal in die Brust. „Niemand tötet ihn. Er würde niemals, *jemals* jemanden verletzen, der es nicht verdient."

Robs Lippen bogen sich zu einem kleinen Lächeln. „Weißt du, Summer, das habe ich ihm gerade gesagt."

„Das hast du?" Sie passte ihren Ton an und ließ ihren

Arm fallen. „Nun, gut. Danke." Sie hob das Gesicht zu mir und blickte mich finster an. „Boone, laufe *nie* wieder so vor mir weg."

Meinem Herzen wuchsen Flügel, die zu flattern begannen.

Ich nahm ihr hübsches Gesicht in meine Hände. Ihre Wange war geschwollen und hatte einen Schnitt, was mich umbrachte. „Das werde ich nicht tun", versprach ich. „Es tut mir leid, Baby. Ich ..."

Ich realisierte, dass Rob den Raum verlassen hatte, um uns Privatsphäre zu geben.

„Ich habe die Kontrolle verloren", erklärte ich. „Ich habe dir Angst gemacht, und ich werde mir nie verzeihen, dass ich ..."

„Nein." Summer schüttelte den Kopf. Sie sprach das Wort so bestimmt aus, dass ich den Mund hielt. „Du warst nicht außer Kontrolle. Du warst absolut sicher für mich. Du tatst alles, was du tun musstest, um mich zu beschützen und vor Marty zu retten. Und ich liebe dich dafür." In ihren Augen schimmerten Tränen. „Also *wage* es nicht, dir an irgendetwas die Schuld zu geben."

Ihre Wildheit entrang mir ein Lächeln.

Meine hübsche Gefährtin war hergekommen, um für mich zu kämpfen. Sie hatte sich einem Alphawolf gestellt. Für mich. Sie hatte mich beansprucht. Sie hatte keine Angst.

„Aber du liefst weg, als ich dich noch brauchte", sagte sie. „Und das tat weh."

Ich fuhr mit einer Hand durch meine zerzausten Haare. „Fuck, Summer. Es tut mir so leid. Ich ... ich dachte einfach, du wärst ohne mich sicherer."

Sie schüttelte den Kopf. „Nein. Ich *brauche* dich, Boone. Ich will nicht ohne dich sein. Niemals wieder." Tränen glänzten in ihren Augen. Sie pikte mich in die Brust und verzog das Gesicht, um mich streng anzuschauen. „Du bist mein Gefährte. Also laufe nie wieder weg. Das ist eine Regel."

Ich gluckste erleichtert. Es schien verrückt zu sein, dass ich mich in der einen Minute hasste und wenige Zeit später fünfzehn Zentimeter über dem Boden schwebte, doch genau das war passiert. Rob hasste mich nicht. Zur Hölle, er hatte sich bei mir entschuldigt, anstatt meine Entschuldigung anzunehmen.

Summer brauchte mich. Sie wollte mich nicht loswerden. Sie hatte keine Angst vor mir. Ich dachte, ich hätte es vermasselt, indem ich ihren Ex getötet hatte, doch mein tatsächlicher Fehler bestand darin, meine Gefährtin zu verlassen. Es fühlte sich plötzlich glasklar an.

„Ich ... ich werde dich nie wieder verlassen. Ich verspreche es."

Die Tür schwang auf und Roy stapfte gefolgt von Ace herein.

„Ich hoffe, du hast ihm die Zähne ausgeschlagen, weil er weggerannt ist", knurrte er an Summer gewandt.

Sie richtete sich auf – zu ihren ganzen ein Meter sechzig – und neigte ihren Körper so, als wollte sie mich beschützen. „Nein, das habe ich nicht getan. Er hat genug gelitten. Und ihr drei müsst jetzt euren vergangenen Mist klären", verlangte sie.

Meine Lippen bogen sich noch mehr nach oben.

Meine Gefährtin war erbittert, wenn sie es sein wollte, und ich liebte es.

Sie stemmte die Hände in die Hüften und sagte ihnen alles, was ich noch nicht zu ihnen gesagt hatte. „Boone wird von Schuldgefühlen geplagt, weil er euch zwei im Stich gelassen hat. Allerdings war er auch der Meinung, dass es das Beste wäre, um die Familien-Harmonie zu wahren. Er dachte, er wäre zu gefährlich, um zu bleiben, und dass er euch traumatisiert hatte, als er vor euren Augen mit eurem Dad kämpfte."

Ich sank beinahe zu Boden, weil ich die Ehre hatte, so gut verstanden zu werden. Summer hatte mich vor weniger als zwei Wochen kennengelernt und trotzdem fühlte es sich an, als würde sie mich wirklich sehen. Als würde sie mich besser kennen, als ich das selbst tat.

Ich schämte mich auch, dass ich so viele Jahre gebraucht hatte, um diesen Mist offen anzusprechen – bei Rob und meinen Brüdern. Wie viele Jahre hatten wir verbracht, ohne darüber zu sprechen? Wie viele Jahre hatten wir dieses Thema einfach gemieden?

„Uns traumatisiert? Fuck, nein. Dass du gingst, war das einzige Trauma, das wir erlebten", sagte Ace. „Wir brauchten dich, Boone. Dad war ein verdammtes Arschloch und du ließt uns im Stich. Genauso wie du deine Gefährtin im Stich ließt, als sie dich brauchte."

Meine Kehle schnürte sich zu. „Es tut mir leid", würgte ich hervor und schaute von Ace zu Roy zu Summer. „Ich habe Mist gebaut."

„Danke." Summer nahm meine Entschuldigung mit der gleichen Anmut an, mit der sie alles tat. „Wir *brauchen* dich wahnsinnig. Wir brauchen dich gefährlich.

Hör auf, Angst vor dem zu haben, der du bist, und zu versuchen, die Welt vor dir zu schützen. Du bist genau das, was du sein sollst – eine Gefahr für jeden, der sich mit den Leuten anlegt, die du liebst."

Es war das Gleiche, was Rob gesagt hatte.

Meine Augen brannten und ich konnte plötzlich nicht mehr atmen. Ich schlang die Arme von hinten um Summer und klammerte mich an meine Rettungsleine.

„Sie hat recht, Mann", sagte Roy und schenkte mir ein Lächeln. „Niemand hier außer dir hat Angst, dass du eine Gefahr bist. Also hör auf, dich wie ein Einsiedler zu verkriechen, und kehre zu den Lebenden zurück. Du hast jetzt eine Gefährtin. Eine Gefährtin, die berühmt wird." Roy zwinkerte Summer zu, die sein Lächeln erwiderte.

Ich küsste sie auf den Scheitel. Meine Brust schmerzte, weil mein Herz so verdammt groß angeschwollen war. Die Leute, die ich auf der Welt am meisten liebte, mochten sich ebenfalls. Das war eine Schönheit, von der ich nie gedacht hatte, dass ich sie erleben würde.

„Ja", sagte Ace. „Du wirst wahrscheinlich mit ihr durch die Welt touren. Also gewöhne dich daran, dich unter Leuten aufzuhalten."

Summers Lächeln wurde noch breiter. „Da bin ich mir nicht so sicher."

„Ich schon", sagte ich mit absoluter Gewissheit. „Plattenvertrag, Tour, Fandemonium. Das steht dir bevor, meine hübsche Frau."

„Und du wolltest *das* im Stich lassen?" Rob breitete seine Hand aus und deutete in Summers Richtung, um seine Worte hervorzuheben.

„Ich bin nicht *das*." Sie drehte sich in meinen Armen und schaute zu mir auf. „Und er lässt mich nie wieder im Stich. Stimmt's?"

„*Nie*", schwor ich. „Das ist die Regel. Es tut mir leid. Ich schulde jedem von euch eine Entschuldigung."

„Komm her, Mann." Roy packte meine Hand mit einem Bro-Griff und zog mich für einen Klopfer auf den Rücken an sich.

Ace tat das Gleiche. „Ja, Mann. Wir lieben dich. Hör auf, so ein Vollidiot zu sein."

Summer nahm ihre Position in meinen Armen wieder ein und drückte mich. „Lass uns nach Hause gehen."

Nach Hause.

Ich wusste nicht, welches Zuhause Summer meinte, doch es spielte keine Rolle für mich. Zuhause war, wo sie war. Und ja, ich würde ihr bis ans Ende der Welt folgen. Das war jetzt wenigstens klar, da ich meinen Kopf aus dem Sand gezogen hatte.

Ich schwang sie in meine Arme. „Zuhause klingt nach genau dem Ort, wo ich sein muss, Baby."

36

———

SUMMER

„Es tut mir leid, Baby." Boone stellte mich in seiner Hütte auf den Boden. Ace und Roy hatten uns bei Boones Hütte abgesetzt und er hatte mich hineingetragen. Alle anderen waren ebenfalls nach Hause gegangen.

Er legte eine Hand an meine Wange und senkte den Kopf, um mir einen langsamen, sanften Kuss zu geben. „Ich hätte letzte Nacht bei dir sein sollen. Ich hätte dich in meinen Armen halten und trösten sollen nach dem, was passiert war."

Ich wollte nicht, dass er sich noch mehr Schuldgefühle auflud, als er bereits hatte, doch es war eine Erleichterung, zu hören, dass er verstand, dass er mir wehgetan hatte. Das bedeutete hoffentlich, dass er sich nicht mehr zurückziehen würde. Dass es kein nächstes Mal geben würde in diesem Muster aus gewalttätigem Vorfall und Flucht.

„Ich fühlte mich im Stich gelassen", gab ich zu, weil es zu einer gesunden Beziehung gehörte, zu den eigenen Gefühlen zu stehen. Oder zumindest hatte ich das aus den Büchern gelernt, die ich gelesen hatte in dem Versuch, eine zum Scheitern verurteilte Ehe zu reparieren. „Ich war zuerst ziemlich sauer."

Er musterte meinen Bluterguss und seine Brauen senkten sich. „Ich hätte der Kerl sein sollen, der Eis an dein Gesicht hielt."

„Ich wünschte, du hättest es getan", gestand ich. „Doch als du heute Morgen nicht zurückgekehrt warst, realisierte ich, dass ich mich in den Mittelpunkt stellte, obwohl ich diejenige war, die sicher zu Hause war. Du warst derjenige, der in Gefahr war und litt. Mir wurde bewusst, dass du mich genauso sehr brauchtest wie ich dich."

Boone blinzelte hektisch und seine Augen wurden rot. „Ich brauchte dich. Ich werde ohne dich nicht überleben." Dann sah er leicht panisch aus, als hätte er etwas Falsches gesagt. „Ich meine, das bedeutet nicht, dass du bei mir festsitzt ..."

Ich legte meine Fingerspitzen auf seine Lippen. „Nicht. Halte dich bei mir nicht mehr zurück. Ich weiß, dass ich zu Beginn durchgedreht bin. Ich verglich alles, was du tatst und sagtest, mit Marty und manche Dinge wirkten wie Warnzeichen, doch ich irrte mich." Ich begann, sein Flanellhemd aufzuknöpfen. „Ich möchte, dass du weißt, dass ich keine Angst vor dir habe. Ich denke nicht, dass du zu besitzergreifend bist. Ich habe null Vorbehalte in Bezug auf dich, Boone. In Bezug auf uns." Ich schob sein Hemd über seine Schultern und entblößte seine umwerfende, durchtrainierte Brust, die mit weichen braunen Locken bedeckt war. Ich ließ meine Hände über seine Muskeln wandern und streichelte ihn voller Bewunderung.

Er zog mir den Pullover über den Kopf und warf ihn zu Boden.

Ich knöpfte seine Jeans auf. „Ich wusste zuvor nicht vom Schicksal, glaube jetzt allerdings auch daran. Wir sind zusammen, weil es uns vorherbestimmt war. Dir und mir."

Als er mich dieses Mal küsste, war er nicht sanft. Er war wild. Sein Mund verschlang meinen. Seine Lippen krachten auf meine und seine Zunge fegte in meinen Mund. Er packte meinen Hinterkopf, um mich während des Angriffs festzuhalten, und zeigte mir, wie er empfand.

„Ich liebe dich, Boone", sagte ich, als er mich Luft holen ließ.

„Fuck, Summer. Ich liebe dich so sehr." Er ging wieder dazu über, mich zu küssen, meinen Hintern zu drücken und mich rückwärts zu drängen, bis meine Beine gegen das Bett stießen und wir auf dieses fielen. Er stützte sich neben meinem Kopf auf einen Arm, sodass er sein Gewicht trug und mich nicht zerquetschte.

„Ich liebe *dich* so sehr", entgegnete ich.

Ein verruchter Ausdruck legte sich auf sein Gesicht. „Willst du damit sagen, dass ich mich nicht mehr zurückhalten muss?"

Meine Brauen hoben sich. „Du hast dich zurückgehalten?"

„Oh ja, Baby. Ich habe mich *sehr* zurückgehalten." Er

ging auf die Knie und riss mir die Yogahose samt Höschen von den Beinen. „Du wirst gleich herausfinden, wie ein dominanter Alphawolf im Bett klingt."

Meine Pussy verkrampfte sich und ein lustvolles Schaudern bebte durch mich hindurch. „Ja, bitte."

Er starrte mit funkelnden Augen auf meinen größtenteils nackten Körper hinab. „Mein."

Sein. Ja, ich mochte, wie das klang. Ich hatte keine Angst mehr davor. Tatsächlich sehnte ich mich danach. Mein Körper war perfekt auf ihn eingestellt. Auf seine Berührungen. Seine Stimme. Seine Präsenz. Als wäre er für mich gemacht worden. Ich war die Seine und er war der Meine.

Er schob seine Jogginghose über seine Hüften und trat sie zur Seite. „Ich muss deine perfekten Brüste sehen. *BH runter*." In seiner Stimme lag ein Befehl, der einen Schauder durch meinen Körper jagte.

Ich wusste, dass es ein Spiel war. Dass ich vollkommen sicher war. Dass er mir niemals wehtun würde. Und das machte seine Dominanz verflucht sexy. Ich war in einer Situation gewesen, in der ich Angst vor meinem Partner gehabt hatte. Ich wusste, dass mir das nie wieder passieren würde.

Ich schob die BH-Träger über meine Schultern und hielt Boones Blick, während ich meinen BH öffnete. Dann hielt ich das Kleidungsstück fest, bedeckte meine Brüste und teste ihn.

Er hob seine Brauen, während er auf allen vieren über mich kletterte. Sein Schwanz war hart für mich und streifte meinen Bauch. „Ich sagte, *BH runter*, Baby. Ich muss sehen, ob deine süßen Nippel schon hart und aufgerichtet sind für mich, oder ob du es brauchst, dass ich mit der Zunge über sie gleite und an ihnen sauge, bis sie schön steif sind."

Oh Gott. Meine Pussy verkrampfte sich erneut. Ich hatte keine Ahnung gehabt, dass Boone ein Meister des Dirty Talks war.

Mir war das alles *entgangen*.

Langsam senkte ich den Stoff des BHs und enthüllte meine Brustwarzen, die definitiv hart und aufgerichtet waren. Dennoch schaute ich nach unten und wieder zu ihm, bevor ich sagte: „Vielleicht brauchen sie etwas mehr Zuwendung."

Boones Lippen bogen sich zu einem befriedigten Grinsen, als er den Kopf senkte. Er leckte mit der Zunge einmal über meine rechte Brustwarze. Dann einmal über die linke. Dann blies er auf sie, sodass die Feuchtigkeit abkühlte und trocknete, was eine frische Empfindung auslöste.

Ich bog mich ihm begeistert entgegen. „Mehr."

Boone legte den Kopf schief, als würde er darüber nachdenken, ob er auf meine Bitte eingehen sollte. „Wem gehören diese umwerfenden Brüste?"

Mein Gehirn rang mit einer aufmüpfigen Antwort, doch dann fiel mir wieder ein, dass dies ein Spiel war. Ein fantastisches Spiel.

„Dir."

Sein Lächeln war wild. „Das stimmt, Baby. Dieser Körper gehört mir. Es steht mir zu, ihn zu befriedigen." Er umfasste meinen rechten Busen, seine dicken Finger schmiegten sich an dessen Seiten und er neigte ihn an seine Lippen. Dieses Mal nahm er meine Brustwarze in den Mund und saugte kräftig.

Ich schrie auf, da ich ein antwortendes Ziehen zwischen meinen Beinen spürte. „Oh, Gott."

„Du kannst mich Gott nennen." Ich liebte es, ihn so selbstgefällig zu hören. „Ich *werde* dir eine transzendente Erfahrung schenken."

Ich stöhnte, als er seinen Mund wieder um meine Brustwarze schloss und saugte, bevor er aufhörte und die steife Spitze stattdessen leicht mit den Zähnen streifte.

Er setzte sich auf und rittlings auf meine Taille. Mit beiden Händen streichelte er über meine Brüste und meine Seiten hinab. Er senkte die Lippen, um meinen Kiefer entlang zu küssen und über die Seite meines Halses.

Er brauchte zu lange. Ich brauchte ihn in mir. Ich war bereits verzweifelt.

„Bitte. Fick mich, Boone."

Er lächelte, fuhr jedoch mit seinen Küssen fort und leckte nur ab und zu mit der Zunge an mir. An meinem Schlüsselbein. Zwischen meinen Brüsten. An der weichen Fläche meines Bauchs. „Du bist ein gieriges kleines Ding, was?"

„Ja", stöhnte ich.

„Denkst du, du bist bereit für meinen Schwanz?"

„Das bin ich."

„Hmm. Dann wollen wir mal schauen." Er griff mit den Fingern zwischen meine Beine und küsste mich gleichzeitig weiter unten auf meinem Venushügel. Seine

Fingerkuppen tauchten in meinen tropfnassen Eingang. „Mmh. Ja, du machst eine Menge von diesem süßen Honig für mich, nicht wahr, Schönheit?"

Ich verlor die Fähigkeit, zu sprechen oder klar zu denken. Ich konnte nur ein trällerndes Seufzen der Lust ausstoßen.

Boone rammte zwei Finger in mich, während er mit der Zunge zwischen meine unteren Lippen tauchte und sie teilte.

Ich schrie auf. „Oh! Oh ..."

Er streichelte meine innere Wand mit den Fingerspitzen und stimulierte eine Stelle, die mein G-Punkt sein musste.

„Boone!" Falls ich alarmiert klang, lag das bloß daran, dass es fast *zu* viel Wonne war. Zu viel Stimulation. Ich brauchte mehr. Etwas, um mir dabei zu helfen, die sich schnell aufbauende Anspannung zu lockern.

„Bitte ... Boone!"

Boone fand meinen Kitzler, wo all die Nerven meines G-Punkts zusammenliefen, und saugte daran.

Ich schrie und ein Orgasmus fegte durch mich hindurch. „Oh mein Gott! Oh mein Gott!" Ich klang definitiv alarmiert. Es war so viel. Zu intensiv. Ich schrie – schrie buchstäblich – mehrere Sekunden lang einen hohen, jammernden Laut, bis ich fertig war.

Dann fiel ich wieder aufs Bett und keuchte, als wäre ich gerade eine Meile weit von einem Bären gejagt worden.

„Oh mein Gott, Boone", sagte ich und versuchte, zu Atem zu kommen. „Was machst du nur mit mir?"

Er rollte mich herum und gab meinem Po einen

Klaps. In meinem benommenen Zustand registrierte ich das als pure Wonne. „Ich befriedige meine Gefährtin." Er schlug auf die andere Pobacke. „Das ist mein Job, Baby. Dich zu befriedigen, ist meine liebste Beschäftigung auf der ganzen Welt."

Oh mein Gott. Er hatte mir den Hintern versohlt!

Ein Nachbeben rollte durch mich hindurch – mein ganzer Körper erschauderte und meine inneren Muskeln verkrampften sich.

„Ohhhhh", stöhnte ich, bereits erschöpft von dem, was vermutlich nur das Vorspiel war.

„Wirst du jetzt ein braves Mädchen sein und meinen Schwanz aufnehmen?" Boone schob meine Schenkel weiter auseinander und kniete sich zwischen sie, sodass sich seine Beine nicht mehr an deren Außenseiten befanden.

„Mmm."

Boone beugte sich vor und biss leicht in meine Schulter. „Hmm?" Sein Schwanz stupste gegen meinen Eingang und ich bog den Rücken durch, um ihn aufzunehmen. „Bist du bereit, gefickt zu werden?"

Oh, *verdammt*.

Meine Pussy verkrampfte sich erneut. Mir war schwindlig vor Lust. Dieser Mann konnte wie kein anderer Dirty Talk benutzen. Er brachte mich nur mit seinen Worten zum Kommen.

„Mh hmmm", wimmerte ich. Ich musste ihn definitiv in mir spüren. Finger waren meiner Meinung nach kein Ersatz für das Echte.

Er glitt mühelos in mich, wobei er langsam machte, sodass ich Zeit hatte, mich an seine Größe zu gewöhnen.

„Yummm", murmelte ich.

Boone gluckste. „Ist das gut für dich, Baby?" Er zog sich zurück und drang wieder in mich. „Magst du es von hinten?"

„Jaaaa", stöhnte ich.

„Vielleicht würdest du es mit einem Kissen unter deinen Hüften noch lieber mögen." Er schlang seinen riesigen Arm um meine Taille und hob sie hoch, um Platz für ein Kissen zu machen.

Er hatte recht. Es gefiel mir besser. Der Winkel erlaubte ihm, noch tiefer zu dringen.

Ich stöhnte im Rhythmus mit seinen Stößen, spreizte meine Beine weiter und hob meinen Hintern höher.

„Ja, das gefällt dir. Du magst es, wenn ich tief in dir bin, nicht wahr, Baby?"

„Ja", stimmte ich zu.

„Ich werde dich hart ficken. Ist es das, was du willst?"

Er musste nicht nach meinem Einverständnis fragen. Ich wusste bereits mit absoluter Gewissheit, dass Boone sofort aufhören würde, sollte mir etwas wehtun. Er würde sich um mich kümmern. Ich konnte ihm meinen Körper anvertrauen und jetzt, da wir seine Überzeugung ausdiskutiert hatten, dass er gefährlich war, auch mein Herz.

Dennoch gab ich ihm die Zustimmung, die er begehrte. „Ich will es." Später konnten wir über meine pauschale Zustimmung sprechen, die sogar für Situationen galt, in denen wir so taten, als hätte ich nicht eingewilligt. Ich war absolut dafür, grob mit ihm zu spielen, denn er war der Mann, der für mich töten oder sterben würde.

Er knurrte und packte meine Schulter in der Nähe des Nackens, um mich festzuhalten, während er mich hart fickte. Das Bett hüpfte und knallte gegen die Wand. Ich kreischte meine Lust hinaus. Boones Bewegungen wurden ruckartig.

„Fuck, Baby. Ich werde schon kommen. Ich kann mich nicht zurückhalten."

„Ja!", schrie ich. „Komm!"

Er beschleunigte das Tempo, seine Lenden klatschten gegen meinen Hintern und die feuchten Geräusche unseres Liebesspiels hallten durch die kleine Hütte.

„Du nimmst meinen Schwanz wie ein braves Mädchen auf. So ein braves Mädchen ..."

Ich wusste nicht, dass ich auf Lob stand, doch ich liebte es, seine Schmeicheleien zu hören.

„Fuck, Baby. Fuck. Leg deine Hände an das Kopfteil. Spreiz deine Beine noch weiter. Gib mir deinen süßen Arsch. So ist's richtig." Er hämmerte sich in mich und ich bekam keine Luft mehr.

Oh. Mein. *Gott*. Ich war überrascht, dass das Bett nicht in Flammen aufging.

„Ich komme. Bist du auch so weit?"

„Ja!" Ich war definitiv ein Mädel, das von vaginaler Penetration zum Orgasmus kam. Ich mochte es, wenn mein Kitzler berührt wurde, brauchte es allerdings nicht, um zu kommen.

Bonne rammte sich in mich und ich schwöre, ich konnte die Hitze seines Spermas fühlen, als es mich füllte. Ich drückte seinen Schwanz zunächst absichtlich, dann erhielt mein Körper die Botschaft und ich kam heftig zum Orgasmus. Das Zimmer drehte sich. Mir war schwindlig.

Boone stöhnte und kam noch immer. Seine Finger griffen unter meine Hüften und fanden meinen Kitzler, woraufhin ich erneut zuckte und zum dritten Mal kam. „Das ist mein braves Mädchen", schnurrte er. „Ich werde dich Tag und Nacht zum Kommen bringen."

EPILOG

SUMMER

„ICH KANN NICHT FASSEN, dass das passiert." Ich drückte Boones Hand und schaute an dem hoch aufragenden Gebäude mit den vielen Glasfenstern empor, in dem sich Saras Plattenfirma befand. Ich war aus LA und an Menschenmengen gewöhnt, doch New York war irgendwie anders. Höher. So überfüllt. Laut. Aufregend, aber es weckte auch die Sehnsucht nach unserer ruhigen, friedlichen Hütte im Wald in mir.

Es war Frühling und Boone und ich waren in Manhattan, um den Vertrag zu unterzeichnen, den meine Anwältin Selena Jenkins ausgehandelt hatte. Sie war eine Gestaltwandlerin und Mitglied des Wolfsrudels, kümmerte sich jedoch auch um menschliche Rechtsangelgenheiten. Für sie war mein Vertrag ein Spaß. Es passierte schließlich nicht jeden Tag, dass jemand einen Plattenvertrag erhielt!

Boone hatte in Missoula ein Tonstudio für mich gebucht und ich hatte mein Demo aufgenommen und wie verlangt zu Sara geschickt. Sie hatte mir daraufhin fast sofort einen Beispielvertrag geschickt.

Es schien zu einfach zu sein. Zu gut, um wahr zu sein.

Doch so schien auch meine Beziehung mit Boone zu sein.

Ich hatte aufgehört, nach Warnzeichen zu suchen, hatte allerdings trotzdem die letzten Monate gebraucht, um wirklich zu glauben, wie gut mein Leben geworden war. Um wirklich alles zu erhalten, was Boone mir geben wollte. Um zu wissen, dass ich es verdiente, dass ich würdig war, und ich gab es ihm mit der gleichen Energie zurück.

Er verwöhnte mich mit seiner Aufmerksamkeit, seiner Freundlichkeit, seinem Liebesspiel und seinem Geld. Im Gegenzug brauchte er von mir nur, dass ich ihn diese Dinge tun ließ, aber ich bemühte mich, ihm auch auf andere Arten etwas zurückzugeben. Ich sorgte dafür, dass er unter die Leute ging, dass er zu Rudeltreffen und Läufen ging und sich eine Gemeinde aufbaute. Er und seine Brüder verstanden sich jetzt besser, was fantastisch war, denn ich liebte die beiden auch.

„Es passiert absolut." Boone öffnete mir die Tür und wir betraten das Gebäude. Es war elegant und modern mit schicken Marmorböden und einer hohen Decke.

Ich holte tief Luft, um mit dem Wachmann am Empfangsschalter zu sprechen und ihm mitzuteilen, dass wir zu Sara wollten.

„Ich bin so nervös", gestand ich Boone, als wir den

Aufzug betraten. Ich packte seine Hand und er drückte meine.

„Baby, du hast nichts zu befürchten." Er beugte sich nach unten und küsste mich auf den Scheitel. „Der Vertrag wurde bereits ausgehandelt. Das hier ist nur die Zeremonie."

Er hatte recht. Ich hätte den Vertrag auch elektronisch unterschreiben können, aber er hatte vorgeschlagen, dass wir selbst nach New York flogen und uns mit Sara trafen. Er hatte gesagt, sich von Angesicht zu Angesicht gegenüberzustehen, würde die Beziehung stärken und sicherstellen, dass sie sich wirklich anstrengte, meine Musik zu verbreiten, auch wenn er nicht daran zweifelte, dass sie das tun würde. Sie kannten einander schon lange und hatten eine Verbindung durch eine schlimme Situation aufgebaut. Ich vertraute seinem Urteil. Außerdem hatte er mir New York City zeigen wollen, weil ich noch nie dort gewesen war.

Wir waren vor einigen Tagen in der ersten Klasse – mein erstes Mal – hergeflogen und übernachteten im Waldorf Astoria. Jepp, er verwöhnte mich nach Strich und Faden.

Sara wartete in der 23. Etage vor den Aufzügen auf uns.

„Hi, Summer. Boone."

Ich rechnete mit Förmlichkeit, doch trotz des eleganten Hosenanzugs und der Absatzschuhe behandelte Sara uns wie Familie. Sie umarmte Boone und gab mir ebenfalls eine Umarmung zusammen mit einem strahlenden Lächeln.

„Es ist so wundervoll, dich persönlich

kennenzulernen, Summer. Ich freue mich wirklich darauf, dich mit an Bord zu holen." Sie bedeutete uns, ihr zu folgen. „Kommt nach hinten – wir werden den Vertrag unterschreiben und dann lade ich euch beide zum Mittagessen ein."

Sie führte uns zu einem Konferenzraum mit einer Fensterwand, die auf Manhattan blickte, und einem riesigen, modernen Glastisch, an dem vermutlich fünfundzwanzig Leute Platz finden konnten. Der Vertrag lag bereits zusammen mit einem schicken Füller bereit und kleine pfeilförmige Notizzettel deuteten auf die Striche, auf denen ich unterschreiben musste.

Ich nahm den Füller in die Hand, dann fiel mir ein, was meine Social Media Managerin – aka Riley – mir aufgetragen hatte. Ich sollte es auf Video aufnehmen. „Ähm, hättest du etwas dagegen, es zu filmen? Ich möchte den großen Moment auf meinen Social Media Accounts posten." Ich holte mein Handy heraus und drückte es Sara in die Hand.

Sie konnte sich ein Lachen nicht verkneifen.

In den letzten vier Monaten hatte ich viel darüber gelernt, wie ich mich vermarkten musste. Riley hatte mir befohlen, jeden Tag etwas zu posten – ich teilte Clips der Lieder, die ich für das Demoband aufgenommen hatte, und einfach beliebiges ‚Tag im Leben einer Musikerin'-Zeug. Ich postete häufig über Cody's Saloon, weil ich noch immer zum Spaß dort arbeitete, und sein Umsatz war wegen des Ruhms gestiegen. Es war verrückt, aber einige meiner Song-Clips waren abertausende Male für die Posts anderer Leute verwendet worden.

Sara wollte nächste Woche die professionellen Aufnahmen machen, sobald der Vertrag in Kraft trat.

„Natürlich. Meine Assistentin wird den Moment ebenfalls für unsere Accounts filmen." Sie deutete zu der jungen Frau hinter ihr, die ein Handy in der Hand hielt.

Ich lächelte in die Kamera, während ich den Vertrag unterschrieb. Ich unterschrieb einen Plattenvertrag! Es passierte wirklich. Oh mein Gott! Ich blickte zu Boone, der zwinkerte.

„Herzlichen Glückwunsch", sagte Sara. „Du wurdest offiziell unter Vertrag genommen. Lass uns auf dieses Ereignis anstoßen."

Ihre Assistentin entkorkte eine Flasche Sekt und füllte für uns drei Gläser. Wir positionierten uns zum Anstoßen.

„Auf dich Summer und auf das, was, wie ich weiß, ein gewaltiger Erfolg und eine erfüllte Karriere werden wird", sagte Sara. Dann wandte sie sich an Boone. „Und auf dich, den Mann, der sich einst eine Stichwunde für mich zuzog und mir das Leben rettete."

Die Assistentin keuchte, als wir anstießen. Sie hatte die Geschichte über ihre Chefin und Boone eindeutig nicht gekannt.

Boone sah mich an. „Nein, das ist alles für dich, Baby. Das hier ist Summers Moment. Ich will deinen Ruhm nicht teilen. Ich will einfach nur zuschauen, wie du abhebst wie eine Rakete."

Ich stellte mein Glas ab und schlang die Arme um ihn. Er war so groß und warm und stark und ... der Meine. „Ich hätte das nie ohne dich tun können."

Sein Arm legte sich um mich und er zog mich an sich.

Es war mein Lieblingsort auf der ganzen Welt. Wo ich mich sicher, gehalten und geliebt fühlte. „Doch, das hättest du tun können. Das hier ist allein dein Werk. Aber mach dir keine Sorgen, denn ich gehe nirgendwo hin. Ich werde bei dir sein, wo immer dich deine Karriere hinführt."

„Aw, ihr zwei seid süß. Warum besiegelt ihr es nicht mit einem Ring?", wollte Sara wissen.

Boone räusperte sich. „Tatsächlich dachte ich, dass wir nach dem Mittagessen zu Tiffany gehen könnten, um einen auszusuchen."

Ich keuchte. „Bittest du mich, dich zu heiraten?"

Er erstarrte, als würde er realisieren, dass er den Antrag vermasselt hatte.

Ich lachte, denn ich verstand es. Seiner Meinung nach, und der seiner Art, waren wir bereits mehr als verheiratet. Ein Ring und Papierkram waren menschliche Rituale, keine Gestaltwandlerrituale, und ich hatte sie nie erwartet.

„Das war nicht dein bester Move, Boone", rügte Sara ihn mit einem Lächeln, um ihren Worten die Schärfe zu nehmen.

Boone sank auf ein Knie. „Wie ist das?"

„Ja!", rief ich, um ihn davor zu bewahren, sich durch eine Rede quälen zu müssen, die er nicht vorbereitet hatte. Ich wusste, dass er mich liebte. Ich wusste, dass er sich mir verpflichtet hatte. Ich brauchte keine schmeichlerischen Worte oder geschwollenes Geschwafel. Das hatte ich schon gehabt und es war alles Schwachsinn gewesen. Was ich mit Boone hatte, war real.

So real, dass ich mein Leben dafür aufs Spiel setzen würde.

„Nun, das war leicht", lachte Sara.

Ich setzte mich rittlings und vorsichtig auf Boones Knie, um seine Lippen zu küssen. „Jemanden wie Boone lässt man nicht mehr gehen", murmelte ich. „Mein", flüsterte ich, dann küsste ich ihn erneut. Er war mein Mann. Mein Gefährte. Mein Wolf und bald mein Ehemann.

Ich war die glücklichste Frau der Welt.

MEHR WOLLEN?

Keine Sorge, es wird noch mehr von der Wolf Ranch zu lesen geben! Aber weißt du was? Ich habe eine kleine Bonus Geschichte für dich. Entdecke ein bisschen extra Liebe für Riley und Cody. Wie immer...vielen Dank, dass Sie unsere Bücher liest und mit auf diesen wilden Ritt kommst!

Klick hier
oder gehen zu:

https://vanessavaleauthor.com/v/2vm

RENEE ROSE: HOLEN SIE SICH IHR KOSTENLOSES BUCH!

Tragen Sie sich in meine E-Mail Liste ein, um als erstes von Neuerscheinungen, kostenlosen Büchern, Sonderpreisen und anderen Zugaben zu erfahren.

https://www.subscribepage.com/mafiadaddy_de

Wussten Sie schon, dass Sie direkt bei Renee Rose bestellen können? Sichern Sie sich signierte Bücher, Sonderausgaben und stark reduzierte Pakete. Nutzen Sie diesen Coupon für zusätzliche 10 % Rabatt auf Ihre gesamte Bestellung – READER10

Oder klicken Sie hier – https://shop.reneeroseromance.com/discount/READER10

WEBSITE-LISTE ALLER VANESSA VALE-BÜCHER IN DEUTSCHER SPRACHE.

vanessavalebuecher.com

BÜCHER VON RENEE ROSE

Wolf Ranch

ungezähmt

ungestüm

ungezügelt

unzivilisiert

ungebremst

unbändig

unkontrolliert

unerschrocken

unbeugsam

unberechenbar

Two Marks

ungebärdig - (gratis)

versucht

Begehrt

verzaubert

Mountain Men

Held

Rebell

Krieger

Bad Boy Alphas

Alphas Versuchung

Alphas Gefahr

Alphas Preis

Alphas Herausforderung

Alphas Besessenheit

Alphas Verlangen

Alphas Krieg

Alphas Aufgabe

Alphas Fluch

Alphas Geheimnis

Alphas Beute

Alphas Blut

Alphas Sonne

Alphas Mond

Alphas Schwur

Alphas Rache

Alphas Feuer

Alphas Rettung

Alphas Befehl

The Werewolves of Wall Street Serie

Der große böse Boss: Mitternacht

Der große böse Boss: Mondverrückt

Der große böse Boss: Markiert

Der große böse Boss: Miteinander

Der große böse Bully

Bad Boy Bären

Alphas Anspruch

Alphas Gefährtin

Wolf Ridge High

Alpha Bully

Alpha Knight

Step Alpha

Alpha King

Alpha Varsity

Solo-Buch

Sklaven des Sturm

Mitternacht Doms

Alphas Blut von Renee Rose & Lee Savino

Seine gefangene Sterbliche von Renee Rose & Lee Savino

Chicago Bratwa

Gefährliches Vorspiel

Der Direktor

Der Mittelsmann

Bessessen

Der Vollstrecker

Der Soldat

Der Hacker

Der Buchmacher

Der Reiniger

Der Spieler

Der Torwächter

Unterwelt von Las Vegas

King of Diamonds

Mafia Daddy

Jack of Spades

Ace of Hearts

Joker's Wild

His Queen of Clubs

Dead Man's Hand

Wild Card

Mafia Männer Reihe

Reiz mich nicht

Verführe mich nicht

Zwing mich nicht

Master Me

Ihr Königlicher Master

Ja, Herr Doktor

Ihr Marine Master

Von den Zandianern gekauft

Von den Zandianer beherrscht

Das Licht der Zandianer

Festgehalten vom Zandianer

Vom Zandianer beansprucht

Vom Zandianer gestohlen

VANESSA VALE: ÜBER DIE AUTORIN

Vanessa Vale ist die USA Today Bestseller Autorin von sexy Liebesromanen, unter anderem ihrer beliebten historischen Bridgewater Reihe und heißen zeitgenössischen Liebesromanen. Vanessa schreibt über unverfrorene Bad Boys, die sich nicht einfach nur verlieben, sondern Hals über Kopf in die Liebe stürzen. Ihre Bücher wurden über eine Million Mal verkauft und sind weltweit in mehreren Sprachen im E-Book-, Print- und Audioformat erhältlich.

vanessavale.de